di Merlino
Biblioteca
Cuore
di Avalon
Mastio
Cortile
d'Armi
Seconda Cerchia
Gola del
Colpo di Spada
Approdo

Ai miei amici Maggie e Nate,

che hanno sopportato le mie stranezze

durante tutta questa avventura

I LEGGENDARI
LE PORTE DI AVALON

Angy Pendrake

I Leggendari

Le Porte di Avalon

EDICART

Castello di Avalon
Grande Oceano Magico
Prima Cerchia
di Mura
Viale dei Meli
Corpo
di Guardia
Scalinata
d'Accesso

Torre
di Merlino
Biblioteca
Cuore
di Avalon
Mastio
Cortile
d'Armi
Seconda Cerchia
Gola del
Colpo di Spada
Approdo

Progetto e realizzazione editoriale: Storybox Creative Lab, Milano
Coordinamento editoriale: *Isabella Salmoirago*
Editing: *Fabiola Beretta*
Direzione artistica: *Elisa Rosso*
Progetto grafico: *Yuko Egusa – Far East Studio*
Cover grafica: *Yuko Egusa*
Illustrazione a colori/overpainting: *Daniele Solimene*
Mappa del Castello di Avalon: *Daniele Solimene*

www.edicart.it

Avviso a tutti i lettori

Non cercate di raggiungere Avalon
tuffandovi a caso nei laghi.
I passaggi per il Mondo Magico si apriranno
solo e soltanto per chi ha ricevuto la lettera
di invito da parte dell'Accademia degli
Eroi Leggendari e avrà superato le selezioni
con Merlino in persona!

Prologo

Non so cosa mi sembri più assurdo in questo momento: che il destino del mondo magico dipenda da me e da altri quattro ragazzi che fino a poche settimane fa erano dei perfetti sconosciuti, o che io sia qui seduta a gambe incrociate sul pavimento di pietra gelido della fortezza di Avalon a scrivere la mia storia su un tablet. Che, tra l'altro, sta per finire la batteria.

Ok, forse c'è bisogno che io faccia un passo indietro.

Mi chiamo Angy Pendrake.

I miei amici e io ci stiamo preparando per una battaglia il cui risultato potrebbe cambiare per sempre la realtà che conosciamo e il futuro di tutti i ragazzi che, come noi, discendono dai Leggendari.

Siamo cinque, abbiamo tra i sedici e i diciotto anni e siamo equipaggiati con armi, armature e smartphone.

Il nostro avversario in questa battaglia è la più potente incantatrice degli ultimi mille anni, a cui basterà un gesto della mano per ridurci in un mucchietto di cenere.

No, non ci siamo: suona tutto ancora assurdo e confuso! Questa storia è troppo importante per essere raccontata in così poco tempo, su un tablet che si sta scaricando, da una ragazza terrorizzata che continua a scrivere e riscrivere le stesse parole, perché le tremano così tanto le mani da non riuscire a digitare qualcosa che abbia un senso.

Questa storia potrebbe fare la differenza tra la vita o la morte per ragazzi come noi, i futuri Leggendari, che dovessero trovarla.

Che noi domani vinciamo o perdiamo (ma guardiamoci in faccia, probabilmente perderemo) le nostre esperienze serviranno a guidare gli eredi che verranno dopo di noi, perché non commettano i nostri stessi errori. Per questo adesso mi devo calmare, devo attaccare il tablet alla batteria portatile di Rob così che la carica mi duri abbastanza da finire la storia, e devo raccontare tutto per filo e per segno, esattamente come è successo.

Devo partire dall'inizio. E tutto è iniziato dal sogno...

Tutto è iniziato dal sogno

Il sogno, più o meno, è sempre lo stesso. È l'alba e sto nuotando in un lago. O almeno penso che sia un lago, perché è troppo calmo e limpido per essere il mare. Però è anche troppo vasto per essere un lago: non si vedono sponde né confini. E l'acqua è tanto immobile da riflettere perfettamente il cielo, ogni singola ombra di ogni singola nuvola.

E mentre sono lì che galleggio, piano piano si avvicina una barchetta. È strano che riesca a muoversi, perché non ha remi e non c'è neanche un alito di vento.

La barca si avvicina finché mi sembra quasi di poterla toccare, ma un attimo prima di riuscire a guardarci dentro… mi sveglio.

È il sogno che di solito faccio quando sta per capitare qualcosa di grosso.

Lo sogno, per esempio, ogni volta che la mia famiglia si deve trasferire. L'ho sognato poche ore prima di dare uno spintone a Chad Adams perché stava calpestando i disegni di Maggie, e allora i genitori di Chad mi hanno fatta sospendere da scuola. E quando ancora giocavo a basket, lo sognavo prima di ogni partita importante.

L'ho sognato pure il giorno in cui è iniziato tutto.

Era il mio compleanno... e io li odio i compleanni.

Non solo mi svegliai confusa e con il cuore che batteva a mille a causa del sogno, ma la prima cosa che vidi prendendo il cellulare erano ben due messaggi di auguri, che mi ricordavano di che giorno si trattava. La seconda cosa che notai era l'ora: nove e un quarto.

Ero in un ritardo apocalittico.

La giornata di per sé era già partita malissimo.

E sarebbe continuata peggio...

Giusto per non uscire in pigiama, mi buttai addosso i jeans e la felpa che avevo lasciato sulla sedia la sera prima e saltellai fuori dalla stanza cercando di infilarmi le scarpe mentre camminavo. Come ogni mattina, la cucina era deserta, e come sempre trovai il tavolo già apparecchiato con una tovaglietta, una tazza vuota e una scatola di cereali aperta, su cui era appiccicato un post-it.

Buon compleanno, piccola!
Mamma e io siamo dovuti scappare, ma ci tenevamo a farti sapere che ti vogliamo bene e speriamo che passi un compleanno fantastico. Ricordati che stasera siamo fuori per lavoro. Festeggeremo insieme domani, ok?
Mi raccomando, almeno quest'anno facci sapere cosa vuoi come regalo!
Tanti baci, papà e mamma
P.S. Nella buca delle lettere abbiamo trovato questo rotolo di pergamena indirizzato a te. Deve essere l'invito a una delle tue solite Renaissance Fair.

Sospirando, piegai il post-it in quattro e me lo infilai nella tasca dei jeans. Un po' nascosto dietro la scatola di cereali c'era, in effetti, un foglio arrotolato e sigillato con della ceralacca. Sembrava veramente di pergamena, e pensai che chiunque l'avesse mandato avesse scelto proprio una bella carta. Ma così come non avevo tempo di fare colazione, non avevo neanche tempo di leggere il messaggio. Supposi si trattasse di un biglietto di buon compleanno particolarmente creativo da parte dei miei amici, che sanno quanto mi piacciano le cose medievali, o magari che fosse la pubblicità di una delle riviste di storia a cui sono abbonata. Oppure, come avevano scritto i miei, poteva essere l'invito a una delle mie "solite" Renaissance Fair.

I miei non approvano questa passione. "Sei già abbastanza strana" mi dicono "anche senza che ti camuffi da dama." In ogni caso, ignorai la pergamena e mi limitai a infilarla nella borsa a tracolla prima di precipitarmi fuori dalla porta.

Mi sentivo uno zombie sia fuori sia dentro.

Sulla metropolitana diretta a scuola, cercai disperatamente di pettinarmi i capelli con le dita, specchiandomi nel finestrino opaco del vagone. Uscii dalla metro e attraversai la strada di corsa per raggiungere la scuola.

Sulle mattonelle bianche dell'edificio, dietro l'ombra ondeggiante della bandiera americana, un'insegna a lettere d'ottone recitava orgogliosa: "J. Adams High School".

Lanciai come sempre un'occhiata scaramantica alla testa ruggente del logo della scuola, salii a due a due gli scalini bianchi della gradinata d'ingresso e mi precipitai nell'atrio, dove mi aspettava la mia amica Maggie Song.

Maggie è minuscola, ma quando si arrabbia sembra

diventare gigantesca. Io, che sono più alta di lei di venti centimetri, mi sentii rimpicciolire sotto il suo sguardo spazientito. Prima che potesse sgridarmi, la anticipai: «Lo so, lo so... ti avevo promesso che sarei arrivata prima delle lezioni per aiutarti con i volantini... ma mi sono dimenticata di mettere la sveglia!»

«Insomma, Angy, lo sai che è importante per me. I lavori potrebbero iniziare tra una settimana! E poi, io ti ho accompagnata all'ultima Renaissance Fair. Mi sono pure travestita da dama. Mi devi un favore!»

«Sì, hai ragione e ti aiuto volentieri... anzi, guarda, possiamo attaccare un po' di locandine prima che suoni la prossima campanella. E alla fine della scuola distribuiamo le altre, che ne dici?»

Maggie sbuffò, ma dopo un attimo annuì, allungandomi un mazzetto di fogli. «E va bene, ma sbrighiamoci, abbiamo solo dieci minuti prima della fine della pausa!»

Maggie e io ci dividemmo per fare prima, e così mi trovai a sgattaiolare come un'ombra tra i ragazzi che passavano per i corridoi. Nessuno mi prestava attenzione e quindi ero libera di mettere indisturbata manifestini su pareti e armadietti.

Erano fotocopie su carta verdognola di pessima qualità

che si strappava facilmente, e dovevo fare molta attenzione ad appenderle con delicatezza.

Su ognuna, un titolone a pennarello strillava: "Salviamo il lago". Subito sotto c'era un'immagine sgranata in bianco e nero del lago di Central Park e, di fianco, il grattacielo della Lefay Enterprises. In fondo, due caselle di testo impaginate un po' a caso spiegavano:

Il lago di Central Park è in pericolo!

Per combattere l'invasione di una specie sconosciuta, particolarmente infestante e invasiva di alga, la Lefay Enterprises ha chiesto e ottenuto dall'amministrazione cittadina il permesso di prosciugare il lago e di cementare il fondale.

Questa soluzione è inaccettabile: distruggerebbe l'ecosistema del lago e danneggerebbe in modo irreparabile uno degli elementi tipici del paesaggio di New York!

Promuovi la ricerca di una soluzione ecologica all'infestazione di alghe! Unisciti alla protesta! Appuntamento questo sabato alle 9 al lago di Central Park, davanti alla South Gate House.

Leggere quel volantino mi fece sorridere, perché mi sembrava di sentire Maggie stessa pronunciare le parole con la sua vocina appassionata.

Maggie è la fondatrice del Club di Consapevolezza Ambientale della scuola. Assieme a lei c'è solo un altro membro, il nostro amico Nate Brooks, che è il ragazzo più intelligente che conosca, ma anche il più taciturno: di solito preferisce digitare le parole via messaggio, piuttosto che pronunciarle.

Io, nonostante continuino a chiedermelo, non ho mai voluto unirmi al club. Bastano il mio interesse per la storia e il fatto che qualcuno abbia postato su Internet una mia foto travestita da dama medievale a una Renaissance Fair ad attirarmi le risatine degli altri studenti e l'immancabile doccia di granita alla fragola. Non oso peggiorare la situazione. C'è un livello massimo di "sfigataggine" che una persona può raggiungere prima del collasso totale della propria reputazione, e la mia è già da tempo sull'orlo dell'abisso.

A proposito, ho una teoria: sono convinta che i bulli abbiano un sesto senso, una specie di radar che li avverte quando qualcuno si sente insicuro, in modo che possano subito precipitarsi a peggiorare la situazione.

E infatti, mentre ero occupata ad appendere volantini

e a pensare a quanto mi sentissi sfigata, Chad Adams e la sua cricca mi si avvicinarono come un branco di avvoltoi affamati attorno a un animale morente. Capii che si trattava di loro prima ancora di girarmi: le loro risatine idiote e i passi pesanti da mandria di gorilla erano inconfondibili.

Purtroppo, tra me e gli amici di Chad c'è una faida aperta che risale alla mia prima settimana in quella scuola quando, ignorando tutti i miei propositi di starmene tranquilla e di non farmi nemici, ero intervenuta in difesa di Maggie... Chad e i suoi compagni, difficile dire chi tra loro fosse il più biondo o muscoloso, stavano strappando a uno a uno i fogli del blocco da disegno di Maggie, lasciandoli cadere sul pavimento. Senza pensarci due volte, avevo chiesto loro di smetterla, e per tutta risposta Chad li aveva calpestati con le sue scarpe ancora sporche di fango dopo l'allenamento di football. Furibonda, avevo spinto via Chad con tutte le mie forze, ma con le suole impantanate era scivolato sui fogli sparsi in corridoio ed era caduto di sedere.

Come se non bastasse, nel cascare aveva urtato uno dei suoi amici che aveva in mano una granita alla fragola, e la poltiglia gelata gli era finita dritta sulla testa.

Lui era rimasto lì, seduto per terra, paonazzo per la

rabbia e la vergogna, con la granita tra i capelli e rivoletti di sciroppo rosso che gli gocciolavano giù per la maglietta bianca.

Be', è stato fantastico!

Ma me ne fecero pentire alla grande.

Come prima cosa, i genitori di Chad andarono dal preside e io fui sospesa due giorni per lo spintone. E inoltre, da allora, tutte le volte che Chad e i suoi amici mi incrociano in corridoio, hanno sempre pronta una granita alla fragola che, immancabilmente, finisce rovesciata addosso a me e a chi mi sta vicino.

Quello, unito al fatto che *qualcuno* aveva diffuso sui social network le mie foto in costume medievale, aveva fatto sì che, nonostante il mio breve momento di gloria dopo il testa a testa con Chad, nessuno avesse più voluto starmi attorno. Nessuno tranne Maggie e Nate, che erano già abbastanza in basso nella scala di popolarità da non venire influenzati negativamente dalla mia vicinanza.

E così mi ero guadagnata i miei unici due amici in tutta New York. Ma, oltre a loro, mi ero guadagnata anche degli aguzzini.

Questi, cioè i quattro membri della squadra di football con il portafoglio più gonfio e la testa più vuota, con le rispettive fidanzate, altrettanto bionde e cattive, si erano appena disposti attorno a me ad anfiteatro, con Chad Adams al centro che esibiva il suo sorriso bianchissimo da squalo. Mi guardai rapidamente in giro per cercare una via di fuga e stabilire il numero di granite alla fragola presenti nei paraggi. Ne individuai tre, un numero bruttissimo, perché anche se con la prima ti mancano e la seconda la schivi, sicuro sicuro la terza te la becchi tutta. E quanto alla via di fuga, non c'era niente da fare: mi avevano già stretta in un semicerchio da cui non potevo sperare di uscire, a meno di non buttarmi sul pavimento e strisciare via tra le loro gambe, ma quella soluzione la scartai subito, perché decisi di mantenere almeno un briciolo di dignità.

«Che fai, attacchi spazzatura agli armadietti della gente?» ironizzò una delle ragazze, il cui nome non mi ero data la pena di imparare.

Risero tutti, e il suo fidanzato, che le teneva un braccio attorno alle spalle, rincarò la dose: «Certo che per essere un "Club di Consapevolezza Ambientale" inquinate parecchio!»

Chad avanzò, mi diede una spallata per provocarmi e disse: «Non lo sai, Milady, che la spazzatura finisce nella spazzatura?»

Sentii la rabbia crescere come un'onda e irrigidirmi i muscoli, ma mi sforzai di sorridere. «Ah sì? Allora tieni!» esclamai prendendo uno dei volantini di Maggie e mettendoglielo tra le mani.

Lui mi guardò confuso, poi uno dei suoi amici, ridacchiando, commentò: «Ehi, amico, ti ha appena chiamato spazzatura».

Solo allora Chad capì, e la sua espressione stupita si trasformò in una smorfia di rabbia. Appallottolò il foglio e lo lanciò a terra. «Bella la tua felpa, Milady» disse allungando la mano verso uno dei compagni che teneva la granita.

Era proprio una bella felpa. Morbidissima, larga abbastanza da poter nascondere comodamente le mani dentro le maniche quando avevo freddo. Era bianca, con stampato il disegno di un cavaliere in armatura che indossava un berretto da notte sull'elmo e teneva un libro tra le mani. In basso, c'era un cartiglio in lettere gotiche con la scritta "*Good knight story*". Me l'avevano regalata i miei all'unica fiera medievale a cui eravamo andati assieme. Cavolo, era la mia preferita.

Vedendo la granita rossa passare nelle mani di Chad, sentii uno spiacevole brivido sulla nuca.

«Sentite, ragazzi, ho un'idea. Per questa volta mi lasciate andare senza buttarmi la granita in faccia, così la mia felpa preferita non viene rovinata, io non tiro una testata a Chad, Chad se ne torna a casa senza naso rotto, e io non vengo sospesa un'altra volta. Che ne dite? È un bel piano, no?» proposi.

Con un sorriso smagliante e un tono falso, Chad rispose: «Che carina che sei!» E poi, lentamente, alzò il bicchiere e, ancora più lentamente, lo inclinò fino a che il suo contenuto gelido e appiccicosiccio cominciò a colarmi sui capelli, sulla fronte, negli occhi, dentro al colletto, giù per la felpa e fin quasi all'orlo dei jeans.

Risero tutti, e la risata più fragorosa fu proprio quella di Chad Adams.

Mi levai la granita dagli occhi. «Va bene, l'hai voluto tu» dissi.

E gli tirai una testata.

Chad gridò e si portò le mani sul naso, mentre i compagni si affrettavano a sostenerlo.

Io, rintronata dall'impatto, barcollai all'indietro, scivolai sulla granita e caddi a terra tirando giù con me due delle ragazze che mi avevano accerchiata. Volarono grida, minacce e granite.

A un certo punto, non so quando, altri studenti di passaggio nel corridoio si avvicinarono alla mischia, forse per dare una mano, o forse per godersi lo spettacolo, e finirono per essere coinvolti. Qualcuno scivolava, qualcuno si rialzava, qualcuno cercava di aiutare qualcun altro a mettersi in piedi solo per essere tirato giù a sua volta. Non so da parte di chi, ma a un certo punto mi presi un cazzotto dritto in faccia.

Fu in quel momento che una voce cristallina annunciò, sovrastando la confusione: «Arrivano i professori!»

La folla cominciò immediatamente a disperdersi.

Lottai per mettermi in piedi su quel pavimento sdruccioloso e, appena ci riuscii, mi diedi alla fuga anch'io.

Nonostante l'adrenalina e il dolore per il pugno, avevo un pensiero chiaro in testa: siccome ero entrata a scuola in ritardo, risultavo ancora assente, quindi potevo andarmene senza che nessuno se ne accorgesse.

E così, corsi fuori e fuggii in strada.

Pergamene, lividi e bernoccoli

Smisi di correre solo quando le porte del vagone della metropolitana si chiusero alle mie spalle. Barcollai fino a un sedile vuoto e mi ci accasciai, tirando finalmente il fiato.

La faccia mi faceva malissimo. Mi specchiai nella fotocamera del cellulare per valutare i danni.

Non ero un bello spettacolo. Capelli neri, occhi neri e lentiggini erano gli unici elementi riconoscibili. Per il resto sembravo un'altra persona: tutta rossa di granita, i capelli appiccicati a ciocche dallo sciroppo e uno zigomo viola sotto un occhio talmente gonfio che faticava a stare aperto.

Mi scattai un selfie e lo mandai a Nate e a Maggie con la scritta: "Sono pronta per fare la top model".

Quasi subito il mio cellulare squillò. Era Nate.

Nate, che non telefona mai.

Risposi subito: «Ehi, Nate, che succede?»

Dall'altra parte, silenzio. Poi la voce profonda di Nate farfugliò: «Ah, uhm. Ti passo Maggie».

La vocina squillante di Maggie mi perforò l'orecchio: «Ma sei fuori? Cos'hai fatto? Ti chiedo di attaccare dei volantini e ti fai coinvolgere in una rissa? E subito dopo ti fai pure dei selfie, ma ti rendi conto? Hai fatto preoccupare Nate. Ti ha persino telefonato. E ha detto addirittura tre parole, vuol dire che è davvero agitato! Cos'è successo? Chi ti ha colpita? E soprattutto, stai bene?»

«Ma sì, sto bene… sono stati i "gorilloni" a iniziare tutto. Poi la situazione è un po' degenerata…»

«"Un po' degenerata" dici? Hai tirato una testata a Chad Adams! Il padre con le sue donazioni ha praticamente ricostruito la scuola, che non a caso porta il suo nome... Ti sospenderanno! Anzi, no, stavolta potrebbero addirittura espellerti! Non puoi lasciarti prendere così dalla rabbia! Avranno anche cominciato loro, ma tu hai continuato! Non puoi…»

«Scusa, Maggie, sono in metro, non ti sento bene… ti richiamo… ciao ciao» la interruppi.

Chiusi la chiamata e tirai un respiro profondo.

Maggie aveva ragione, ma in quel momento, con il mal di testa che mi ritrovavo, non avevo certo voglia di fare introspezione. E, soprattutto, non avevo voglia di essere sgridata. Desideravo solo tornare a casa, mettermi sull'occhio pesto una busta di broccoli surgelati e dimenticarmi per qualche ora di tutta la faccenda.

Mettendo il cellulare nella borsa, sfiorai con la mano la pergamena arrotolata che avevo messo dentro quella mattina. Ci misi qualche istante a ricordarmi di cosa si trattasse. Il viaggio sarebbe stato ancora lungo e io volevo pensare a qualcosa che non fosse la rissa e le conseguenze che avrebbe avuto. Perciò la tirai fuori, ruppi il sigillo di ceralacca e mi misi a leggere:

Stimatissima Madamigella Angelica Pendrake detta Angy,
poiché Lei possiede una grande immaginazione,
ama leggere racconti fantastici
ed è spesso ripresa dai professori perché sogna ad occhi aperti;
Considerato che Lei, distratta dai suoi sogni, va a sbattere
contro un palo almeno una volta alla settimana;
Meditata a fondo la Sua prontezza nel prendere le difese
dei compagni più deboli,

anche a costo di essere malmenata dai prepotenti;
Verificato che Lei,
bersagliata di gavettoni di granita rossa, ha tenuto alta
la testa e difeso l'onore suo e dei suoi compagni;
E nonostante sarebbe stato preferibile
difendere suddetto onore a parole,
piuttosto che ricorrere alla violenza,
ha comunque dato prova
di ammirevole audacia nel fronteggiare avversari
più numerosi e più forti di Lei.
Per tutto quanto sopra, e in virtù del grande coraggio
dimostrato, l'assemblea degli Eroi Leggendari,
saggiamente guidata dall'illustrissimo
Myrddin detto Merlino, ha deliberato
che la Sua Signoria possiede tutti i requisiti necessari
per sostenere le prove di ammissione alla
Prestigiosa Accademia degli Eroi Leggendari.
E pertanto, la Sua Signoria è invitata a partecipare
alle selezioni che si terranno
presso la South Gate House di Central Park
a partire da questo pomeriggio
e per tutta la notte
del primo plenilunio del mese di maggio.

Alzai lo sguardo. Dovevo avere letto male. Mi strofinai l'occhio buono con la mano e controllai di nuovo:

Stimatissima Madamigella Angelica Pendrake detta Angy,
no, non ha letto male.
Cosa crede, che non sappiamo quello che ha combinato a scuola?
Ma non si preoccupi, Le sarà offerta la possibilità
di rimediare ai Suoi errori e di imparare, tra le altre cose,
a gestire la Sua rabbia.
E magari possiamo fare qualcosa per quell'occhio pesto.
Cordialmente,
l'assemblea degli Eroi Leggendari,
saggiamente guidata dall'illustrissimo Myrddin detto Merlino.

Riarrotolai la pergamena e la rimisi nella borsa. Quel pugno in faccia doveva avermi frastornata per bene. Forse mi ero presa una commozione cerebrale ed era il caso di passare dall'ospedale, per sicurezza.

Decisi di buttare via la pergamena, ma poi, presa dalla curiosità, la riaprii per rileggerla un'ultima volta.

Stimatissima Madamigella Angelica Pendrake detta Angy,
l'assemblea degli Eroi Leggendari,

saggiamente guidata dall'illustrissimo Myrddin detto Merlino,
comprendendo la Sua confusione,
si premura di assicurarle che no,
non si sta immaginando tutto.
E si raccomanda soprattutto
di conservare con cura questa pergamena, per presentarla
alle prove di ammissione
dell'Accademia degli Eroi Leggendari,
che, Le ricordiamo, si terranno
presso la South Gate House di Central Park
a partire da questo pomeriggio e per tutta la notte
del primo plenilunio del mese di maggio.
(Cioè oggi. Buon compleanno, a proposito!)

Annuii tra me e me. *Ok, sono pazza. Ma va bene, dopotutto lo sospettavo.* Frastornata, guardavo senza vederli i muri della galleria che scorrevano oltre il finestrino del vagone.

Pazza o no, quella vicenda mi intrigava. E poi, non è che avrei avuto tanto di meglio da fare: di tornare a scuola non se ne parlava proprio, e le uniche altre opzioni erano rientrare a casa a fissare il soffitto o gironzolare senza meta per la città. Tra l'altro era venerdì e miei non c'erano...

Decisi che tanto valeva indagare.

PERICOLO, ALGHE ASSASSINE

Ancora con la pergamena in mano, scesi alla fermata dell'86esima, all'angolo con Central Park West, ed entrai nel parco guardandomi attorno con circospezione. Non sapevo cosa aspettarmi e tenevo gli occhi aperti facendo attenzione a qualsiasi cosa sembrasse fuori dall'ordinario.

Tutto però sembrava perfettamente normale.

Era una tarda mattinata di maggio, molto calda e luminosa. La gente passeggiava nel parco come al solito, alcuni impavidi facevano jogging, la maggior parte sedeva a riposare all'ombra delle panchine. Tutto come sempre.

Mi avviai verso il lago attraverso il viale alberato, occhi aperti e orecchie tese, ma non vedevo nulla se non alberi e passanti, e non sentivo nulla se non il cinguettare degli uccelli e il rumore lontano del traffico. Quando arrivai, trovai che nemmeno il lago era diverso dal solito: scuro, verdognolo, leggermente increspato dal vento.

Un po' delusa, passeggiai lungo il percorso che lo costeggiava, in direzione della South Gate House, facendo scorrere la mano sulla ringhiera di metallo scaldata dal sole ormai quasi a picco.

Chiaro, la pergamena era uno scherzo. Per essere sicura la rilessi e, in effetti, c'era di nuovo il primo messaggio:

Stimatissima Madamigella Angelica Pendrake detta Angy,
poiché Lei possiede una grande immaginazione,
ama leggere racconti fantastici
ed è spesso ripresa dai professori perché sogna ad occhi aperti;
Considerato che Lei, distratta da questi sogni,
va a sbattere contro un palo
almeno una volta alla settimana...

E per quante volte aprissi e arrotolassi la pergamena, le lettere non cambiavano.

Devo essermi veramente immaginata tutto, mi dissi, quasi amareggiata.

Visto che ero ormai quasi arrivata a metà, decisi di finire il giro del lago, giusto per fare una passeggiata prima di tornarmene a casa.

Mentre camminavo, notai i cartelli di avvertimento appesi a intervalli regolari sulla ringhiera attorno alla sponda: "Pericolo alghe assassine: non avvicinarsi all'acqua" strillava uno a caratteri cubitali. E sotto, più in piccolo: "Come comportarsi in caso di attacco di alghe assassine: 1) mantenere la calma 2) non dimenarsi 3) aggrapparsi a qualcosa per evitare di essere trascinati in fondo al lago 4) chiamare il 911".

Già che ero lì, pensai di appiccicare di fianco ai cartelloni un po' dei volantini di Maggie, per farmi perdonare di averla fatta preoccupare.

Ero quasi arrivata alla fine del pacco di fogli quando, alzando la testa, notai una strana bancarella in uno spiazzo tra gli alberi, vicino alla South Gate House.

Alla prima occhiata la scambiai per uno di quei chioschetti delle bibite, ma a guardarla meglio notai stoffe colorate e scintillii di metalli. Era davvero insolito: in quella parte del parco non mi era mai capitato di vedere una bancarella che non fosse un chiosco delle bibite o un carretto dei gelati. Incuriosita, mi avvicinai.

Al riparo di un ampio baldacchino di stoffa colorata c'erano tre grandi banconi di legno ricoperti di una stoffa grezza e spessa. Su uno erano disposti spade, pugnali e persino due grossi scudi. Su un altro, pile di libri dall'aria antica, fogli ingialliti e pergamene arrotolate. Su quello centrale brillavano invece collane, anelli, medaglioni, bracciali e cerchietti di metallo, mucchietti di vecchie monete, file di ampolle e alambicchi. E, dietro ai banconi, c'era un piccolo esercito di manichini vestiti in costumi medievali, ognuno secondo la moda di un secolo diverso, dal X al XIV. Spalancando gli occhi per lo stupore, feci istintivamente un passo avanti, ma mi bloccai subito e tuffai la mano nella borsa in cerca del portafoglio.

Esultai fra me trovandovi tre banconote, ma la mia gioia si spense quando mi accorsi che si trattava di tre banconote da un dollaro. Ah, c'era anche una monetina da un quarto. «Festa grande!» borbottai ironica, ricacciandomi in borsa il portafoglio.

Indugiai un po' sul sentiero, lanciando occhiate bramose. Non mi era mai capitato di vedere una bancarella da rievocazione storica fuori da una fiera, e tutta la merce esposta sembrava molto interessante. Ero sicura che qualcuno di quegli oggetti sarebbe potuto diventare il mio regalo di compleanno, se solo avessi avuto con me qualche soldo in più. Gli abiti soprattutto erano splendidi, realistici e accurati, perfetti per la prossima Renaissance Fair a cui avevo in programma di andare.

«Guardare è gratis, sa» mormorò una voce profonda, facendomi sobbalzare.

Veniva da dietro il bancone, più precisamente da una figura ammantata un po' in disparte che avevo confuso per uno dei manichini.

In realtà si trattava di un anziano signore travestito da mago. Sembrava quasi uscito da un film, con la sua ampia tunica scura e la barba bianca tanto lunga da riuscire a infilarla nella cintura. Aveva gli occhi limpidi, sicuri, e lo sguardo bonario di chi è convinto che prima o poi le cose finiscano sempre per il verso giusto.

Mentre lo fissavo con la bocca spalancata, lui mi fece cenno con la mano di avvicinarmi.

Avanzai, un po' timorosa.

«Dia pure un'occhiata» mi incoraggiò. «Si prenda tutto il tempo che vuole, ma prima... la cosa più importante: può mostrarmi la sua pergamena, per cortesia?»

«Ah sì, la pergamena... eccola!» mormorai. Poi precisai: «Sto solo curiosando, penso che non prenderò niente».

«Non c'è problema, faccia pure con comodo» replicò.

Trasse uno sgabello da sotto il bancone, una pipa dalla bisaccia, un libro dalla pila di fronte a lui e si mise a leggere e fumare senza prestarmi più attenzione.

Guardai l'ora sul cellulare: era appena passato mezzogiorno. Non avevo messaggi né notifiche, così infilai il telefono in borsa e me ne dimenticai, concentrandomi invece sulle meraviglie davanti ai miei occhi.

Affascinata, mi accostai al banchetto con le armi. A differenza delle cianfrusaglie da turisti che si trovano di solito alle fiere, aggeggi inverosimili ispirati ai videogiochi o chincaglieria scintillante dall'aria fiabesca, queste sembravano proprio spade autentiche: come se qualcuno le avesse trafugate da un museo e avesse tirato indietro la ruota del tempo per farle tornare come nuove.

«Uhm, mi scusi, si possono toccare?» chiesi.

«Basta che poi le rimetta a posto» rispose senza alzare lo sguardo dal libro.

Fantastico. Riportai l'attenzione alle armi e le esaminai a una a una, osservandole, tastando il dorso delle lame e soppesandole tra le mani. Erano tutte perfette imitazioni di armi di epoca medievale provenienti da ogni parte del mondo: c'erano pugnali e daghe europei, ma anche lame ricurve mediorientali, kriss e katar, e persino un coltello nero di ossidiana lucente. C'erano spade bastarde, spade a due mani, scimitarre, asce da battaglia e da lancio, e un'enorme claymore che provai a impugnare, ma riuscii a malapena ad alzare.

A un certo punto, ebbi la strana impressione che fossero molto più varie e numerose di quanto mi fosse apparso all'inizio. Era come se si moltiplicassero sul bancone mentre ero distratta. Ma non ci feci troppo caso, tanto ero incantata a guardarle, a provarle e a scattare foto con il cellulare.

Fu proprio il cellulare a riscuotermi da quella specie di trance in cui ero finita, avvertendomi dell'arrivo di un messaggio da parte di Nate, che mi scriveva: "Dove sei? Pensavo che volessi provare quel nuovo gioco appena usciti da scuola. Stai bene?"

Risposi frettolosamente: "Sto bene, sono in giro. Arrivo da te fra un po'".

Alzato lo sguardo, mi accorsi che le ombre si stavano allungando e la luce si era fatta meno intensa.

Ero decisa a salutare il vecchio "mago", ringraziare e andarmene a raggiungere il mio amico, quando buttai lo sguardo sui libri. Si trattava di imitazioni incredibilmente realistiche, quasi più accurate delle armi. Nel mezzo del bancone ce n'era uno davvero bello, aperto per esibire le splendide illustrazioni miniate, talmente brillanti da sembrare fresche di pittura.

Mi lasciai vincere dalla curiosità e chiesi al vecchio: «Posso guardare questo libro?»

«Certo, ma con cura, è fragile.»

Ripromettendomi che avrei gettato solo una breve occhiata, cinque minuti, massimo dieci, e poi sarei corsa da Nate, lo aprii alla prima pagina e iniziai a leggere.

Nonostante i caratteri antichi, tracciati a mano in inchiostro sbiadito, sembrava scritto in inglese corrente. Era una raccolta di miti e leggende irlandesi, del ciclo epico dell'Ulster. Lo conoscevo di nome, ma non l'avevo mai letto, quindi mi lasciai incuriosire e decisi di dare una scorsa, giusto alla prima storia. Avevo già provato, in passato, a sfogliare qualche saga originale medievale, ma mi ero sempre annoiata per via dello stile troppo arcaico, e infatti non ero mai riuscita a finirne nessuna. Questa, però, mi appassionò davvero, era fluente e sorprendentemente moderna. Mi catturò come un thriller e mi ritrovai a voltare con avidità una pagina dopo l'altra.

A un certo punto, mi resi conto che attorno a me

era calato il buio. Non ci avevo badato, perché il vecchio aveva acceso alcune grandi candele luminose, che mi avevano permesso di continuare a leggere. Ero impaziente di scoprire se Cuchulain sarebbe riuscito a sopravvivere all'addestramento della guerriera Scáthach e a sposarsi con Emer. Trattenni il fiato durante l'assedio alla fortezza di Forgal, tifai per lui durante i duelli, gioii delle sue vittorie e mi asciugai una lacrima furtiva leggendo della sua morte. E solo quando arrivai in fondo all'ultima pagina e chiusi il libro, mi accorsi del buio totale che ci circondava e dei rumori della notte: il gracidare delle rane, il frusciare delle fronde e la surreale assenza del rombo del traffico. E mi accorsi anche, con mia enorme sorpresa, di non avere sonno, né fame, né sete. Non mi scappava nemmeno la pipì, nonostante fossi rimasta lì in piedi per chissà quante ore. Però mi sentivo strana, come se mi stessi addormentando e mi trovassi a metà strada tra il sogno e la realtà...

«È quasi ora» mormorò il vecchio, svuotando con cura la pipa e soffiando via i resti di cenere.

«Oh, cavolo, mi scusi!» esclamai, imbarazzata. «Mi sono trattenuta veramente un sacco. Deve chiudere?»

«Non si preoccupi, signorina, c'è ancora un po' di tempo. Non ha ancora esaminato gli oggetti più interessanti. Ecco qua, guardi» disse indicando con un ampio gesto della mano il bancone centrale di fronte a lui, quello pieno di gioielli e altre cianfrusaglie.

Erano molto belli. Certo non emozionanti come le armi e non accattivanti quanto i finti manoscritti, ma c'era qualcosa di affascinante in quella disposizione, qualcosa che ispirava a osservare in silenzio: era come trovarsi davanti a una di quelle teche di un museo con tutte le monete, le perline, le punte di freccia e i pezzi di coccio. Oggetti insignificanti, ma che nella loro semplicità si portano dietro una certa solennità, quasi conservassero il ricordo di chi li ha posseduti.

«Suvvia, ne scelga uno» la sollecitò il vecchio. «Quello che vuole.»

Effettivamente, forse era il caso di comprare almeno una cosina, dopo essere stata lì fino a notte fonda. Però rimaneva il problema del portafoglio piangente.

«È tutto meraviglioso ma... temo di non avere abbastanza soldi con me.»

«Questi ninnoli non costano molto» mi assicurò. «Provi a prenderne uno. Magari è fortunata.»

«Uhm, va bene» mormorai, lasciando scorrere lo sguardo tra gli oggetti davanti a me. Anelli, bracciali, medaglioni. Alambicchi, provette, animaletti intagliati nel legno e perfino qualche cucchiaio.

Tra tutti, però, uno solo attirò veramente la mia attenzione: un ciondolo appeso a una catenina, tondo come una moneta. Sembrava d'argento e, finemente intarsiata in oro, spiccava la figura di un corvo con le ali spiegate.

«Oh, questo... questo mi piace tanto!» Tesi la mano, ma mi fermai subito. «Quanto costa?»

Il vecchio mi guardò con gli occhi chiari che scintillavano alla luce delle candele e rispose: «Tre dollari e venticinque centesimi».

Esitai e poi, colta da un vago ricordo, misi mano al portafoglio. Lo aprii e dentro c'erano proprio tre dollari e venticinque centesimi.

«Uh...» mormorai sbalordita. Per la prima volta fui colta dalla consapevolezza che ci fosse qualcosa di strano in quella situazione.

Decisa a lasciarmi la faccenda alle spalle il prima possibile, porsi le banconote e la monetina al vecchio venditore. «Ecco qui.»

«Molto bene. Sì, veramente molto bene» disse porgendomi la collanina.

Io allungai la mano per prenderla e, appena chiusi il

pugno attorno al metallo, il vecchio mi domandò: «Vuole che le racconti la storia del ciondolo?»

Io annuii, confusa.

«Apparteneva alla regina Eigyr, detta Igraine. Lei lo faceva dondolare davanti agli occhi del suo bambino neonato per distrarlo quando piangeva, perché al piccolino piaceva tantissimo, al punto che finì per regalarglielo. E anche quando diventò adulto, questo pendaglio rimase per sempre uno dei beni più cari di Arthur Pendragon, re dei Britanni.»

Rimasi a bocca aperta per alcuni lunghi istanti, poi scoppiai a ridere. «Cavolo, è veramente bravo! Scommetto che ha un sacco di successo alle fiere con le sue storie. Le stavo quasi credendo!»

«Hmm...» bofonchiò il vecchio, raddrizzando la schiena e rivolgendo lo sguardo all'orizzonte.

Mi accorsi solo allora di quanto fosse alto: sembrava sfiorare i due metri.

«Bene» disse lui. «È ora.»

Seguii il suo sguardo oltre il lago e vidi che dietro la sagoma dei palazzi lontani il cielo iniziava a rischiararsi e a tingersi di rosa.

Stava sorgendo il sole...

«Forse è meglio che vada» balbettai, con la testa che galleggiava.

Il vecchio mi indicò, sulla sponda del lago, una barchetta di legno che non avevo notato prima.

«Sì, il momento è giunto. Prenda quella» mi disse.

Io annuii e barcollai verso la barchetta.

Ora come ora non so spiegarmi perché lo feci. Forse perché, in quel momento, pensai che attraversare il lago in barca sarebbe stato più rapido che aggirarlo a piedi. O forse ero ancora preda di quello strano incanto che mi aveva trattenuta fuori dal tempo davanti alla bancarella.

Fatto sta che salii in barca. E, prima ancora che potessi accorgermi che non c'erano remi, questa si staccò dalla riva e iniziò a galleggiare lentamente, dolcemente, verso il centro del lago.

Guardando in basso, verso le acque scure, sentii stringermi la gola per l'apprensione. Non riuscivo a smettere di pensare alle alghe assassine e alle vittime che erano state trascinate sul fondo. E, in effetti, tra le onde mi parve di intravedere qualche movimento verdastro e serpeggiante. Rabbrividendo, mi strinsi le ginocchia al petto. Non dovevo assolutamente toccare l'acqua.

La barchetta avanzava lenta e sicura, tanto che non mi

preoccupai affatto della mancanza di remi: prima o poi sarei arrivata da qualche parte.

La luce intanto cresceva e la superficie del lago, riflettendo il cielo, si colorava di rosa pallido.

Attorno a me, a pelo dell'acqua, si alzava una nebbiolina ovattata, così densa da sembrare bianca. Divenne presto tanto fitta che i confini del lago si sfocarono. Faticavo a vedere altro se non l'acqua attorno a me, che si faceva sempre più dorata, sempre più calma e immobile, finché le piccole onde che la increspavano scomparvero del tutto. L'acqua divenne liscia come uno specchio e la mia barchetta, dopo un ultimo, leggero rollio, si fermò.

Fu allora che, molto lentamente, dalle acque emerse una mano. Bianca e delicata, una mano di donna.

Dopo un breve istante di confusione, fui presa dal panico: quella donna stava annegando!

Lanciai un grido, mi sporsi oltre il bordo e, pronta a trarre la malcapitata in salvo, le afferrai la mano. Subito questa si avvinghiò alla mia con una presa così decisa che mi fece trasalire.

E poi, con uno strattone, mi tirò giù.

Per il breve istante che impiegai a cadere, pensai alle alghe assassine che mi avrebbero intrappolata sul fondo assieme a quella poverina che avevo maldestramente cercato di salvare.

Poi le acque si chiusero attorno a me in una morsa gelida.

Non avevo fatto in tempo a prendere nemmeno una boccata d'aria e i polmoni iniziarono subito a bruciarmi come fuoco.

In preda al panico, mi dimenai invano, cercando di capire dove fosse il fondo e dove la superficie, perché le acque attorno a me erano così dense e scure da non lasciare filtrare alcuna luce.

Poi, la stessa mano che mi aveva trascinato verso il fondo, con una forza sorprendente mi riportò su.

Infransi la superficie del lago e tirai un respiro disperato. La luce del mattino mi accecò e per un attimo rimasi lì a galleggiare, a sputacchiare e a strizzare gli occhi contro i riflessi del sole.

Subito dopo alzai lo sguardo su chi mi aveva salvato.

Era una donna dal portamento regale, in piedi su una barca, le mani raccolte in grembo. Portava sulla testa e sulle spalle un ampio scialle grigio perla che le scendeva fin quasi alle ginocchia, ma che non riusciva a nascondere del tutto i lunghi capelli biondissimi, color chiaro di luna. Il vestito, che le arrivava fino ai piedi ed era stretto sotto al seno da una cintura sottile, sembrava intrecciato di fili d'argento. Il suo viso era antico e la carnagione bianchissima e perfetta. Sotto le sopracciglia sottili e arcuate, risaltavano due occhi grigi come punte di freccia.

«Sali» mi sussurrò con una voce che sembrava echeggiare da molto lontano.

Rimasi ferma ancora per un attimo a tossire, poi mi riscossi e mi aggrappai al bordo della barca, issandomici sopra. Caddi sul fondo con un tonfo bagnato e grugnii, togliendomi pezzetti di alga dalla felpa.

Vidi che i confini del lago erano scomparsi e a perdita d'occhio c'era solo acqua, limpida e immobile, rosa per l'alba e pervasa da una leggera foschia.

«Ma che cavolo... che cavolo succede?» borbottai debolmente.

«Sai, stavamo proprio parlando di questo» commentò una voce, giovane e maschile.

«Che cavolo succede? Giusta domanda! Più che legittima. Sarebbe carino se la signora qui ci rispondesse.»

Mi girai, sorpresa, e vidi che nella barca con me c'erano altri due ragazzi dall'aria altrettanto confusa. Anche loro erano fradici da capo a piedi.

Quello che aveva parlato sembrava avere la mia età, era magrissimo e molto alto, come un attaccapanni. Aveva i capelli lunghi e rossi, gli occhi nocciola e indossava una camicia a scacchi verde aperta su una maglietta con il disegno di un alieno e la scritta "*I believe*".

La ragazza aveva una nuvola di riccioli neri stretti stretti e ben definiti, sembrava un po' più grande di noi ed era davvero carina. Aveva la pelle scura così perfetta da sembrare uscita dalla prima pagina di una rivista. Portava un vestito rosso e bianco dal taglio rétro e delle scarpette rosse con un tacco dell'altezza giusta per essere l'esatta via di mezzo tra il fine e l'audace.

«Chi siete? Che ci facciamo qui?» balbettai.

Il ragazzo sorrise e io notai che gli mancava uno degli incisivi laterali. «Che ci facciamo qui, purtroppo non lo so. Chi sono io, invece, te lo dico eccome. Mi chiamo Robert. Robert Lockwood. Ma tu chiamami Rob. Ciao.» Mi tese la mano, che era grande e ossuta, e mi accorsi, quando gliela strinsi, che era ancora bagnata.

Dopo un attimo di confusa esitazione, mi riscossi. «Oh, uhm, ciao, io sono Angy.»

In quel momento si alzò il vento, la barca ondeggiò e iniziò lentamente a muoversi. La signora ammantata, in piedi a prua e silenziosa come una statua, guardava fisso l'orizzonte.

«Ehi!» esclamò la ragazza con il vestito rosso per richiamare la sua attenzione. «Dove stiamo andando? Si può sapere?»

«Laggiù» spiegò la signora del lago, alzando un braccio con uno svolazzo dello scialle argentato. La barca avanzava senza fretta e lei non sembrava ansiosa di arrivare, né di darci alcun tipo di informazioni. Per la nebbia che tardava a diradarsi, impiegai un attimo a vedere dove indicava.

Poi, in lontananza, ancora parzialmente nascosta dalla foschia, vidi un'isola rocciosa. E sull'isola, nel punto più alto della scogliera più ripida, sorgeva un castello grigio, solido e maestoso, dove svettavano dodici torri snelle che sembravano gareggiare tra loro per toccare il cielo.

«Ad Avalon. Vi giungeremo a breve» continuò la dama, quasi a prevenire altre domande.

Con gli occhi tanto spalancati da cominciare a bruciarmi, tenni lo sguardo fisso sulla sagoma del castello finché non lo vidi farsi sempre più nitido, tra il diradarsi della nebbia e la luce man mano più intensa del giorno nascente.

«Wow...» mormorai. «Di sicuro non sarà una giornata noiosa.»

In viaggio verso Avalon

Sbalordita da quello spettacolo incredibile, mi voltai verso i due ragazzi e dissi: «Pazzesco, eh?» Rob annuì in maniera teatrale, grattandosi il naso. La giovane, che aveva un'aria vagamente familiare, si limitò a fissare il castello con gli occhi neri sgranati.

«Ma voi, come ci siete arrivate, qui?» volle sapere Rob.

Io gli raccontai in breve della mia avventura fuori dal tempo davanti alla bancarella a Central Park e dello strano vecchio che mi aveva fatto scegliere un oggetto.

«Pazzesco, a me è successa la stessa cosa!» esclamò lui. «Solo che non ero a Central Park, ma a Toronto, sulla riva dell'Ontario.»

«Anche a me» intervenne la ragazza. «E io mi trovavo

a Los Angeles, sul Silver Lake. Ma non è possibile, come avrebbe fatto quel vecchio a trovarsi in tre luoghi diversi contemporaneamente? A meno che non si tratti di tre tizi con lo stesso travestimento...»

Rob e io annuimmo, confusi, e cadde uno di quei silenzi in cui ti sembra quasi di sentire il rumore delle rotelle che ti girano nella testa.

Poi la ragazza mi indicò e domandò con aria apprensiva: «Che hai fatto all'occhio?»

Me n'ero quasi dimenticata. Mi tastai la faccia, ancora dolente, e risposi: «Rissa».

«Grande!» esclamò Rob sorridendo e mostrandomi l'incisivo mancante. «Rissa!» spiegò, porgendomi il pugno.

Ricambiando il sorriso, picchiai il pugno contro il suo.

«Non... non mi sembra una bella cosa da avere in comune» mormorò la ragazza. Anche la sua voce, in effetti, mi era in qualche modo familiare.

E all'improvviso mi ricordai. «Ehi, lo so chi sei! Tu sei Tyra Hope, la fashion blogger che si fa i vestiti da sola!» esclamai. «Cavolo, la mia amica Maggie si guarda tutti i tuoi tutorial. Non se ne perde uno!»

«Wow, abbiamo una celebrità a bordo!» soggiunse Rob, con una punta di sarcasmo che non sfuggì a nessuno.

Tyra infatti alzò un sopracciglio e replicò: «Non preoccuparti, non mi era venuto il sospetto che la moda ti interessasse».

Rob sbuffò sistemandosi il colletto della camicia spiegazzata e incrociò le braccia.

Una risata sottile ci fece girare tutti e tre: apparteneva alla signora del lago che, senza nemmeno voltarsi a guardarci, commentò, quasi tra sé: «Per quanti secoli passino, e per quante generazioni si susseguano, i ragazzi rimangono sempre uguali».

«Senta» dissi io, pensando che se la strana signora si sentiva in vena di chiacchiere, sarebbe stato il caso di approfittarne. «Chi è lei? E perché ci sta portando laggiù? Cos'è questo posto, un lago, un mare? Siamo ancora in America? Stiamo sognando? E perché ci sta succedendo tutto questo?»

«Il mio nome è Nyneve, ma i più mi conoscono come Viviana» si presentò. «Alle altre tue domande non sarò io a rispondere. Siamo arrivati.»

La barchetta si avvicinava sempre di più alla costa.

Ad aspettare, su un piccolo molo di legno che sporgeva traballante da una spiaggia di sassi, c'era il vecchio della bancarella.

La barchetta accostò al molo cozzando lievemente contro i pali di legno.

«Oh, molto bene, molto bene, ce l'hanno fatta tutti e tre» mormorò il vecchio. «Com'è andato il passaggio?» domandò poi.

«Tutto tranquillo...» rispose Viviana.

«Qualcuno ha cercato di intervenire?» volle ancora sapere lui, con tono apprensivo.

Viviana scosse la testa. «È molto tempo che nessuno tenta di avvicinarsi.»

«Ottimo... ottimo, i passaggi sono sempre un momento delicato.» Poi il vecchio si rivolse a noi: «Avanti, su, scendete. La dama Nyneve deve occuparsi degli Incantesimi di Protezione. La rivedrete a cena».

«Incantesimi di Protezione?» chiese Tyra, incuriosita.

«Cena?» domandò Robert.

Viviana disse con un sospiro: «Myrddin, forse dovresti spiegare un po' la situazione ai ragazzi, prima di portarli qui ad Avalon».

«Mia cara, devo stare al passo con i tempi, ai giovani del XXI secolo piace il mistero, la suspense...»

Alzai la mano. «Io, sinceramente, di suspense avrei preferito averne un po' meno.»

Rob sghignazzò e Tyra replicò: «Tecnicamente, questo è sequestro di persona».

«Non sia esagerata, signorina Hope! Sarete a casa vostra all'alba di oggi. Be', del vostro oggi.»

«Non capisco ma fa niente, ormai mi ci sto abituando» borbottai tra me e me.

«Devo chiudere il passaggio» ricordò Viviana.

Scendemmo tutti dalla barca e, come fummo sul molo, questa iniziò ad allontanarsi lenta e silenziosa attraverso le acque limpide e sconfinate.

Il vecchio iniziò a incamminarsi. «Avanti, forza. Ho tante cose da spiegarvi prima che raggiungiate gli altri studenti.»

«Quali altri studenti?» domandò Robert.

«Non ha letto la pergamena, giovanotto? Gli studenti dell'Accademia degli Eroi Leggendari. Congratulazioni, a proposito, a tutti voi, per avere passato brillantemente le selezioni!»

Io chiesi, non senza una punta di scetticismo: «Quindi... lei sarebbe Merlino? Cioè, il mago Merlino, quello delle leggende?»

«Quello che nel cartone canta le canzoncine facendo ballare le tazze?» aggiunse Rob.

Merlino sbuffò sotto i baffi. «Sono deluso che dubitiate ancora, dopo tutto ciò che avete visto. I ragazzi moderni non sanno proprio più sognare. Ah, e per sua informazione, signor Lockwood, quella mia rappresentazione di cui parla è decisamente poco dignitosa e preferisco non sentirla nominare.»

Lo seguimmo attraverso uno stretto sentiero scavato nella scogliera. Le rocce erano viscide e si sentiva odore di mare.

Tyra, sempre più frustrata, esplose: «Insomma, siamo su un'isola che non esiste, in mezzo a un lago che non ha fine, siamo confusi, fradici, i cellulari non prendono... E la stiamo seguendo su per una scogliera diretti in un luogo di cui non sappiamo nulla, se non poche righe scritte su una vecchia pergamena, una pergamena piuttosto saccente, per di più. Non pensa che sia il momento di dirci cosa succede? Magari cominciando dallo spiegarci come faceva a trovarsi in tre posti contemporaneamente?»

Merlino sospirò. «Ai ragazzi dei secoli scorsi bastavano meno spiegazioni. Ma va bene, signorina Hope, non le negherò le risposte che cerca, anche perché so che anche i suoi compagni si stanno chiedendo le stesse cose. Comincerò dalla sua ultima domanda: come facevo a essere in tre luoghi diversi nello stesso momento? Molto semplice. In realtà, non mi sono mai mosso di qui. A viaggiare è stato il mio essere spirituale, e quello non sottostà alle leggi della fisica, come potete facilmente immaginare. In ogni caso, si tratta di una forma piuttosto facile di Magia del Fare, che nelle antiche scuole di magia veniva insegnata agli apprendisti perché potessero essere più efficienti nel servizio al loro maestro. E devo dire che tuttora mi torna assai utile. Quanto a voi, e al perché vi trovate qui, per il momento sappiate che vi cerco da molto, molto tempo. Ognuno di voi è prezioso per noi. Voi siete gli eredi degli Eroi Leggendari: possedete un retaggio antico e potente. Il nostro compito è proteggervi e guidarvi nella scoperta di voi stessi e della vostra eredità. E, naturalmente, addestrarvi all'uso delle armi magiche.»

«Armi magiche? Fighissimo!» esclamò Rob. «Cioè, non ci posso credere! È tutta la vita che sogno di ricevere la convocazione a un'accademia magica come...»

Merlino lo interruppe, con un gesto spazientito: «Qui non sarà esattamente come lei si immagina, signor Lockwood. Niente a che vedere con le saghe fantastiche della sua infanzia. Per quanto io stesso le abbia trovate piuttosto appassionanti, scoprirà che la realtà del mondo magico è ben diversa». Merlino abbassò la voce e proseguì in tono grave: «Per continuare a rispondere alle domande della signorina Hope, vi assicuro che il nostro compito qui ad Avalon è proteggervi e prepararvi a fronteggiare chi ha intenzione di distruggervi. Ma non temete, sarete adeguatamente formati».

Tyra sgranò gli occhi. «Sta per caso dicendo che siamo in pericolo?»

«Non si preoccupi, madamigella Hope, Avalon è molto ben protetta. Non correrete alcun rischio qui, se seguirete le regole e le indicazioni dei vostri insegnanti.»

Intanto avevamo raggiunto la cima della scogliera. Vidi che quell'isola rocciosa, che si stendeva davanti ai nostri occhi per alcuni chilometri, era coperta da prati verdissimi e bassi arbusti piegati dal vento. Ora che il sole si era alzato, la luce era bianca e nitida, e il vento tiepido di maggio asciugava in fretta i nostri vestiti.

Sembrava che qualcuno avesse ritagliato un pezzo di Cornovaglia e l'avesse gettato in mezzo a un oceano senza tempo. Mancava ancora un bel tratto di strada per raggiungere il castello, che sorgeva sul punto più alto dell'isola e, nonostante la spiegazione di Merlino, ero più confusa che mai.

Mi trovai a pescare dalla borsa il medaglione che avevo scelto alla bancarella, quello che, a detta sua, era appartenuto ad Arthur Pendragon. Mi sembrava estraneo e familiare insieme: un po' come quando capita di ritrovare un oggetto che ti è caro, un vecchio giocattolo di cui ti eri da tempo dimenticato, ma che riconosci al primo sguardo e subito sei certa che ti appartiene. Vagamente a disagio, lo rimisi nella borsa e mi girai a guardare gli altri due.

Rob avanzava scoordinato sulle lunghe gambe, con un'andatura un po' ondeggiante. Tyra si era tolta le sue belle scarpe rosse, che teneva agganciate alle dita, e avanzava a piedi nudi, cercando di passare da una macchia di erba all'altra, per evitare la ghiaia e le rocce appuntite.

«Cosa avete scelto voi alla bancarella di Merlino?» domandai, un po' per curiosità, un po' perché non avevo voglia di fare il resto della strada in silenzio, da sola con i miei pensieri.

Rob sorrise e si frugò in tasca, mostrandomi sul palmo della mano un pezzo di metallo scuro dall'aria arrugginita.

«Merlino mi ha detto che questa è la punta della prima freccia con cui Robin Hood è riuscito a centrare il bersaglio quando era un bambino e stava ancora imparando a tirare con l'arco. Da quel giorno è stata il suo portafortuna.»

Tyra estrasse dalla borsetta una figurina di bronzo grande quanto un pollice, ossidata dal tempo. Era una specie di soldatino con spada, scudo ed elmo di foggia greca.

«So che si chiama Talos e che è stato un regalo» aggiunse Tyra «ma Merlino non ha voluto dirmi altro. Mi ha raccontato solo che Europa l'aveva ricevuto in dono, e che l'ha sempre tenuto con sé...»

«Non so nulla di Europa» ammisi «se non che è stata lei a dare il nome al continente.»

«Neanch'io so nulla. Spero di scoprire qualcosa di più su di lei, sempre che qui si degnino di spiegarci qualcosa...»

Parlando, avevamo raggiunto la fortezza. Una coppia di torri quadrate sormontava l'ingresso, protetto da una pesante grata di ferro nero. Dietro a questa, vi era un enorme portone di legno scurito dal tempo.

Merlino si avvicinò e alzò le braccia con uno svolazzo delle ampie maniche. Tra stridii di metallo e clangori di catene che scorrevano, la grata si sollevò e il portone si aprì.

«Andiamo, ragazzi!» ci incitò il mago. «Gli altri ci stanno aspettando.»

Io mi guardai intorno, incuriosita. «Ma questo castello, a quando risale? Sembra che le parti appartengano ognuna a un'epoca diversa. Non riesco a capire!»

«Lei ha buon occhio, signorina Pendrake. Questa fortezza è sorta lentamente, pietra dopo pietra, nel corso dei secoli, attorno a un luogo che esisteva già da tempo. Il castello è stato sì costruito durante quello che chiamate Medioevo, ma il cuore di Avalon è molto, molto più antico...»

Tyra, appoggiandosi alla parete per rimettersi le scarpe, domandò: «Quando dice che è molto più antico, cosa intende esattamente?»

«Intendo dire che è sempre esistito: è vecchio quanto la magia stessa» spiegò Merlino, avanzando a grandi passi attraverso l'ingresso, tanto che fummo costretti quasi a correre per non rimanere indietro.

Oltrepassato il corpo di guardia, ci trovammo su un prato ripido, abbracciato dalle mura che si arrampicavano fino al mastio in cima alla scogliera. Percorremmo un viale lastricato di ciottoli grigi, levigati dal tempo e dai passi, e fiancheggiato da sottili alberelli carichi di mele mature: rosse, gialle e verdi, enormi e profumate.

Non avevo mai visto mele dall'aspetto tanto invitante.

Al termine della salita, superammo un profondo fossato e quindi la seconda cerchia di mura, che racchiudeva un ampio e polveroso cortile di terra battuta.

«Questo è il cortile d'armi. Qui passerete buona parte del vostro tempo: vi allenerete, sarete addestrati alle varie tecniche di combattimento e all'uso delle vostre armi magiche» annunciò Merlino senza smettere di camminare.

Oltre il cortile, davanti alle porte spalancate del mastio, aspettavano immobili due uomini. Erano alti e massicci come statue e portavano lunghe tuniche, uno rossa e l'altro azzurra, fermate sui fianchi da una spessa cintura di cuoio a cui era agganciata una spada. Quello vestito di rosso aveva i capelli e la barba corti e neri, e la pelle color del bronzo. L'altro, con la tunica azzurra, aveva i capelli biondi lunghi fino alle spalle e la mascella squadrata. Entrambi sembravano distaccati, solenni e fuori dal tempo, come usciti dalle miniature di un antico manoscritto.

Appena li raggiungemmo, i due cavalieri si inchinarono rispettosamente davanti a Merlino, portando al petto una mano chiusa a pugno.

«Vi presento sir Parsifal e sir Galahad, i primi tra gli Antichi Eroi e protettori della fortezza di Avalon» spiegò Merlino.

«*Quei* Parsifal e Galahad? Proprio loro? I cavalieri della Tavola Rotonda?» balbettai io.

Non ricevetti risposta.

Benvenuti, Futuri Leggendari

Ci trovammo in un atrio dal soffitto molto alto, immerso nella penombra. Dalle finestre sottili filtravano solo deboli lame di luce biancastra che non riuscivano a rischiarare del tutto l'ambiente.

Ai lati del salone, due ampie scalinate conducevano ai piani superiori. Merlino avanzò verso una porta al piano terra e noi lo seguimmo, accompagnati dal sonoro ticchettare dei tacchi di Tyra sul pavimento di pietra.

Non appena Merlino aprì, ci trovammo nuovamente all'esterno, in un cortile quadrato circondato da imponenti colonne di pietra, dove erano collocati due giganteschi tavoli di legno, curvi come parentesi, rivolti verso un albero che cresceva nel centro esatto di un'enorme lastra di pietra, piatta e liscia. Sembrava quasi che le radici spuntassero magicamente dalla roccia sottostante.

Seduti ai tavoli c'erano dei ragazzi. Erano quasi duecento, alcuni poco più che bambini, altri quasi adulti. A guardarli, sembravano provenire da ogni angolo della Terra: non avevo mai visto così tante persone, così diverse, riunite nello stesso posto.

E i loro occhi erano tutti puntati su di noi.

«Futuri Leggendari!» li richiamò Merlino, la voce improvvisamente tonante. «Ecco i vostri nuovi compagni, che oggi hanno compiuto con successo il loro primo passaggio ad Avalon. Come voi ormai sapete, essere un Leggendario è un onore, ma è soprattutto una responsabilità perché, secondo le antiche leggi di Avalon, il vostro potere dovrà essere sempre usato per il bene, per difendere i deboli e la giustizia.»

Merlino tacque, poi si rivolse direttamente a noi e ci scrutò a uno a uno, con uno sguardo che pareva volerci leggere nell'anima. «Quanto a voi, sappiate che, come è accaduto per ognuno dei vostri compagni, vi ho cercati a lungo, seguendo la traccia magica che i vostri antenati Leggendari hanno lasciato dentro di voi. Ma non basta avere un'eredità di sangue: i Leggendari devono avere forza di carattere, integrità morale, coraggio, saggezza, umiltà e un'infinità di altre doti e capacità che imparerete a coltivare e che vi renderanno degni di questo onore. Ancor più, dovrete dimostrarvi capaci di gestire i lati più oscuri del vostro retaggio: solo allora potrete evocare l'arma del vostro antenato. Per questa ragione, molti candidati sono stati scartati, altri hanno iniziato e sono stati allontanati, altri ancora, purtroppo, sono passati al nemico. Vi devo quindi avvertire: il cammino che inizierete oggi non sarà facile. Sappiate comunque che sarete sempre liberi di rinunciare, anche in futuro. Essere un Leggendario sarà una vostra libera scelta, ogni giorno.»

I ragazzi applaudirono e acclamarono.

Io, sopraffatta dall'attenzione ricevuta, mi sentii le orecchie in fiamme.

Cercai di incrociare lo sguardo di Rob e Tyra, e vidi che erano confusi e spaventati quanto me.

Merlino continuò: «Vi presento Robert Lockwood, erede di Robin di Sherwood, detto Robin Hood». Si girò verso Rob, con un ampio gesto della manica e gli disse: «Venga avanti, Robert».

Solo allora notai che, al centro del cerchio, sotto l'albero, c'era Viviana.

Con un angolo della mente mi chiesi come avesse fatto ad arrivare lì prima di noi, perché l'ultima volta che l'avevo vista si stava allontanando sulla barca.

Rob esitava ad avanzare, facendo guizzare lo sguardo fra Merlino, Viviana e i ragazzi. «Che cosa devo fare?» balbettò.

«Vai, no?» bisbigliò Tyra.

Dietro di lui, Parsifal gli diede una spintarella di incoraggiamento e Robert inciampò in avanti.

A passi incerti e dondolanti avanzò verso il centro del cerchio, girandosi ogni tanto su se stesso per guardarsi attorno.

Quando raggiunse Viviana, lei parlò a voce bassa, ma inspiegabilmente riuscii a sentire anche a distanza, come se le sue parole mi venissero sussurrate all'orecchio.

«Robert, questo è l'arco appartenuto al tuo antenato, che l'ha servito fedelmente in tutte le sue battaglie in difesa dei più deboli. Vuoi entrare all'Accademia degli Eroi Leggendari e diventare un giorno suo degno erede?»

Si girò e raccolse dai piedi dell'albero un bastone di legno lucido dalle estremità sottili, con al centro un'impugnatura di cuoio consunto.

Per un attimo non capii, poi mi resi conto che si trattava di un arco lungo, che sembrava un bastone perché non era ancora incordato.

Robert mise la mano destra sull'arco che Viviana gli porgeva e rispose: «Nessuno ha mai pensato che io avessi qualcosa di speciale... mi piace. Ci sto».

Poi, mentre Viviana riponeva l'arco, a un cenno di Parsifal andò a sedersi a uno degli scranni vuoti attorno al tavolo.

Per un attimo, solo per un attimo, mi sembrò che la lastra di pietra del pavimento si illuminasse di luce azzurra davanti al suo posto. Ma poi tutto tornò normale.

Merlino parlò di nuovo: «Vi presento Tyra Hope, erede di Europa, prima regina di Creta».

Tyra mi lanciò un'occhiata di panico ma poi, come se avesse raccolto il proprio coraggio, alzò il mento, raddrizzò la schiena e avanzò a passo sicuro verso l'albero, i tacchi che risuonavano ritmicamente sul cerchio di pietra.

Viviana si girò a raccogliere una lancia di bronzo appoggiata al tronco dell'albero. «Tyra, ecco il giavellotto donato da Zeus alla tua antenata, incantato perché non manchi mai il bersaglio. Vuoi entrare all'Accademia degli Eroi Leggendari e diventare un giorno sua degna erede?»

Tyra, esitante, rispose: «Grazie, ma non so se tutta

questa faccenda faccia per me. Non sono convinta, voglio un po' di tempo per pensarci». Voltò le spalle senza toccare il giavellotto e ticchettò fino al posto vuoto che le venne indicato.

Anche sotto ai suoi piedi la pietra si accese per un breve istante, e stavolta fui sicura di non essermi sbagliata.

Toccava a me.

Merlino mi chiamò: «Angelica Pendrake, erede di Arthur Pendragon, re dei Britanni!»

Si alzò un brusio di voci per la sala, che per Tyra e Robert non c'era stato. Domandandomi il perché, mi feci avanti a passi incerti.

Mentre avanzavo, mi accorsi che l'albero, sebbene più alto e imponente di tutti gli altri del cortile, era anch'esso un melo. Sotto la sua ombra, Viviana mi scrutava intensamente con i suoi occhi antichi.

Deglutii, chiedendomi quale arma mi avrebbero mostrato. A Rob e Tyra erano state offerte le armi dei loro antenati. Il mio era Artù, e l'arma di Artù la conoscono tutti: Excalibur, la spada leggendaria che gli era stata donata da Viviana, la Dama del Lago. Stava veramente per essere passata a me?

Il sangue mi pulsava nelle orecchie.

Era assurdo, pensavo: giusto poche ore prima ero seduta sulla metropolitana di New York, in fuga dalla scuola per evitare una sospensione. E adesso stavano per consegnarmi Excalibur.

Quella Excalibur.

Di sicuro batteva tutti gli altri regali di compleanno che avevo ricevuto fino a quel momento.

Mi fermai davanti a Viviana, con il cuore in gola.

Avevo gli sguardi di tutti puntati su di me, tanto intensi da farmi desiderare di sprofondare nel pavimento.

«Angelica» disse Viviana rivolgendosi a me, la voce che sembrava un'eco dal passato «vuoi entrare all'Accademia degli Eroi Leggendari e diventare un giorno degna erede di Arthur Pendragon?»

Mi stupii quasi di sentire la mia voce rispondere, sorprendentemente forte e decisa: «Sì».

«Benvenuta, prendi pure posto assieme ai tuoi compagni.» Rimase ferma a guardarmi, le mani raccolte in grembo.

Restai per un attimo a bocca aperta e, poco dopo, esclamai, delusa: «Ma come, a me niente?»

Tutti scoppiarono a ridere. Dei duecento ragazzi presenti non ce ne fu uno che riuscì a trattenersi. Perfino a

Viviana, impassibile davanti a me, sembrò curvarsi un angolino della bocca.

La mia faccia era in fiamme.

La risata andò avanti per un minuto buono.

Per quanto mi riguarda, potevano risparmiarsela: un minuto è veramente eccessivo per una risata, non importa quanto sia tremenda la figuraccia che si è appena fatta.

Rimasi immobile, annegando nell'imbarazzo, finché anche l'ultimo risolino si spense. A quel punto, Viviana mi spiegò con voce gentile: «Non ho nulla per te, poiché la spada di Arthur Pendragon è andata perduta molti secoli or sono. Ma non te ne devi crucciare. Ciò che hai di speciale non è l'arma del tuo antenato, ma questo...» Qui si interruppe e mi appoggiò una mano sul petto.

«La mia felpa?»

«Il tuo cuore, Angy.»

«Oh, giusto. Ha senso» balbettai, mentre le risate si alzavano di nuovo attorno a me.

Con un fruscio dell'ampia manica, Viviana mi indicò un posto vuoto a uno dei tavoli ricurvi e io mi affrettai a raggiungerlo, le orecchie roventi.

Appena mi fui seduta sullo scomodo scranno di legno, vidi la lastra di pietra davanti al mio posto illuminarsi, come se una lama di luce stesse incidendo la roccia. E quando la luce si spense, lessi la scritta: "Pendragon".

«Sì sì, ho capito, non serve continuare a ripetermelo» borbottai, tirando nervosamente i lacci della felpa.

Merlino avanzò a sua volta verso il centro del cortile, affiancando Viviana.

«Benvenuti, nuovi arrivati, e bentornati tutti gli altri, all'Accademia degli Eroi Leggendari. Spero che la vostra permanenza qui ad Avalon sia fruttuosa. Le lezioni cominceranno alla prossima alba, quando sull'isola ci raggiungeranno gli altri insegnanti. Per oggi riposate e festeggiate. Da domani ci sarà da lavorare.»

E con un ampio gesto delle braccia, ci congedò.

BRAGHE, TUNICHE, MANTELLI E MUTANDONI

Con il frastuono di duecento sedie che grattavano simultaneamente sul pavimento, i ragazzi si alzarono e iniziarono a gironzolare per il cortile. Alcuni si riunirono a chiacchierare in piccoli gruppi, altri si diressero ciondolando verso le uscite. Io rimasi inebetita sul mio scranno di legno a fissare le lettere, ormai spente, incise sulla pietra davanti a me: "Pendragon".

«Che storia, eh?»

Alzai lo sguardo e vidi Rob davanti a me. Tyra, pochi passi indietro, si guardava attorno, curiosa.

«Cavolo, sì» sospirai io. «Bello il tuo arco, comunque.»

«Vero? Chissà se mi insegneranno a usarlo, prima o poi» disse Rob, sorridendo con quel suo sorriso bucato.

Poi aggiunse: «Ah, mi spiace che a te non abbiano dato un'arma».

«Anche a me» borbottai io.

«Ti cederei volentieri la mia» disse Tyra. «Ma ho come l'impressione che sia contro il protocollo.»

Rob si strofinò il naso. «A proposito di protocollo, secondo voi cosa dobbiamo fare? Dove dobbiamo andare? Cioè, non ci hanno detto niente.»

«Non saprei, forse possiamo chiedere a qualcuno?» azzardai io, lanciandomi un'occhiata intorno.

«Seguiamo quelli» propose Tyra, accennando ai gruppetti di studenti che uscivano dal cortile. «Sembra che conoscano il posto.»

«Buona idea!»

Avevamo appena mosso qualche passo, che il cavaliere con la tunica rossa, Parsifal, si parò davanti a noi e accennò un inchino con il capo. «Prego, seguitemi da questa parte» ci disse con voce profonda e indicando un'uscita dal lato opposto rispetto a quella che stavano prendendo tutti i ragazzi.

«Non andiamo con gli altri?» chiesi.

«Loro stanno andando al refettorio, voi invece venite con me: vi mostro dove potrete riposarvi.»

«Ma come, noi niente pranzo?» protestò Robert.

«Il primo passaggio ad Avalon può risultare un po' turbolento» spiegò Parsifal. «Se mangiaste, rischiereste di sentirvi male. Ma non temete, un po' di riposo basterà a sistemarvi, e domani al vostro risveglio potrete sfamarvi a sazietà.»

In realtà non avevo nemmeno pensato al cibo: non avevo ancora per niente fame e neanche sete. Però iniziavo a sentirmi un po' assonnata, e non mi sarebbe spiaciuto distendermi.

Parsifal ci fece cenno di seguirlo e noi gli trottammo dietro fuori dal cortile, fino all'atrio da cui eravamo entrati. Lì imboccammo una delle scalinate di pietra che portavano al primo piano.

Salimmo in silenzio, tanto che potevo sentire, oltre al rumore dei nostri passi, l'eco dello schiamazzo lontano degli altri studenti diretti al refettorio.

Dopo avere attraversato un breve corridoio, Parsifal si fermò. «Ecco, questa è la porta del dormitorio delle ragazze. I posti sono contrassegnati con il nome, dovreste riuscire a individuarli senza difficoltà. Ai piedi del letto troverete un baule con dei vestiti di ricambio di cui potete disporre a vostro piacimento.»

Il cavaliere esitò, come se cercasse di ricordare un elenco. «Che altro? Ah, domattina potrete dormire quanto vorrete, per riprendervi dal passaggio. Ma nel pomeriggio comincerete l'addestramento nel cortile d'armi. Madamigelle, buon riposo.»

Parsifal si inchinò di nuovo, una mano sul petto, e fece cenno a Robert di seguirlo.

Tyra e io rimanemmo ferme ad accompagnarli con gli occhi finché non sparirono su per un'altra rampa di scale.

Poi ci guardammo.

«Be', entriamo?» chiesi, e lei annuì. Con circospezione, aprimmo la porta del dormitorio e scrutammo dentro.

Era uno stanzone enorme, dal soffitto altissimo, illuminato da ampie finestre gotiche. C'erano tre file di letti, due contro le pareti e una al centro della stanza. Ogni giaciglio era separato dagli altri da spessi divisori di legno che sembravano formare tante minuscole camerette, ciascuna con la propria tenda di tela all'ingresso. Avanzando nel salone, vidi che in ogni cubicolo, oltre al letto, c'erano un baule, un tavolino e uno sgabello.

Su alcuni letti erano appoggiati zaini, borsoni e valigie dall'aria moderna, e su tutte le testate di legno c'era inciso un nome diverso.

«Oh, ho trovato il mio!» sentii esclamare Tyra, ma non le prestai attenzione, perché ero incuriosita da una porta di legno dall'altro lato del salone. Come andai ad aprirla, mi trovai davanti un'ampia sala di pietra. Contro una parete, accanto a scaffali colmi di teli candidi ripiegati, c'erano cinque grossi catini di legno, separati da spesse tende di stoffa. Dal soffitto pendevano mazzetti di erbe profumate. Al centro della stanza notai un cerchio di bacinelle poste su treppiedi, con delle brocche d'acqua accanto. E nella zona più remota, contro la parete più esterna del castello, una fila di box chiusi che sarebbero stati molto simili a quelli di un bagno pubblico se non fossero stati di legno antico.

«Credo di avere trovato il bagno!» annunciai.

Andai verso uno dei box e aprii la porta: mi trovai davanti un'asse di legno con il buco che si apriva su un nero strapiombo. Ovviamente non c'era ombra di carta igienica.

Richiusi subito e mormorai tra me e me: «Ripensandoci, me la tengo».

Tornata nel dormitorio, vidi Tyra seduta su uno dei letti con l'aria affranta.

Incrociando il mio sguardo, mi chiese: «Quante possibilità ci sono, secondo te, che se adesso andiamo a dormire, domani mattina ci risvegliamo a casa nostra?»

«Basse, temo, ma visto quello che ci è successo oggi, non lo escluderei del tutto.»

«Speriamo tu abbia ragione» sospirò. «Ah, se cerchi il tuo posto, mi è sembrato di vedere il tuo nome, laggiù in fondo» aggiunse, indicando un giaciglio nell'angolo opposto della stanza, vicino a una finestra.

Ringraziai e mi diressi verso il mio lettuccio, che individuai grazie alla scritta "Pendragon" incisa sulla testata.

«Fantastico» borbottai sedendomi sul materasso. Che, scoprii con immenso disappunto, era rigido e imbottito di paglia.

Decisi di ispezionare il contenuto del baule: vi trovai un asciugamano di tela pulito, delle camicie medievali, un paio di braghe, una tunica corta da uomo, una tunica lunga da donna e un pesante mantello marrone. Ah, e cinque mutandoni di lino dall'aria arcaica.

Per la prima volta nella mia vita non ero emozionata alla prospettiva di indossare un costume medievale.

Rimisi tutto nel baule, mi tolsi la borsa a tracolla e ne svuotai il contenuto sul tavolino accanto al letto.

I miei quaderni di scuola, per colpa dell'acqua del lago, erano ormai cartapesta. Il portafoglio era umido, e nello scompartimento delle banconote trovai un pezzo di alga. Il mio cellulare, per fortuna, funzionava ancora, anche se lo schermo appariva opaco e la batteria stava finendo. L'unica cosa perfettamente intatta era la pergamena di Merlino, quella che mi aveva cacciata in questo pasticcio: se ne stava lì, perfettamente asciutta e arrotolata, come quando l'avevo trovata quella mattina. Le lanciai un'occhiataccia e presi lo smartphone. Come Tyra aveva accennato prima di arrivare alla fortezza, non prendeva minimamente. Aprendo le mappe, vidi la freccina del navigatore gps nuotare nel vuoto assoluto. E quando aprii l'applicazione della bussola, l'ago prese a girare all'impazzata su se stesso. Considerando tutto ciò che era successo fino a quel momento, non ne fui sorpresa.

Sospirai e mi sdraiai, ancora vestita, sul lettuccio scomodo, fissando il soffitto a volte. Nonostante la luce bianca filtrasse dalle finestre rischiarando il salone, ero stanchissima, come se non dormissi da due giorni. Ed effettivamente, ripensandoci, era proprio così. Sentii gli occhi farsi pesanti e, pochi istanti dopo, mi assopii.

Fui svegliata da uno scossone alla spalla. Alzandomi a sedere di soprassalto, incontrai lo sguardo allarmato di Tyra. Si era cambiata: indossava un abito duecentesco verde foglia che le stava benissimo, e ai piedi aveva le sue scarpe rosse. Senza dirmi niente, mi indicò una bizzarra creatura che si muoveva sferragliando dall'altro lato del salone: un'armatura completa di elmo, intenta a rifare un lettuccio. Quando si alzò, una cesta di lenzuola tra le braccia, vidi che l'elmo era completamente vuoto.

«Oh, cavolo!» balbettai.

L'armatura si inchinò e tornò al suo lavoro.

«Tranquille, non vi fa niente» ci tranquillizzò ridacchiando una voce all'altro capo del salone. «I thrall fanno paura a vederli, ma sono dei gran teneroni. Be', per quanto possa essere tenera un'armatura.» A parlare era stata una ragazza vestita in abiti moderni, con i jeans strappati e la maglietta di una rock band che non conoscevo. Aveva i capelli corti e neri, il viso sorridente e una piccola cicatrice rosea sul mento. «Ben svegliate, avete dormito moltissime ore» disse, avvicinandosi. «Il primo passaggio ti prosciuga proprio tutte le energie, eh? Ciao, io sono Hua Lin, del primo anno anch'io, ma sono passata per la prima volta l'equinozio scorso.»

«L'equinozio scorso?» farfugliai, poi mi ricordai di presentarmi: «Ciao, mi chiamo Angy».

«Di solito i ragazzi nuovi arrivano quattro volte all'anno, nei solstizi e negli equinozi» spiegò Lin. «Non so bene i dettagli, ma credo abbia qualcosa a che fare con il fatto che in quei giorni il mondo reale e quello magico sono più allineati e quindi è più semplice il passaggio per i principianti...»

«Ah, certo, ho capito» dissi io, senza però avere capito.

«Perché il dormitorio è vuoto? Dove sono le altre?» chiese Tyra.

«Sono ancora alle lezioni del mattino. Io sono passata a prendere una cosa che mi ero dimenticata. Fra un po', dopo pranzo, toccherà anche a voi. Vi assegneranno dei supervisori e inizierete a studiare con loro.»

«Dei supervisori?»

«Sì, dei ragazzi più esperti che vi daranno una mano, eccetera. Sentite, io andrei a mangiare, che sto morendo di fame. Venite anche voi?»

Tyra e io ci scambiammo un'occhiata e poi annuimmo entrambe. Seguendo Lin, scendemmo per la scalinata che portava all'ingresso. Dal rumore scrosciante che filtrava dalle finestre e dall'intenso odore di umido e muffa che permeava le pietre del castello, mi accorsi che pioveva.

Come aveva fatto il giorno prima con Merlino, Tyra tempestò Lin di domande: «È possibile tornare a casa prima della fine della settimana? Quanto dobbiamo stare qui? E che succede se decidiamo che non vogliamo più tornare? Ma poi, di tutto quello che impariamo, che ce ne facciamo?»

Con sorprendente pazienza, Lin rispose a ogni domanda meglio che poteva: «Non saprei dire, non conosco nessuno che sia andato via prima di una settimana, immagino che se ne debba parlare con Viviana. E non so, la gente va e viene, conosco ragazzi che sono qui da sei anni, ma anche qualcuno che dopo un anno o due ha smesso di tornare. Insomma, non sei costretta a rimanere, anche se non te lo consiglio: tutto quello che impariamo qua servirà a proteggerci, anche e soprattutto nel mondo reale».

«Proteggerci da cosa?» domandai.

Lin mi guardò per un istante, con un'espressione un po' strana, quasi timorosa: «Nessuno sa ancora perché, ma ogni tanto un Leggendario sparisce».

«Come, *sparisce*?» chiese Tyra.

«Puff, scompare. Senza traccia e senza lasciare un messaggio. E quando succede, nemmeno Merlino riesce più a trovarlo.»

Tyra e io ci scambiammo uno sguardo allarmato, ma Lin, improvvisamente di buon umore, spalancò le porte del refettorio. «Eccoci! Giusto in tempo per il pranzo.»

Pesce e mele

Ci trovammo in un ampio salone illuminato da torce, occupato per intero da due lunghissime tavolate a cui iniziavano a sedersi gruppetti di ragazzi, alcuni vestiti in abiti moderni, altri in costume medievale. Cinque armature vuote, di fogge ed epoche diverse, facevano avanti e indietro per il salone, reggendo vassoi colmi di cibo e brocche d'acqua.

«Tyra! Angy! Ciao!» ci chiamò Rob, salutandoci da lontano e sfoggiando il suo buffo sorriso bucato. Era seduto da solo a un tavolo, con davanti un piatto vuoto.

Tyra, Lin e io andammo a sederci di fianco a lui. Quella mattina, al posto della maglietta con l'alieno, si era messo una camicia medievale.

«Pazzesco, eh?» fece lui. «Quasi mi aspettavo di svegliarmi a casa mia, stamattina. Cioè, è tutto troppo assurdo per non essere un sogno, no? E invece, eccoci qua!»

«Se ti avanza un po' di entusiasmo, danne pure un po' a me. Io ho una mezza idea di chiedere di tornarmene a casa il prima possibile... tutto *questo*» disse Tyra abbracciando con lo sguardo l'intera stanza «proprio non mi si addice.»

In quel momento, una delle armature appoggiò davanti a noi un vassoio colmo di cibo: pesce arrosto, spiedini di pesce e mele, marmellata di mele, mele candite, pasticcio di pesce in crosta e un cesto di pane nero.

Un'altra armatura apparecchiò davanti a me e Tyra, appoggiando sul tavolo piatti di legno e bicchieri di terracotta, che riempì di succo di mele.

«Ma si mangiano solo pesce e mele, qui?» chiesi io, storcendo il naso.

«Ogni tanto arriva qualche barca a portare provviste. Tanta farina e cereali soprattutto, ma anche verdure, carne...» spiegò Lin. «È una cosa abbastanza rara, però, non succede tutte le settimane. Purtroppo, le uniche cose commestibili che si trovano sull'isola sono pesce e mele, quindi tendenzialmente si finisce per mangiare quelli.»

«Non vale!» farfugliò Rob rosicchiando una mela candita. «È da quando sono piccolo che sogno di entrare in una scuola di magia, e ora che mi sta succedendo per davvero, niente banchetti magici! Vabbè, meno male che il pesce e le mele mi piacciono...» concluse Rob allegro, riempiendosi di nuovo il piatto.

Lin scosse la testa. «Adesso ti piacciono, ma riparliamone fra sei mesi…»

Io, dopo il primo, timido boccone, mi accorsi di avere una fame da lupi: non mangiavo niente da quasi due giorni e la strana magia che mi aveva protetta dalla fame per tutto quel tempo svanì al primo assaggio. Svuotai il piatto, lo riempii di nuovo e lo svuotai ancora. Ero talmente concentrata a riempirmi lo stomaco, che le chiacchiere dei miei compagni rimasero solo un brusio di sottofondo.

Rob e Tyra erano altrettanto affamati e continuavano a servirsi, tanto che in poco tempo l'enorme vassoio davanti a noi venne ripulito.

Improvvisamente, per il salone echeggiò il rintoccare lontano di una campana.

«Ah, è ora di andare in cortile» annunciò Lin appoggiando la forchetta. «Scusate, ragazzi, io vado a cercare la mia compagnia. Ci vediamo dopo magari, eh? Ciao!»

Senza aggiungere altro, uscì dal salone assieme al resto dei ragazzi che, più o meno di buona voglia, abbandonavano il proprio pasto e si dirigevano ai corsi.

«Che facciamo, usciamo anche noi?» chiese Rob.

Tyra annuì. «Meglio di sì. Ieri Parsifal ci ha detto che questo pomeriggio avremmo avuto lezione in cortile con quel tale... come si chiamava, sir Galahad, giusto?»

Ci alzammo e, aggirate le armature che già iniziavano a sparecchiare i tavoli, seguimmo gli altri fuori dal castello.

Il cortile d'armi, che avevamo attraversato al nostro arrivo, era molto più grande di quanto mi fosse sembrato a prima vista.

Gruppetti di ragazzi si muovevano con sicurezza per lo spiazzo, come se sapessero già perfettamente cosa fare: alcuni andavano e venivano da una sorta di magazzino ricavato da quelle che probabilmente erano le antiche stalle, reggendo rastrelliere piene di armi e fantocci da allenamento. Altri montavano i manichini o disponevano file di bersagli di paglia a ridosso delle mura per allestire il campo di tiro con l'arco. Altri ancora controllavano e distribuivano le armi da allenamento, in legno o ferro smussato, a seconda del livello raggiunto dai ragazzi.

Nessuno sembrava badare alla pioggia che, cadendo,

scuriva le pietre del castello e trasformava il terreno in fanghiglia.

«Eccovi, meno male, stavo per venirvi a cercare» udimmo una voce profonda alle nostre spalle.

Mi girai e fui abbagliata da Galahad. Sembrava uscito da un libro di favole: sorriso smagliante, capelli chiarissimi, che sotto la luce ovattata di quella giornata piovosa sembravano quasi argentati, e occhi color del cielo. Così perfetto da sembrare finto.

«Venite, vi presento i vostri supervisori» continuò il cavaliere, facendoci cenno di seguirlo.

Ci condusse fino a un angolo a ridosso delle mura del cortile. Lì, due ragazzi molto alti, lei bionda e lui bruno, stavano montando un fantoccio rotante munito di spada e scudo e sembravano bisticciare animatamente tra loro.

La giovane era vestita in modo semplice, con i jeans strappati e una maglietta nera, e aveva entrambi i polsi carichi di braccialetti e catenelle. Lui, invece, portava una canottiera sportiva ed esibiva braccia muscolose, come fosse appena uscito dalla palestra e ci tenesse a farlo sapere a tutti.

Quando fummo abbastanza vicini, colsi un frammento di conversazione. «...non mi importa perché ci abbiano assegnati alla stessa compagnia, avranno le loro ragioni» stava dicendo lui. «Basta solo che non mi stressi, d'accordo? Prendi pure tu il comando, se ci tieni, ma non chiedermi di...»

«Non capisci che questa è una responsabilità troppo grossa per prenderla alla leggera?» incalzò lei. «Se non hai voglia di fare sul serio, ci penserò io a...»

«Non dico che non voglio fare sul serio» la interruppe l'altro a sua volta. «Dico solo che il tuo modo di allenarti è troppo pesante, bisogna anche...»

Galahad si schiarì appena la voce. Bastò quello, e i due tacquero di colpo. La ragazza si raddrizzò immediatamente, scattando sull'attenti: mancava solo che facesse il saluto. Lui, invece, si strofinò la nuca con un sorriso malandrino, che aveva l'aria di essere calcolato con attenzione per apparire affascinante e beffardo allo stesso tempo.

Era scuro di pelle ma aveva gli occhi chiari, di un verde polveroso. I suoi capelli neri, tagliati corti all'ultima moda, erano di quel genere di spettinato che necessita di mezz'ora davanti allo specchio per essere ottenuto.

«Eccovi!» esclamò, avvicinandosi per stringere la mano a ognuno di noi. «Ciao, sono Halil, Halil Siegfriedson! Come va?»

Noi balbettammo tre varianti diverse di "tutto ok", rispondendo a turno alla sua stretta vigorosa, in un'atmosfera di leggero, collettivo imbarazzo.

Imbarazzo che Halil sembrava determinato a dissipare a tutti i costi. «Io sarò il vostro supervisore, assieme a questa simpatica damigella» disse in tono canzonatorio, indicando con il pollice l'altra ragazza. «Fossi in voi non le stringerei la mano, o rischiate che ve la stacchi con un morso.»

«Sei simpatico, Hal» borbottò lei.

Sebbene fosse alta e atletica come una supereroina, la ragazza non aveva per nulla un'aria minacciosa: era solo molto seria, quasi malinconica. Aveva occhi grandissimi, di un azzurro quasi elettrico, e lunghi capelli biondo grano sciolti sulle spalle.

«Bene, signori, potete cominciare» disse Galahad ai nostri due supervisori. «Per oggi, riscaldamento ed esercizi di potenziamento. Domani mi occuperò io di iniziare i ragazzi alle tecniche delle rispettive armi, e voi due potrete proseguire il vostro addestramento con Parsifal.»

Con un breve cenno del capo si allontanò, dirigendosi verso un altro gruppo di studenti intenti ad allenarsi.

Halil batté le mani ed esclamò: «Bene! Iniziamo?»

«Iniziamo cosa, esattamente?» chiese Tyra. «E poi scusa, che cosa significa questa faccenda dei supervisori?»

«Significa che per i prossimi due anni Halil e io saremo i vostri diretti responsabili e ci prenderemo cura di voi» rispose la ragazza bionda. «Non vi faremo da balia, tranquilla. Diciamo che saremo vostri "alleati": vi aiuteremo nell'addestramento, vi insegneremo quello che già sappiamo e vi spiegheremo quello che non capite delle lezioni o del mondo magico. E se avrete delle difficoltà, dei problemi, se qualcuno vi darà fastidio... per qualsiasi cosa, sarà nostro compito aiutarvi. Siamo una compagnia, da adesso, fino a quando Halil e io lasceremo Avalon.»

«E quindi voi siete qui da tanto, ehm... scusa, mi sono persa il tuo nome» dissi io.

Lei alzò le sopracciglia chiare. «Ah, certo, non l'ho detto! Sono Geira, Geira Dahlstrom.»

«Io vengo ad Avalon da due anni e lei da tre» puntualizzò Halil. «E vi assicuro che non è così male, qui, una volta che vi sarete abituati.»

«Se avete altre domande, potremo parlarne a cena» concluse Geira. «Adesso è meglio che cominciamo: gli altri si stanno già riscaldando.»

Ed effettivamente, quasi tutti gli studenti avevano iniziato a correre attorno al cortile.

«Andiamo, dai!» esclamò Halil, che già saltellava sul posto. «Ho proprio voglia di una corsetta.»

«Povero me, se avessi saputo che avremmo fatto esercizio, avrei mangiato di meno...» brontolò Rob.

Poi, sempre borbottando, iniziò a trottare attorno al cortile, al seguito di Geira e Halil.

Tyra rimase ferma a guardare il cellulare. «Uff, dimenticavo che non c'è campo» sbuffò.

«Tu non vieni?» le chiesi, e lei in tutta risposta mi indicò le sue scarpe rosse con il tacco.

«Be', toglile, corri a piedi nudi!» la invitai io, e lei ribatté, alzando un sopracciglio: «Non credo proprio. Non ho dietro il necessario per una pedicure riparatrice».

Scoppiai a ridere. «Mi sembra giusto. A fra poco, allora!» E partii. A me non dispiaceva affatto correre, anzi, lo trovavo rilassante: avevo giocato a basket per tanti anni ed ero ancora abbastanza allenata, soprattutto perché tutti i fine settimana andavo a fare jogging al parco.

Robert, invece, non aveva l'aria di essere molto sportivo: dopo appena due giri aveva iniziato a sbanfare e a strascicare le gambe. E dopo il quarto fu costretto a fermarsi, piegato in due, mentre Halil cercava di spiegargli come fare respiri profondi per riprendere fiato.

Riuscii a tenere il passo finché Geira decise di fermarsi. Però notai che, mentre io ero stanca e un po' affannata, lei respirava normalmente, e l'unico indizio che avesse fatto movimento erano le guance appena un po' più rosse di prima.

Una volta raggiunti gli altri, Geira disse a Tyra: «Sarai tutta dolorante domani, se fai esercizio senza riscaldarti».

«Non vedo macchine per allenarmi e mi rifiuto di fare addominali nella polvere… quindi il problema non si pone.»

Geira scosse la testa. «Non durerai a lungo, qui, con questo atteggiamento.»

«Oh, questo è sicuro: ho tutta l'intenzione di tornare a casa prima della fine della settimana.»

L'altra scrollò le spalle. «Come vuoi. Non saresti la prima né l'ultima a non essere abbastanza forte da reggere la pressione. Molti rinunciano a essere Leggendari...»

Tyra si accigliò. «Qui non c'entra "essere forti". Solo mi rifiuto di essere sradicata dalla mia vita, che tra l'altro ho lavorato duramente a costruirmi, per giocare ai cavalieri in un castello pieno di spifferi.»

Geira incrociò le braccia, raddrizzò la schiena e questa volta sì che assunse un aspetto minaccioso. «Pensi che sia questo che facciamo? "Giochiamo ai cavalieri", secondo te? Ti sbagli! Qui ci addestriamo per essere all'altezza della nostra eredità e per imparare a proteggerci.»

«Sono perfettamente in grado di proteggermi da sola. Lo faccio da diciotto anni, anche senza di voi.»

«Ehi ehi ehi...» intervenni io, mettendomi tra loro. «Ognuno ha i propri gusti, no? A me personalmente i castelli pieni di spifferi piacciono un sacco, e muoio dalla voglia di "giocare ai cavalieri". Quindi, perché non mi fate vedere un po' di questi esercizi, eh?»

Geira sbuffò dal naso, ma sembrò calmarsi: annuì, fece un passo indietro e l'espressione dura sparì dal suo volto, che tornò ad assumere la solita aria vagamente malinconica.

«Benissimo, allora» disse Halil, battendo una mano sulla schiena di Rob. «Chi ha voglia di fare un po' di addominali nella polvere?»

Visite da altre Terre Magiche

Tyra si era diplomaticamente allontanata a leggere un ebook sul cellulare, seduta su una pietra che sporgeva dalla base delle mura.

A me e Rob toccarono invece tre ore di esercizi progressivamente più pesanti: addominali, flessioni, squat, affondi, scatti… Hal e Geira ci fecero persino fare sollevamento pesi con dei sacchi pieni di sabbia.

Alla fine ero stanchissima e impolverata, e la mia povera felpa bianca, tra schizzi di fango, macchie d'erba e la granita rossa del giorno prima, sembrava un quadro di Jackson Pollock. Rob, che era persino più imbrattato di me, se ne stava sdraiato sul terreno a braccia spalancate, lamentandosi come un moribondo.

I nostri supervisori, invece, che non sembravano per nulla affaticati, se ne stavano tranquillamente a discutere tra loro degli esercizi che ci avrebbero fatto fare il giorno seguente.

«Vi prego» rantolò Rob «portatemi al refettorio in barella. Ho bisogno di cibo, ma non riesco a muovere neanche un dito.»

Halil rise. «Resisti, dai, che fra un'oretta i thrall iniziano a servire la cena.»

«A proposito di thrall...» intervenni. «Sono veramente armature vuote? O sono spettri? Hanno tipo... dei sentimenti? Perché, ecco, non mi pare giusto che...»

Halil rise ancora più forte e Geira mi rispose pazientemente al suo posto: «Tranquilla, Angy Pendrake, sono solo armature controllate da un incantesimo di Merlino! Riflettono un po' il suo carattere, tutto qui. Ma questo mi sa che lo scoprirai presto da sola...»

Avrei voluto chiedere altro, ma in quel momento un ragazzo attraversò il cortile di corsa, strillando emozionato: «Una barca! Arriva una barca! Laggiù, al largo!»

Come una mandria, i ragazzi si mossero dal cortile: alcuni si accalcarono all'ingresso delle torri per salire sulle mura, altri corsero verso il portone d'ingresso.

«Chissà chi arriva questa volta! E cosa porterà? Speriamo qualcosa di buono... non ne posso più di mele e pesce. Dai, andiamo anche noi. Non possiamo perdercela!» ci sollecitò Halil.

«Io passo, vado a farmi un bagno» disse Geira.

E Robert, rantolando dal suolo: «Andate pure senza di me…»

«Dai, Rob, non stai morendo, hai solo fatto un po' di esercizio!» Ridacchiai, porgendogli una mano per aiutarlo ad alzarsi. Lui, però, rifiutò con un teatrale: «No no, non ce la posso fare. Lasciami morire qui...»

Tyra si avvicinò, incuriosita dal trambusto. «Che succede? Dove corrono tutti?»

«Pare che stia arrivando una barca» le dissi. «Vieni con noi a vedere?»

«Una barca? Da dove? E che ha di tanto speciale?»

«Ve lo spiego andando!» rispose Halil, precipitandosi fuori dal portone assieme agli altri.

Mentre scendevamo per il sentiero bianco costeggiato dai meli, Halil iniziò a raccontare: «Non conosco tutti i dettagli, quelli dovrete chiederli a un insegnante ma, per quanto ne so, in questa dimensione magica, in questa specie di immenso oceano incantato, non c'è solo l'isola di Avalon. Ce ne sono tante altre, diversissime, e pare che tutte in qualche modo siano entrate nelle leggende della dimensione reale. Qui, per esempio, ogni tanto arriva qualcuno da Atlantide».

«*Quella* Atlantide?» chiesi io.

«Esatto, quella. A quanto pare non è affondata, è solo passata nella dimensione magica.»

Tyra sbuffò. «Non ci starai prendendo in giro, spero!»

Halil si fermò a staccare tre mele da un albero e ne lanciò una a me e una a Tyra. Sotto il nostro sguardo stupefatto, le mele immediatamente ricrebbero e maturarono.

Indifferente a quel miracolo, Halil addentò il suo frutto. «Be', se non sei convinta, puoi chiedere a qualche insegnante domani, o a qualcuno dei nuovi venuti.»

Riprendendo il cammino giù per la discesa verde, gli domandai: «Ma questi visitatori, chi sono?»

«Be', io sono nato e cresciuto in Germania, conosco solo le leggende europee, e neanche su quelle sono proprio ferrato. Però da quanto mi dicono gli altri ragazzi... anche i visitatori sono dei Leggendari.»

Usciti dalla prima cerchia di mura, si aprì ai nostri occhi la vista del lago, o meglio dell'immenso oceano magico da cui eravamo arrivati il giorno prima.

Aguzzando la vista, notai una vela rossa, in netto contrasto con le acque che riflettevano il cielo grigio.

Era ancora poco più che un puntino in lontananza.

Sentivo chiaramente il rumore delle onde che si infrangevano sulla scogliera e le voci dei ragazzi che attraversavano chiacchierando i prati dell'isola. Percepivo persino il ronzio degli insetti intorno a me e i versi dei gabbiani che volavano alti sulle scogliere e, forse per la prima volta, mi resi conto di quanto fosse silenzioso quel luogo, lontano dal rombo dei motori e dai rumori della città. Forse era anche per questo che sembrava così magico e fuori dal tempo.

«Dai, muoviamoci!» ci incitò Halil, scendendo per il prato di corsa, come se tutto l'esercizio che avevamo fatto fino a quel momento non gli fosse bastato.

Di fianco a me, Tyra sospirò: «Che faccio, mi rovino le scarpe o mi rovino i piedi?»

Ci pensai un attimo. «Be', puoi sempre fare una pedicure quando torni a casa, mentre invece le scarpe le dovresti buttare...»

Lei mi guardò sorpresa, poi annuì: «Sono d'accordo con te». Si appoggiò alla mia spalla per togliersi le scarpe e, agganciandole alle dita, disse: «Sei una tipa a posto, Angy Pendrake».

Non capii bene cosa avessi fatto per meritarmi quel complimento, ma la ringraziai comunque, un po' confusa.

Corremmo giù per il prato per raggiungere Halil e imboccammo il sentierino tortuoso che scendeva serpeggiando lungo la scogliera.

Quando, pochi minuti dopo, arrivammo alla spiaggetta, la barca si era ormai avvicinata abbastanza da riconoscerne la forma: aveva uno scafo snello, di legno smaltato, e strane vele ricurve che si aprivano a fisarmonica. Aveva tutta l'aria di essere un'antica nave cinese, come ne avevo viste qualche volta nei film.

«So di chi è!» esclamò Hal ridacchiando. «Appartiene a Zhang Guolao. Ne vedremo delle belle...»

Soldati di terracotta e altre stranezze

In pochi minuti, la barca raggiunse la riva. Qualcuno da bordo lanciò una cima e alcuni ragazzi si affrettarono a legarla a una bitta.

Come apparso dal nulla, Merlino attraversò la spiaggia a grandi passi e raggiunse il molo.

Dalla barca calò una passerella e ne scese un uomo vestito di rosso e con una lunghissima barba bianca. Portava un berretto nero con una brillante piuma rossa, e sulla schiena uno strano aggeggio di canne di bambù. Sceso sul molo, allargò le braccia ed esclamò: «Carissimo!»

Anche Merlino allargò le braccia, esclamando a sua volta: «Carissimo! Non mi aspettavo di vederti così presto».

I due si scambiarono un breve, cerimonioso abbraccio.

«Myrddin, amico mio! Ho cose molto importanti da discutere con te, per questo ho anticipato il mio viaggio ad Avalon. Noto con piacere che la tua barba è sempre splendida e rigogliosa... lunga esattamente come la ricordavo. Ti informo che la mia, invece, è cresciuta di ben due centimetri dal nostro ultimo incontro.»

Merlino tossicchiò, poi ribatté: «Mio caro Zhang, per tua informazione, mi sono misurato la barba questa mattina stessa ed è cresciuta di due centimetri e mezzo».

«Oh, davvero? Ma guarda, ora che mi ci fai pensare, è da quando sono partito che non controllo bene la mia: è probabile che durante il viaggio io abbia guadagnato un altro centimetro.»

Mi girai verso Halil e gli chiesi sottovoce: «Ma fanno sempre così?»

Lui ridacchiò. «Non hai idea, competono su tutto! L'ultima volta hanno chiamato l'intera Accademia a fare da testimone, e hanno chiesto un metro da sarta per stabilire chi avesse la barba più lunga.»

«E chi ha vinto?» domandò Tyra.

«Erano pari, ovviamente.»

Intanto, alcuni uomini robusti, dall'aspetto un po' tozzo e squadrato, avevano iniziato a scaricare in silenzio dalla barca casse su casse e a depositarle sulla spiaggia. Ero talmente intenta a non perdermi nulla della scena cui stavamo assistendo che, nel cercare di vedere meglio, finii quasi per scontrarmi con uno di loro.

Mi voltai per scusarmi e rimasi senza parole: erano guerrieri di terracotta. Anche Zhang Guolao aveva una schiera di thrall al suo servizio!

Merlino e Zhang Guolao vennero verso di noi discutendo animatamente tra loro.

Colsi un frammento di conversazione...

«Caro Myrddin, sarai felice di sapere che vi ho portato del riso di ottima qualità, carne salata, tè, tanta frutta candita... e cos'altro? Ah, liquore, ovviamente! L'ho distillato io stesso, è venuto paradisiaco.»

«Zhang, come ti devo dire che non sono d'accordo che gli allievi consumino alcolici? Per di più, molti studenti sono ancora minorenni e le tue brodaglie bruciabudelle non sono certo adatte a loro.»

L'altro ridacchiò. «Vorrà dire che lo terremo per noi. Ne avrai bisogno dopo che ti avrò detto quello che sono venuto a riferirti. E, naturalmente, brinderemo alla nostra amicizia, vecchio brontolone.»

Non appena si furono avvicinati alla scogliera, Zhang

Guolao tirò fuori dalle pieghe del vestito un pezzo di carta bianca, ci sputò sopra e lo appoggiò a terra.

Sotto il mio sguardo stupefatto, il foglio si piegò come un origami e crebbe di dimensioni, fino a diventare una mula bianca.

Con aria soddisfatta, Zhang montò in sella e, così sistemato, iniziò la scalata del sentiero ripido che portava al castello. Merlino arrancava dietro di lui cercando di tenere il passo, seguito dagli uomini di terracotta che trasportavano casse e sacchi senza mostrare segni di fatica.

Formavano davvero una bizzarra carovana.

«Non credo a ciò che sto vedendo» balbettai.

«Be', fra un po' ti abituerai a tutte queste stranezze» mi assicurò Hal, strizzandomi l'occhio. Poi aggiunse: «Ora tu e Tyra fareste meglio ad andare a prepararvi, stasera si festeggia. Ah, dimenticavo: è richiesto l'abito da cerimonia. Lo troverete nei vostri bauli».

Mentre mi avviavo con Tyra verso i dormitori, finalmente mi fu chiaro il motivo dell'entusiasmo generale per l'arrivo della barca: almeno per una volta avremmo mangiato qualcosa di diverso da pesce e mele!

Di quel primo banchetto ad Avalon, però, ricordo molto poco, se non che per l'occasione avevo indossato un autentico abito duecentesco da dama: *chemise* in lino, *bliaut* dalle maniche strettissime che si allargavano dopo il gomito fino quasi a toccare terra e cintura in metallo decorato. Con un abito così, avrei fatto furore alle Renaissance Fair, ma non riuscii a godermelo, purtroppo, come non riuscii a godermi il resto della serata.

Ero stata l'ultima a lasciare il dormitorio, perché avevo lottato a lungo con la mia acconciatura. Mi ero fatta due trecce che avevo raccolto dietro la nuca, legandole con dei nastri, ma alcuni ciuffi ribelli continuavano a sfuggire e i nastri si slacciavano... un disastro! Ero quasi pronta a lasciare sciolti i capelli, infinitamente più comodi e semplici, quando ricordai che nella borsa avevo ancora un fermaglio "moderno". Con quello riuscii finalmente a fissare le ciocche in modo quasi stabile e mi avviai verso il refettorio.

E mentre correvo per i corridoi, sollevando il vestito per non inciampare, udii qualcuno discutere animatamente dietro una porta rimasta socchiusa.

D'istinto, rallentai il passo e subito riconobbi le voci: erano quelle di Merlino e di Zhang Guolao.

«La situazione è molto grave. Non si tratta più di semplici problemi di confine, o di qualche attacco durante i passaggi tra il mondo magico e quello reale...» stava dicendo Merlino, cupo. «Stiamo parlando di ragazzi scomparsi nel nulla! E non sappiamo ancora perché svaniscano...»

«Hai ragione, Merlino. Io però mi chiedo se non possano esserci Morgana e Mordred dietro questa storia... sappiamo bene tutti e due quanti problemi abbiano creato nel corso dei secoli, fin dai tempi della battaglia di Camlann. Sono loro i responsabili della morte di Artù, dopotutto. Erano alleati allora ed è probabile che lo siano ancora oggi. Entrambi sono senza scrupoli e pronti a tutto pur di raggiungere i loro scopi... quanto a Mordred, siamo consapevoli di quanto male si sia annidato dentro di lui, quanto rancore, sete di potere, desiderio di vendetta...»

A quel punto tacquero a lungo e io potei sentire il cuore rimbombarmi nelle orecchie. Cosa diavolo stava succedendo?

D'un tratto, il rumore di un colpo sul tavolo mi fece trasalire, poi Merlino tuonò: «Non possiamo essere certi che Morgana e Mordred siano i responsabili: abbiamo perso le loro tracce da moltissimo tempo, e sono tanti coloro che potrebbero volere eliminare gli eredi... In ogni caso, dobbiamo cercare di vederci più chiaro. Convocherò l'Alto Consiglio dei Leggendari: non possiamo più aspettare. Per il momento, però, i ragazzi non devono sapere di queste ultime sparizioni. Non voglio allarmarli inutilmente. Desidero che stasera si divertano. Purtroppo, portarli qui non è più sufficiente a proteggerli. Dovrò prendere provvedimenti: intensificare gli allenamenti, accelerare la loro preparazione... parlerò loro al prossimo rientro ad Avalon».

Il rumore di sedie trascinate sul pavimento mi avvertì che si stavano alzando.

Con il cuore in gola, mi precipitai verso il refettorio, decisa a non riferire agli altri quello che avevo sentito o creduto di sentire, finché non avessi capito meglio di cosa si trattava. In ogni caso, stabilii che ne avrei parlato prima con Tyra. Non potevo certo rivelare ai supervisori che avevo origliato una conversazione privata di Merlino, e Tyra sembrava l'unica in grado di non sclerare sentendo notizie come quelle.

Notizie inquietanti e strani eventti

Non trovai l'occasione per parlare con Tyra né al banchetto, né più tardi. Quella sera l'atmosfera nel dormitorio era molto diversa dal giorno prima: tutte le ragazze dell'Accademia si stavano preparando per andare a dormire e le pareti di pietra rimbombavano per la confusione e le chiacchiere.

A questo si aggiungeva il continuo clangore delle armature che andavano e venivano dai bagni, portando secchi e secchi di acqua bollente per riempire i catini.

La coda per farsi un bagno era praticamente infinita.

Dopo un'ora buona, riuscii finalmente anch'io a lavarmi e a starmene a mollo nella tinozza, dietro la privacy delle tende tirate, e fu quasi rilassante. Almeno finché da fuori non iniziarono a gridare di spicciarmi, che stavo bloccando la fila.

Comunque c'era un'aria quasi cameratesca, con le ragazze che giravano tranquillamente in accappatoio e pantofole, o si radunavano a gruppi nei cubicoli a chiacchierare in pigiama. Mi ricordava quella dei campi estivi a cui i miei genitori mi mandavano da piccola.

Ero seduta sul mio letto con addosso la lunga camicia medievale che avevo trovato nel baule e che avevo deciso di usare come pigiama, e osservavo quel viavai di gente, quando mi sentii chiamare: «Tutto a posto, Angy? Sei stata pensierosa tutta la sera. Qualcosa non va? Hai bisogno di qualcosa?»

Era Geira che, con il cuscino sottobraccio, i pantaloni di flanella e una vecchia maglietta sformata, aveva un'aria quasi tenera.

Le risposi con una smorfia: «Be', magari di uno spazzolino da denti, carta igienica, un pigiama morbido, un telefono che prende... e forse anche di mutande che non siano di lino ruvido e lunghe fino al ginocchio».

Un sorriso le scavò due fossette sulle guance. «Capisco come ti senti, sono tutti in questa situazione al primo passaggio ad Avalon: completamente impreparati. Ma ho una buona notizia: le cose che ci portiamo dietro dal mondo reale passano con noi, quindi la prossima volta basta che ti prepari una valigia con quello che ti può servire e sei a posto.»

Annuii. «Infatti, vi vedo tutte molto organizzate... cavolo, quelle là hanno persino le casse per la musica!»

«L'unico problema è che bisogna avere dietro tante batterie portatili. E una volta scaricate anche quelle... Be' sei un po' fregato.»

«Ho fatto una coda di un'ora per starmene immersa dieci minuti in un catino di legno pieno d'acqua tiepida... mi sento un po' fregata in ogni caso.»

Geira replicò ridacchiando: «In effetti... be', buonanotte». E si allontanò verso il suo cubicolo, che era nella fila opposta al mio e di qualche posto più a destra.

Stavo per tirare la tenda davanti al mio letto e prepararmi a dormire, quando mi sentii chiamare di nuovo.

«Ehi, Angy!» esclamò Geira. «Regalo di benvenuto!» E mi lanciò, attraverso il corridoio, un oggetto rettangolare.

Lo presi al volo: era un pacco di carta igienica da quattro rotoli ancora imballato.

Mi sentii quasi commossa.

Sorridendo tra me e me, tirai la tenda, mi sdraiai sul

mio ispido materasso di paglia e, senza neanche rendermene conto, mi addormentai.

E sognai.

Ancora una volta sognai di nuotare in un lago immobile, mentre una barchetta solitaria e misteriosa si avvicinava da lontano. Questa volta, però, il sogno fu interrotto bruscamente da qualcuno che, nell'oscurità, mi scuoteva con forza la spalla.

Era Tyra.

«Ma che... chi...?» borbottai, allarmata.

«Scusa se ti sveglio» sussurrò lei «ma devi venire a vedere una cosa.»

«Che cosa?»

«Se te lo dicessi, non mi crederesti. Devi vederla con i tuoi occhi.»

Rotolai giù dal letto con un grugnito assonnato e seguii Tyra lungo il corridoio tra i cubicoli.

Nel dormitorio tutto era silenzioso. Gli unici rumori erano quelli dei nostri piedi nudi sulla pietra e il respiro delle ragazze addormentate.

Raggiungemmo la postazione di Tyra e lei si sedette sul letto, facendomi cenno di imitarla.

«Stavo avendo un incubo» mi sussurrò. «Sempre il

solito, a dire il vero... ero inseguita da un toro bianco e io correvo, e correvo… ma non è importante, adesso. Ciò che è importante è che quando mi sono svegliata, sul mio comodino ho visto questo…» Aprì il pugno e notai che reggeva la statuina di bronzo che mi aveva mostrato il giorno prima, quella scelta sulla bancarella di Merlino.

«Il tuo soldatino?» bisbigliai.

«Guarda…» Tyra lo appoggiò sul comodino vicino al suo letto, sdraiato, e un attimo dopo il piccolo guerriero si rimise in piedi.

Sbattei le palpebre, poi mi sfregai gli occhi. «Eh?»

«Questo è niente» mormorò Tyra. Fece un gesto circolare con il dito: la figurina si mosse e iniziò a marciare in cerchio.

«Non ci posso credere!» esclamai.

«Sst!» mi zittì lei. «Pazzesco, vero? Guarda qua!» Mosse il dito su e giù e Talos iniziò a saltare sul posto. E poi, a un altro suo comando, prese a menare affondi con la sua spadina di bronzo.

«Ma cosa… come fai!?»

«Non lo so! Mi basta solo pensare a quello che dovrebbe fare… e lui lo fa! Mi sono svegliata che stava correndo attorno al comodino, allora ho pensato: "Fermati, accidenti!"... E lui l'ha fatto. Insomma, mi sono accorta che posso controllarlo con il pensiero!»

La guardai negli occhi, serissima. «Tyra...» le dissi, appoggiandole solennemente una mano sulla spalla «fagli ballare il charleston.»

Le scappò una risatina, a cui mi unii sottovoce. Tyra si girò subito verso il soldatino e iniziò ad agitare il dito a tempo di musica. Questi, rispondendo al suo comando, si mise a ballare sul posto, usando l'elmo come se fosse un cappello di paglia e la spada come un bastone da passeggio.

Tyra e io eravamo scosse da risate silenziose, tanto che dovevamo sorreggerci a vicenda per non rotolare a terra.

A un tratto, una voce solenne ci gelò: «Tyra Hope».

Tacemmo di colpo, girandoci. Nel corridoio, immobile, immersa nella penombra, c'era lei, Viviana.

«Vieni con me» intimò, nella voce un'autorità tale che Tyra scattò immediatamente in piedi.

Io la fermai, prendendola per il polso. «Che succede? Sei nei guai?»

Per un attimo non rispose, guardando più volte me e Viviana, poi disse: «Non lo so, tu torna a dormire. E fammi un favore... non parlarne con nessuno, finché non so cosa succede».

Privilegio o condanna?

Quando, la mattina dopo, fui svegliata dai rintocchi di una campana, mi ero addormentata da poco. Mi ci volle qualche istante per capire chi ero, poi misi a fuoco i ricordi della sera prima e mi guardai subito attorno in cerca di Tyra. Il corridoio tra i letti era animato da un allegro viavai di ragazze che si preparavano per la giornata, ma di lei non c'era traccia.

Frugai tra gli abiti medievali nel mio baule e indossai una tunica corta e un paio di braghe, e poi andai a ispezionare il cubicolo di Tyra.

Dopo quello che era successo, temevo di trovarlo vuoto, ma con grande sollievo vidi la sua borsetta ai piedi del letto, il cellulare spento abbandonato sul comodino e i vestiti usati il giorno del passaggio accuratamente piegati sul suo baule.

Pensando che forse l'avrei trovata già in refettorio per la colazione, uscii dal dormitorio. Mentre scendevo le scale, mi sentii toccare una spalla e, girandomi, vidi Geira.

«Tutto a posto?» mi chiese.

«Sì… cioè, no. Cercavo Tyra, l'hai vista?»

Lei storse la bocca e scosse la testa. «No, non l'ho vista. Magari se n'è tornata a casa prima, come desiderava.»

«No, non credo… nella sua postazione c'è ancora tutta la sua roba.»

«Allora non saprei» disse Geira, scrollando le spalle. «Ma non preoccuparti, se le fosse successo qualcosa di grave, si sarebbe già sparsa la voce.»

«Mah, se lo dici tu…» mormorai io, poco convinta.

Arrivate in refettorio, trovammo Rob e Hal seduti uno di fronte all'altro, con i piatti pieni di cibo. Erano immersi in un'animata conversazione.

«Ti dico che non puoi limitarti ai videogiochi di sport, amico» stava dicendo Rob. «Devi fare il salto di qualità, ok? Dai, io posso consigliarti un sacco di titoli! Che genere potrebbe interessarti, *rpg*, *moba*, *mmo*, *fps*…?»

«Amico, è troppo presto per tutti questi acronimi»

borbottò Halil. «Voglio dire, a me i videogiochi sportivi bastano. Anche se, in realtà, a casa di un mio amico ne ho provato uno che mi è piaciuto, quello uscito il mese scorso, dove devi costruirti un rifugio e combattere gli zombie...»

«Ah, ma certo, ce l'ho anch'io, è bellissimo! Devi prenderlo così, tornati a casa, giochiamo in coop!»

Geira cercò il mio sguardo e girò ostentatamente gli occhi. Io sghignazzai, e assieme andammo a sederci di fianco agli altri due, che solo allora si accorsero di noi.

«Ehi, ragazze, come va?» Halil ci fece un sorriso. «Cavolo, Geira, ogni mattina hai la faccia più seria. Se continui così, diventi di marmo.»

«Molto simpatico, Hal» borbottò lei, riempiendosi il piatto.

«Ragazzi, avete visto Tyra?» chiesi.

«No, perché?» domandò Rob tra un boccone e l'altro di crostata di mele.

«Niente, mi chiedevo dove fosse...»

Terminata la colazione, Hal e Geira ci mostrarono la strada per la biblioteca, dove avremmo assistito alla nostra prima lezione teorica.

A quanto ci raccontarono, di biblioteche ad Avalon ce n'erano due: una al secondo piano dell'ala ovest e una al terzo piano dell'ala est. Noi ci dirigemmo verso quella occidentale, che era dedicata, spiegò Geira, alla storia delle terre magiche.

Era uno spazio molto grande e luminoso, con scaffali pieni di libri dal pavimento al soffitto e due file di piccoli scrittoi allineati al centro della stanza. A prima vista non c'era niente di diverso da una normalissima biblioteca del mondo reale, se si esclude il fatto che i libri avevano tutta l'aria di essere antichissimi e preziosi. Ne fui quasi delusa.

Quello che invece mi fece strabuzzare gli occhi erano le quattro "copie" di Merlino che si aggiravano per la stanza. Ciascuna reggeva un foglio di pergamena con su scritto un numero e chiamava a gran voce: «Primo anno, con me!»; «Secondo anno, con me! No, tu sei del primo anno, vai dall'altro Merlino!»

«Non ci posso credere, quindi Merlino insegna da solo a tutta la scuola?» sussurrai sbalordita a Geira.

A rispondermi fu Merlino in persona, quello che reggeva un cartello con un "1": «Nessuno è più qualificato di me, signorina Pendrake. Quindi, come può facilmente comprendere, non ho altra scelta che sdoppiarmi».

Rob fischiò nella fessura del dente mancante. «Ma non si confonde a tenere tante lezioni diverse tutte assieme?»

«Signor Lockwood, non si preoccupi di questo. Oltre mille anni di pratica mi hanno reso particolarmente efficiente nell'arte dello sdoppiamento.»

Si guardò attorno per controllare la situazione, poi annunciò soddisfatto: «Signor Siegfriedson, signorina Dahlstrom, grazie per avere mostrato la strada ai ragazzi, ora potete dirigervi alla vostra lezione. A loro ci penserò io».

In quel momento, un ticchettio affrettato di tacchi annunciò l'arrivo di Tyra. «Scusate il ritardo, eccomi» ansimò senza fiato quando ci raggiunse. «Ma quanti "Merlini" ci sono?»

«Ben ritrovata, Miss Hope» disse il "nostro" Merlino. «Prego, seguitemi verso quell'angolo, dove ci attendono gli altri ragazzi del primo anno.»

Guardai Tyra: sembrava sfinita, come se non avesse chiuso occhio, e per la prima volta la vedevo senza trucco. Era ugualmente carina, ma sembrava molto più giovane, dimostrava anche meno dei suoi diciotto anni.

«Tyra, tutto bene?» bisbigliai. «Dov'eri finita? Non sono riuscita a dormire stanotte, sei stata con Viviana?»

«Va tutto bene, ma non posso parlarne. Almeno non ancora.»

Annuii e non insistetti oltre. Del resto, anche io avevo un segreto da raccontarle e decisi che l'avrei fatto alla prima occasione.

Assieme agli altri ragazzi, ci radunammo attorno a Merlino, che ci condusse in una stanza annessa alla biblioteca. Era un'enorme aula a gradoni, dagli antichi banchi di legno scolpiti e disposti ad anfiteatro attorno a un'alta cattedra. Merlino prese posto, tossicchiò per richiedere il silenzio, attese qualche istante che il brusio calasse e iniziò a parlare: «Oggi parleremo di alcune vicende della storia di Avalon che tutti dovreste conoscere. Come mi auguro molti di voi già sappiano dalle loro letture, durante l'ultima battaglia di Artù presso Camlann, il re fu ferito da Mordred, suo mortale nemico. Fu allora che la sua spada, Excalibur, andò perduta. E di Artù non si seppe più nulla...» Fece una breve pausa e mi lanciò una strana occhiata, che non riuscii a interpretare. Sembrava che nello stesso tempo volesse valutare le mie reazioni, scrutare i miei pensieri e rassicurarmi.

Per un istante tutti gli sguardi conversero su di me e io mi sentii avvampare fino alla punta delle orecchie. Per fortuna Merlino riprese subito il suo discorso e nessuno se ne accorse.

«Fu allora, al termine della stessa battaglia, che avvenne un fatto dalle gravissime conseguenze: Viviana si trovò a scontrarsi con Morgana nel più terribile duello magico di tutti i tempi. Per difendersi, e difendere tutta Avalon, Viviana lanciò un incantesimo molto potente: separò per sempre i due mondi, il vostro e il nostro, con una barriera magica insormontabile ai più: le Porte di Avalon. Subito dopo, bandì per sempre Morgana dal mondo magico. Questa fu la sua punizione per avere tradito suo fratello Artù e sostenuto Mordred nei suoi piani di conquista del potere. Perciò, signori miei, non date retta alle teorie moderne che dicono che Avalon si trova in questo o in quest'altro punto del mondo reale: tutte baggianate, bazzecole, corbellerie di bassa lega, stupidaggini messe in giro per confondere le idee dei sempliciotti. Avalon è sempre stata qui, nella dimensione magica, dove vi trovate voi ora e dove sorge questa nobile Accademia.»

Incrociò le braccia e si guardò intorno per vedere l'effetto che aveva fatto il suo discorso. «Ci sono domande?» concluse, soddisfatto.

Senza neanche rendermene conto, alzai la mano. «E Artù dove si trova ora? È morto per le ferite? Dove è sepolto? E Morgana? Che fine ha fatto? E Excalibur?»

Merlino sospirò, malinconico. «Mi spiace, signorina

Pendrake. Purtroppo non posso soddisfare la sua curiosità, benché sia più che legittima. Quanto a Morgana, si auguri di non incontrarla mai. È una potente incantatrice, ed è abituata a ottenere quello che vuole, con ogni mezzo. Comunque, da quando è stata confinata nel mondo reale, abbiamo perso le sue tracce...»

Il mio vicino, un ragazzo dai lunghi capelli neri e dagli occhi così scuri e intensi che parevano carbone, lo incalzò: «C'è una cosa che non ho capito. Cioè, mi chiedo, se il mondo reale e quello magico sono stati separati, perché noi possiamo venire ad Avalon? Perché le selezioni? Perché tutto questo mistero? E perché Viviana controlla il passaggio?»

Merlino tossicchiò, imbarazzato. «Namid Smith, vedo che lei possiede tutto l'acume e la fierezza del suo nobile antenato, il leggendario eroe cheyenne Motzeyouf, che donò al suo popolo le quattro frecce sacre. Me ne compiaccio. Comincerò a rispondere alla sua ultima domanda: Viviana vigila sulle Porte di Avalon perché in passato Morgana ha tentato più volte di varcarle e di riunire i due mondi, mentre Mordred è imprevedibile, e costituisce da sempre una grave minaccia. Per ora, fortunatamente, i loro tentativi sono stati vani. Quanto alla sua domanda precedente, su chi possa oltrepassare le Porte di Avalon e chi no, è bene che sappiate che dal preciso istante in cui Viviana ha separato i due mondi e bandito Morgana, chi già si trovava ad Avalon, come me, Parsifal o Galahad, non ha mai più potuto lasciarla. Solo voi, che in quanto autentici eredi dei Leggendari appartenete a entrambe le dimensioni, quella reale e quella magica, potete attraversarle senza essere annientati dal passaggio. Tuttavia, nemmeno voi potete fermarvi qui a lungo, non più di una settimana del tempo di Avalon, che corrisponde a meno di un istante del mondo reale. Se così non faceste, finireste per sottostare alle regole del mondo magico, ne verreste trasformati, sareste sottomessi al suo scorrere del tempo, infinitamente più lento che nella realtà, e rimarreste anche voi bloccati ad Avalon e condannati a vivere in eterno.»

Restammo in silenzio, per un momento che parve davvero un'eternità.

A un tratto Rob si mise a ridacchiare. «Vivere in eterno? Non mi pare poi così male, a parte il fatto che da queste parti si mangiano solo pesce e mele!»

Scoppiammo tutti in una fragorosa risata liberatoria che ebbe due effetti opposti: smorzare la tensione e fare infuriare Merlino, che si alzò, scuro in volto e d'un tratto grande e minaccioso, e tuonò: «Non ridete di quella che è la più terribile maledizione del mondo magico e ringraziate di non essere costretti a sottostarvi!»

Poi, all'improvviso, tacque e scese dalla cattedra con uno svolazzo del mantello.

«Per oggi la lezione è finita» aggiunse, un attimo prima di lasciare l'aula.

Per un breve istante mi apparve infinitamente vecchio e stanco, come se sulle sue spalle ci fosse il peso di millenni, e nei suoi occhi lo sguardo di chi ha visto troppe cose e ha salutato per sempre troppe persone...

Restammo fermi per qualche istante, come congelati da quelle parole amare, poi uscimmo anche noi dall'aula, in silenzio. Fu allora che, per la prima volta, mi chiesi se diventare un Leggendario fosse una condanna, e non un privilegio.

Ritorno a Central Park

Quello strano episodio nella biblioteca lasciò una traccia di malinconia dentro ciascuno di noi. Fui certa che, come me, anche gli altri Leggendari cominciassero a interrogarsi sul proprio destino, sul motivo per cui erano stati scelti e su che cosa ci si aspettasse in realtà da noi. Le domande che alcuni di noi posero ai propri supervisori e agli insegnanti rimasero senza risposta, oppure ottennero semplici e vaghi: "Vi sarà spiegato tutto a suo tempo..."

Da quel momento, il programma delle lezioni e delle giornate proseguì regolarmente, ma con un ritmo ancora più intenso, come se volessero tenerci impegnati in ogni istante.

Quanto a me, dopo i primi due giorni, non mi fu difficile abituarmi alla routine della vita all'Accademia. Anche ciò che all'inizio mi aveva dato fastidio – i materassi rigidi, i bagni scomodi, i pasti sempre a base di pesce e mele – alla fine aveva cominciato a sembrarmi quasi normale.

Ogni giorno si svolgeva praticamente nello stesso modo: dopo un'interminabile coda per i bagni e una rapida colazione, assieme ai ragazzi del primo anno avevamo lezione con Merlino, che ci insegnava Storia del Mondo Magico e Storia delle Vite dei Leggendari, ma anche Geografia dei Mondi Fantastici e Lingue Perdute, come l'elfico antico o l'atlantideo. A cosa ci servissero proprio non riuscivo a capirlo... Per non parlare poi dell'ora di Buone Maniere, o di Arte della Danza Medievale, che Merlino aveva affidato a un thrall inflessibile e pignolo, che tra l'altro sembrava avercela particolarmente con me.

Dopo pranzo ci aspettavano le lezioni di combattimento in cortile. Già dopo il primo giorno, oltre agli esercizi fisici per potenziarci, iniziammo ad allenarci all'uso delle armi con Parsifal e Galahad. Per nostra fortuna, i ragazzi del primo anno usavano solo armi in legno da addestramento. Imparammo ogni giorno nuove tecniche di spada, lancia e tiro con l'arco, che ripetevamo all'infinito (e con scarsissimo successo) sotto lo sguardo attento di Halil e Geira.

A dire la verità, la loro espressione, più che essere "attenta", era una via di mezzo tra sconsolata e disperata, ed era accompagnata da frasi come: «Questi due sono casi disperati!»; «Più impegno, ragazzi!»; «Più alta quella spada, Angy! Rob, prima di tirare, assicurati che la freccia sia incoccata, diamine! Siete Leggendari, non molluschi!»

Insomma, i nostri primi tentativi nell'arte delle armi furono un vero, totale, assoluto disastro.

A queste lezioni, Tyra non partecipava mai: continuava ad assentarsi di nascosto, con crescente fastidio da parte di Geira, e a ripresentarsi solo all'ora di cena.

Io rispettai la richiesta di Tyra e non ne parlai con nessuno, né le feci domande, ma morivo dalla curiosità.

Sapevo solo che andava da Viviana e che, di qualunque cosa parlassero quelle due durante i loro misteriosi incontri, aveva a che fare con la statuina di bronzo e con la capacità di Tyra di farla muovere.

Anche se non vedevo l'ora di stare un po' con Tyra e mi mancavano le sue battutine sarcastiche, non mi annoiavo: passavo il tempo libero scherzando con Rob e chiacchierando con Lin e Namid, con cui avevamo iniziato a stringere amicizia. E anche Hal e Geira, che da bravi supervisori stavano sempre nei paraggi, erano di ottima compagnia. Fatto sta che, nonostante inizialmente avessi faticato ad ambientarmi, quando il settimo giorno Geira mi svegliò e vidi che le altre studentesse stavano sistemando i loro bagagli, preparandosi a partire, mi sentii quasi delusa.

Non era ancora l'alba e il dormitorio era illuminato dalla luce delle torce. Indossai i miei abiti moderni, che erano stati lavati e stirati dai thrall, raccolsi le mie poche cose nella borsa e mi diressi assieme agli altri ragazzi verso il cortile.

Lì trovai i miei amici, tutti stranamente giù di morale. Rob in particolare sembrava molto nervoso e teneva lo zainetto stretto come fosse un salvagente.

«Ehi, Rob, che hai? Tutto a posto?» gli domandai, preoccupata.

«Sì, sì... diciamo solo che, ehm, quando sono passato ad Avalon settimana scorsa ero un po' nei guai... e non ho molta voglia di ritornare.»

«Che genere di guai?»

Lui evitò il mio sguardo. «Uh, ne parliamo un'altra volta, va bene?»

Halil arrivò da dietro e ci tirò una manata sulle spalle.

«Allora, ragazzi, contenti di tornare? Qual è la prima cosa che farete nel mondo reale?»

«Una doccia calda, di sicuro» dichiarai io.

Rob sorrise, all'improvviso di buon umore. «Oh, io starò tutta la sera davanti ai videogiochi e mangerò almeno tre pacchetti di patatine.»

Tyra, che si sistemava i riccioli specchiandosi con la fotocamera del cellulare, aggiunse: «Io penso che mi prenderò un giorno di vacanza e lo trascorrerò alla spa, pacchetto deluxe: sauna, piedi all'aria e cetriolini sugli occhi».

«E tu, Hal, che farai?» chiese Robert.

«Ah, niente di speciale, probabilmente passerò un po' di tempo con la mia ragazza.»

Rimasi sorpresa, perché era la prima volta che gliene sentivo parlare. «Non sapevo avessi una fidanzata!»

«Capirai, ne ha una diversa ogni volta che torna qua» sbuffò Geira.

«Ehi, gli altri stanno iniziando ad andare!» esclamò Hal, come se fosse tutto d'un tratto desideroso di cambiare argomento. «Sbrighiamoci, su!»

Scendemmo giù per il prato, fuori dal castello, e percorremmo il tortuoso sentiero lungo la scogliera.

Il cielo aveva appena iniziato a rischiararsi e dovetti

prestare attenzione a dove mettevo i piedi per non scivolare sui gradini umidi di salsedine. Sulla spiaggia ci aspettava una flotta di barchette: saranno state almeno cinquanta. Ad attendere sul molo, silenziosa come sempre, c'era Viviana, il mantello grigio mosso lievemente dal vento.

«E adesso? Come funziona?» volle sapere Rob.

«Scegliamo una barca, che ci porterà al largo» spiegò Geira «e il resto... succederà da sé. Il rientro è più semplice: non occorre nemmeno tuffarsi in acqua. È Viviana a smistarci direttamente, ciascuno al proprio punto di partenza, grazie alla magia.»

Tutti i ragazzi, come se sapessero già perfettamente cosa fare, si sistemarono sulle barche, e anche noi ci muovemmo per imitarli.

Ma appena prima di raggiungere la battigia, Viviana comparve alle nostre spalle come uno sbuffo di fumo, trattenendo Tyra per un braccio.

Colsi di sfuggita quello che si dissero.

«Ricorda quello che ti ho detto, Tyra, o le conseguenze saranno disastrose per tutti noi» sussurrò Viviana.

E Tyra, a bassa voce: «Sì, dama Nyneve, lo ricorderò».

Quando Viviana la lasciò andare, con un cenno soddisfatto del capo, cercai di incrociare lo sguardo di Tyra, sperando di ricevere una spiegazione, ma lei, quando i nostri occhi si incontrarono, si limitò ad allargare le braccia, come a dire "mi spiace, non posso parlare".

«Nessuno mi dice niente, oggi!» sbuffai io, salendo sulla barchetta, che ondeggiò sotto il mio peso.

Quando anche Rob e Tyra furono a bordo, Hal e Geira spinsero la barca in acqua e vi saltarono su a loro volta.

A una a una, tutte le imbarcazioni si staccarono dalla riva e, nonostante non ci fosse un filo di vento, iniziarono a galleggiare piano piano verso il largo, tagliando il velo di nebbia che fluttuava a pelo dell'acqua.

Intanto, la linea dell'orizzonte si tingeva di rosa riflettendosi sul lago e colorando la foschia che, man mano che avanzavamo, si faceva sempre più fitta.

«Be', ci vediamo fra una settimana, allora» ci salutò Hal. «Mi raccomando, cercate di fare tutti i giorni gli esercizi che vi ho mostrato, così vi terrete in allenamento, o al vostro ritorno sarà durissima riprendere...»

«E prima di tornare ad Avalon, ricordatevi i bagagli con tutto quello che vi può servire» aggiunse Geira.

«Be', ma scriviamoci, no?» propose Rob. «Teniamoci in contatto.»

La nebbia si era fatta ormai tanto spessa che non si

riusciva a vedere a un palmo dal naso. Le sagome dei miei compagni divennero indistinte e presto svanirono. Anche spalancando gli occhi, non scorgevo altro che un velo perlaceo.

«Ragazzi, non ci siamo scambiati i numeri!» esclamai, però non ricevetti risposta.

Mi guardai attorno, nel silenzio totale e irreale. Tenendo le mani tese davanti a me, riuscivo a malapena a distinguere le mie stesse dita.

«Ragazzi?»

Ma intorno a me ci fu solo silenzio.

A poco a poco, la nebbia iniziò a diradarsi, e solo allora vidi che la barca era vuota.

Le mie orecchie vennero assalite da un rumore di motori, ruote, ingranaggi e clacson, tanto assordante da farmi girare la testa.

Ero tornata a Central Park.

La foschia ormai era solo una leggera cortina opaca a filo dell'acqua. Attorno a me, i profili dei palazzi si stagliavano alti contro il cielo, che da rosa si faceva velocemente azzurro.

Rimasi immobile qualche istante, mentre la barchetta dondolava silenziosa verso la riva.

All'improvviso, il mio cellulare impazzì: una raffica di *beep* in rapida successione mi avvertì che stavo ricevendo messaggi su messaggi.

Mi affannai a cercare il telefono nella borsa e trovai cinquanta messaggi non letti, tutti da parte dei miei amici Maggie e Nate, e tutti che mi chiedevano in tono sempre più allarmato dove fossi finita.

Ancora un po' scossa dal passaggio, mi incastrai con le dita digitando una rapida risposta a entrambi: "Tutto ok. Sto bene. Stavo solo dormendo. Ci vediamo più tardi".

Intanto, con un tonfo, la prua toccò la riva. Scesi a terra un po' instabile sulle gambe, guardandomi attorno. Il rumore della vita moderna era veramente fastidioso dopo una settimana nel silenzio di Avalon.

Mi avviai verso l'uscita del parco, frastornata. Era come svegliarsi dopo un lungo pisolino pomeridiano, di quelli in cui volevi giusto chiudere gli occhi cinque minuti, ma poi finisci per dormire due ore, e quando ti svegli, per un buon momento non capisci chi sei, dove ti trovi e che anno sia.

Iniziai a sentirmi più in me solo una volta entrata in metropolitana. Stare in mezzo alle persone che, nonostante fosse prestissimo, già popolavano il vagone, ognuna presa dalla sua vita e dai suoi pensieri, ebbe lo strano effetto di farmi ritrovare il mio centro. Finalmente mi resi conto che ero tornata ed ero lì, a New York, a casa mia.

Quando raggiunsi il mio appartamento, le strade si stavano ormai animando del solito viavai. Feci un breve cenno di saluto alla portinaia che puliva distrattamente il vetro della guardiola, salii i gradini a due a due e raggiunsi la porta di casa. La trovai chiusa, segno che i miei genitori non c'erano, e ravanai nella borsa in cerca delle chiavi.

La prima cosa che notai era il tavolo della cucina, come sempre apparecchiato con tovaglietta e tazza. Appiccicato alla scatola dei cereali, trovai il solito post-it:

Ciao piccola!
Mamma e io saremo fuori città fino a sera per una partita di golf con il capo. Ti abbiamo lasciata riposare visto che è sabato, ma stasera quando torniamo festeggiamo il tuo compleanno! Comincia a pensare a un ristorante dove vorresti andare.
Un abbraccio, papà (e mamma)
P.S. Abbiamo trovato nella posta un'altra pergamena come quella di ieri, sempre indirizzata a te.
Hai forse un ammiratore segreto?

Sospirai. I miei genitori non si erano nemmeno accorti che avevo passato la notte fuori casa. Ma in fondo era meglio così, o chissà in che guaio mi sarei cacciata.

Buttai un occhio sul tavolo e, vicino alla tazza, trovai una pergamena arrotolata, identica a quella che aveva dato inizio a tutta questa storia.

La aprii e cominciai a leggere:

Stimatissima Madamigella Angelica Pendrake detta Angy,
l'assemblea degli Eroi Leggendari,
saggiamente guidata dall'illustrissimo
Myrddin detto Merlino,
si rammarica del fatto che Lei abbia dimenticato
questa pergamena sul Suo comodino nella fortezza
di Avalon, e si premura di ricordarle di conservarla
sempre accanto alla Sua persona, poiché è indispensabile
per trasmettere le comunicazioni da parte della scuola
e vegliare su di Lei.
Non la perda!

Rimasi per qualche secondo a fissarla, sbattendo le palpebre. A volte fai un sogno talmente dettagliato che per tutto il giorno non sei proprio sicurissimo se si sia trattato di un sogno o se sia successo davvero. Be', trovarsi la pergamena di Avalon tra le mani era un po' come ricevere la prova inconfutabile che non si era trattato di un sogno.

In quel momento, il mio cellulare tintinnò: mi era arrivata una richiesta di amicizia da parte di Tyra Hope.

Mi strofinai gli occhi.

Ecco, quello sì che mi risultò strano: un conto è ricevere la prova che la tua assurda avventura in un mondo magico sia realmente accaduta per mezzo di una pergamena antica, sigillata con ceralacca, un conto è riceverne la conferma con una notifica sul cellulare.

Accettai l'amicizia e diedi un'occhiata alla pagina di Tyra: aveva davvero un sacco di followers, sfiorava quasi i due milioni. Il suo ultimo post risaliva alla sera prima. Nessun aggiornamento successivo e nessun accenno, neanche vago, al nostro soggiorno ad Avalon. Il che, effettivamente, era una mossa saggia: chi le avrebbe creduto?

Bene, e ora, come posso festeggiare il mio ritorno nel mondo reale?, mi chiesi, mettendo giù il cellulare e guardandomi attorno.

Dieci minuti dopo, barattolo di gelato in una mano e telecomando nell'altra, mi stavo preparando a guardare un film, quando il campanello d'ingresso suonò. Sbuffando infastidita per l'interruzione, mi infilai in bocca un'enorme cucchiaiata di gelato e andai ad aprire.

Mi trovai davanti i miei amici. Maggie portava sottobraccio una pila di documenti, fascicoli e carte, e Nate, come al solito, aveva la borsa del computer a tracolla.

Strizzai gli occhi, confusa. «He hoha hi hahe hui?»

«Eh?» chiese Maggie.

Mi tolsi il cucchiaio di bocca e ripetei: «Che cosa ci fate qui?»

«Non te lo ricordi? Avevi promesso di aiutarci a fare delle ricerche per salvare il lago di Central Park!» esclamò Maggie.

Nate si aggiustò gli occhiali sul naso. «Sei strana in questi giorni, Angy, tutto bene?»

«Uh, sì sì, benissimo» balbettai. «Entrate, dai.»

Feci strada fino al soggiorno, tenendo stretto il barattolo di gelato.

«Come sei guarita in fretta, Angy!» esclamò Maggie.

«Hmm?»

«Ieri mattina avevi un occhio pesto e gonfio come un uovo sodo e adesso sembra quasi guarito!»

Mi ricordai della testata che avevo tirato a Chad Adams e mi tastai lo zigomo. Solo in quel momento mi resi davvero conto che nel mondo reale erano trascorse poche ore, mentre ad Avalon era passata una settimana e il mio occhio aveva fatto in tempo a sgonfiarsi e a passare dal viola-nero al verdastro, e poi a un più accettabile giallino. E io me n'ero dimenticata, complice anche la scarsità di specchi decenti. «Oh, certo, il mio livido...» mormorai, prendendo tempo e cercando disperatamente di inventarmi una scusa sensata. «Eh sì, era brutto brutto! Per fortuna avevo in casa una pomata che usano anche i miei in ospedale... funziona molto bene se viene applicata subito... e poi ho tenuto su il ghiaccio...»

«Ah, davvero?» esclamò Nate, perplesso.

Maggie, invece, aveva altre priorità: mollò la sua pila di carte sul tavolino da caffè e vi si sedette davanti a gambe incrociate, dando le spalle alla tivù.

«Hai trovato qualcosa di interessante?» chiesi, ingollando un'altra cucchiaiata di gelato.

«Puoi dirlo forte! Nate ha cercato su Internet tutta la sera e ha trovato una lista di persone da chiamare per fermare il drenaggio del lago. Ho anche fatto una ricerca sui precedenti casi di infestazioni di alghe assassine e ho scoperto il nome di alcuni botanici che potrebbero aiutarci. E poi sono andata in biblioteca e ho fotocopiato tutti gli articoli di giornale riguardanti la Lefay Enterprises dal 1910 a oggi.»

«Wow, non sapevo che esistesse da così tanto tempo!» commentai, incuriosita.

Feci per avvicinarmi, ma Maggie mi fermò con una mano. «Tu e il tuo gelato al cioccolato state lontani dai miei appunti!»

Sbuffai, e senza mollare il barattolo mi buttai a sedere sul divano di fianco a Nate che, aprendo il computer sulle ginocchia, aveva già iniziato a digitare furiosamente.

«Ragazze, io inizio a mandare delle mail agli uffici del Comune che potrebbero ascoltarci riguardo al lago» annunciò.

«Ti serve la password del wifi?» domandai.

Lui tenne gli occhi fissi sullo schermo. «No, grazie, l'ho già crackata.»

«Ah, bravo. Bastava chiedere, sai» protestai io.

«Ci avresti messo più tempo a dettarmela di quanto ce ne abbia messo io a ricavarla.»

Maggie incrociò il mio sguardo sbalordito. «Effettivamente, ha ragione» disse.

«Siete tremendi, tutti e due!» borbottai, ma in realtà sorridevo.

Andai a riporre il mio barattolo di gelato in freezer, perché Maggie mi lasciasse avvicinare ai suoi appunti.

Mentre i miei amici si occupavano di scrivere e telefonare agli uffici del Comune, nella speranza che qualcuno accettasse di riceverci, io mi misi a sfogliare gli articoli di giornale riguardanti la Lefay Enterprises.

I primi, ormai quasi antichi, parlavano di questa compagnia a gestione familiare che aveva acquistato una grossa fetta di terreno a Long Island, con l'intento di costruirvi dei magazzini. In particolare, facevano notare come la famiglia Lefay avesse costruito nel corso dei secoli la propria fortuna attraverso il duro lavoro nell'attività artigianale, e ne lodavano lo spirito americano.

Tutti i pezzi successivi erano simili: brevi colonnine facili da ignorare che parlavano di grossi movimenti di capitale, acquisti e vendite di proprietà, e brevi interventi in politica.

Ma la cosa più interessante era che la compagnia aveva cambiato proprietà ogni dieci anni con puntualità quasi svizzera. Dopo il primo proprietario e fondatore, Morgan Lefay, tutti i presidenti erano stati donne: Moronoe, Mazoe, Gliten, Glitonea, Gliton, Tyronoe, Thiten, Thiton e, per ultima, la proprietaria attuale, Morgaine Lefay. Notai che si assomigliavano tutte moltissimo... In me scattò subito un campanello di allarme.

Morgaine Lefay... cioè fata Morgana!

Mi sembrava troppo assurdo per essere vero, e solo un paio di giorni prima avrei sicuramente pensato che si trattasse solo di una ridicola coincidenza... ma dopo essere stata ad Avalon, avere viaggiato su una barca con Viviana e aver preso lezioni di storia da mago Merlino e di spada medievale da Parsifal e Galahad, la possibilità che un'erede della fata Morgana fosse la proprietaria di un'azienda multimilionaria intenta a distruggere un lago che nascondeva uno dei passaggi per la dimensione magica, non mi sembrava poi così assurda. Appoggiai gli articoli sul tavolino, le orecchie che mi ronzavano.

«Che ti succede, Angy?» chiese Nate. «Sei pallidissima!»

«Ragazzi, che cosa sappiamo della proprietaria della Lefay Enterprises?»

«Morgaine Lefay? Mah, poco, in realtà» disse Maggie. «Sappiamo che si è laureata all'estero e che sua zia, Thiton Lefay, le ha ceduto la compagnia nel 2008. I Lefay sono persone molto riservate, che tendono ad apparire in pubblico il meno possibile. Su Internet si trovano pochissime foto e tutte relative a eventi ufficiali.»

Il che mi sembrava fin troppo conveniente. Possibile che se ne sapesse veramente così poco?

«Che ne dite di tornare in biblioteca? Anch'io voglio fare un po' di ricerche... ma non sulla compagnia, sulla famiglia.»

«Che senso ha, scusa?» domandò Maggie. «Come può servirci a salvare il lago?»

«Be', sai come si dice... conosci il tuo nemico!» balbettai io, cercando di inventarmi una scusa. «Pensavo che, ehm, se conoscessimo bene la storia dei Lefay, potremmo capire che cosa spinge la proprietaria attuale ad agire, quali sono i suoi mezzi e le sue motivazioni... visto che su Internet non si trova niente, potremmo guardare negli archivi cartacei.»

Maggie scrollò le spalle. «Secondo me sarebbe una perdita di tempo. Ma se vuoi andare in biblioteca, a me va bene, così abbiamo tanto materiale a portata di mano.»

Nate mi guardò con sospetto. «Pensavo che non ti interessasse molto salvare il lago, e che ci aiutassi solo per amicizia.»

«Be', che dire... mi avete convinta, alla fine! L'ambiente è importante.»

Nate non sembrò credermi, Maggie invece sì, e mi

abbracciò con uno strilletto di gioia. «Finalmente, Angy! Dai, vedrai che ce la faremo!»

Trascorse alcune ore a casa mia a mandare mail e a fare telefonate a diversi uffici del Comune, molti dei quali non ci considerarono proprio, uscimmo a prendere la metro, diretti alla New York Public Library. Ma prima, su mia insistente richiesta, facemmo una breve deviazione tattica per pranzare con il più grosso hamburger che riuscimmo a trovare. Dopo una settimana a pesce e mele, sentivo il bisogno di un po' di cibo spazzatura.

Arrivati in biblioteca, mentre Maggie e Nate facevano le loro ricerche, dovetti ricorrere a tutta la mia diplomazia per ottenere l'accesso agli archivi. E con "diplomazia" intendo "mentire spudoratamente" riguardo a un compito che avrei dovuto fare per il lunedì dopo, spalancando due occhioni innocenti e disperati, e scongiurando l'archivista perché avesse pietà di me e mi lasciasse passare. Per mia fortuna era molto giovane e con ogni probabilità ricordava ancora bene i propri trascorsi studenteschi, perché dovetti pregarla solo per qualche minuto prima che si impietosisse e mi concedesse di entrare.

Come temevo, sulla famiglia Lefay non c'era molto, nonostante abitasse a New York da quasi due secoli.

E su Morgaine Lefay non trovai assolutamente niente.

Delle altre Lefay riuscii a recuperare solo documenti relativi alle attività dell'azienda, alcuni certificati di nascita, di matrimonio o di morte, ma non tutti. Insomma, non scoprii nulla su di loro, a parte il particolare inquietante che i loro nomi erano gli stessi delle sorelle di Morgana. La fata Morgana, quella delle leggende...

Un'altra strana coincidenza!, pensai. *Questi Lefay avevano una vera e propria fissazione di famiglia per la fata Morgana.*

Del fondatore della Lefay Enterprises, Morgan, trovai l'atto di fondazione dell'impresa e una vecchia fotografia di lui in giacca, cravatta e bombetta, con un bel paio di baffoni neri. Era un uomo minuto, quasi comicamente piccino, paragonato ai due uomini alle sue spalle, che avevano l'aria da guardia del corpo. Ma tra tutta quella sfilza di documenti scarni e inutili, trovai una cosa molto interessante: un documento che testimoniava l'arrivo in America, nel 1835, del primo Lefay, anch'egli di nome Morgan. A quanto pare, era venuto da solo dall'Inghilterra, senza famiglia né amici, e si era registrato come falegname di professione.

Quindi... è possibile che i Lefay discendano direttamente

dalla fata Morgana?, mi domandai. *E che anche Morgaine Lefay sia l'erede di una Leggendaria, come me?*

Mi feci fare le fotocopie dei documenti che mi servivano e uscii dagli archivi in cerca dei miei amici.

Appena mossi un passo fuori dalla porta, mi trovai davanti Maggie Song, che mi puntò in faccia lo schermo del suo cellulare aperto sulla pagina di Tyra. «Angy, cos'è questa storia!? Tyra Hope ti ha aggiunto agli amici!?»

Effettivamente, da fan sfegatata qual era, era solo questione di tempo prima che Maggie lo venisse a sapere. Lanciai un'occhiata disperata a Nate, che da dietro le spalle di Maggie strinse le palpebre con sospetto. «Uhm, deve trattarsi di un errore» balbettai. «Mi avrà aggiunta per sbaglio! Capita, qualche volta.» Ma in quel preciso istante, sullo schermo davanti ai miei occhi, quasi avesse un sesto senso che l'avvertisse del peggior momento possibile per postare, Tyra pubblicò un selfie seduta al salone di bellezza, con sotto la scritta: "Niente è meglio di una bella pedicure per sentirsi in ordine! Non ho ragione, #AngyPendrake? ;)"

Avvertita della ricezione della notifica dal segnale acustico, Maggie girò lo schermo verso di sé e lanciò uno strilletto indignato: «Angy Pendrake, spudorata bugiarda! Ti ha persino taggata!»

Alzai le mani. «Va bene! Lo ammetto, la conosco.»

«Ma perché non me l'hai detto?»

«Be', perché, uhm...» Mi grattai il naso, prendendo tempo. «Perché l'ho conosciuta a una fiera medievale, ecco. Lei... si vergogna un po' di questo suo interesse e non vuole che i suoi followers lo vengano a sapere, per non apparire secchiona. E così mi ha chiesto di non parlarne con nessuno. Anzi, faresti un favore a entrambe se te lo tenessi per te.»

Maggie sgranò gli occhi e annuì decisa. «Ah, cavolo, certo! Non vorrei metterla in imbarazzo.»

Nate, invece, sbottò: «Angy, secondo me tu ci stai nascondendo qualcosa. È tutto il giorno che dici bugie».

Mi appoggiai teatralmente una mano sul petto. «Io, nascondervi qualcosa!?»

«Ragazzi, vi spiace toglervi dal passaggio?» borbottò l'archivista dalla sua scrivania. «E abbassate la voce, siamo in biblioteca!»

«Ci scusi...» bisbigliammo in coro, affrettandoci ad allontanarci.

Mentre scendevamo i gradini d'ingresso della New York Public Library, Nate continuò a pressarmi: «Non pensare di cavartela così! Sparisci per tutta la notte, una blogger famosa ti aggiunge agli amici, il tuo occhio pesto guarisce miracolosamente... si può sapere che ti succede?»

Io, sfinita, mi fermai sui miei passi e mi girai verso di loro. «Sul serio, se potessi dirvelo, ve lo direi. Ma non posso, va bene? Dai, non rendetemi le cose difficili. Io non faccio altro che aiutarvi, adesso voi aiutate me a mantenere questo segreto, e non fatemi tante domande!»

Ammutolirono entrambi per un attimo, poi Maggie disse con voce piccina: «Ma se fossi nei guai ce lo diresti, vero? Noi potremmo fare qualcosa».

Tirai un respiro profondo e sorrisi. «Non sono nei guai, Maggie, davvero! Il mio unico guaio è quello che mi aspetta lunedì quando, molto probabilmente, mi sospenderanno per avere tirato una testata a Chad Adams.»

Maggie ridacchiò e provò a tranquillizzarmi: «Dai, magari sei fortunata e la scampi!»

Apprezzai il suo ottimismo, ma in tutta sincerità ne dubitavo.

Un difficile lunedì mattina

Il nostro sabato si concluse così, chiusi in biblioteca a fare ricerche e a mandare mail a cui nessuno rispondeva. La domenica continuammo le nostre indagini a casa di Maggie.

Nonostante i miei sforzi, non riuscii a scoprire nient'altro riguardo a Morgaine Lefay e alla sua azienda.

Ai miei amici andò un po' meglio: Maggie ottenne un colloquio telefonico con un professore universitario di botanica, con cui parlò a lungo delle alghe che infestavano il lago e scoprì che secondo lui si trattava di una strana mutazione genetica della comune alga da acquario, il *Myriophyllum aquaticum*, che le rendeva aggressive e in grado di attaccare gli umani.

Nate, invece, sebbene non fosse riuscito a comunicare con gli uffici del Comune, aveva avviato una petizione online per ritardare il drenaggio del lago, e aveva già iniziato a raccogliere le prime firme.

Tornai a casa la domenica sera all'ora di cena.

Venni accolta dalla tavola apparecchiata per uno: sul piatto vuoto trovai una banconota da venti dollari e un biglietto con su scritto:

Ciao bimba,
c'è stata un'emergenza in ospedale e papà e io
siamo dovuti correre là.
Ordina pure quello che preferisci per cena!
Bacioni, mamma e papà
P.S. Facci sapere cosa vuoi come regalo di compleanno!
Ormai sono passati due giorni e non ci hai detto niente :(

Sospirai e andai a spaparanzarmi sul divano. Presi il telecomando e, mentre sfogliavo le pagine della TV on demand in cerca di una serie da guardarmi tutta d'un fiato, telefonai alla pizzeria sotto casa: «Salve, vorrei ordinare una pizza grande. Metteteci sopra tutto quello che avete. Esatto, ogni tipo di guarnizione… tranne pesce e mele, però. Non voglio nessunissima traccia di pesce o di mele sulla mia pizza. Sono sulla vostra stessa strada, al numero 18. Citofono Pendrake. Grazie, a presto».

Intanto, nelle mie ricerche per qualcosa da vedere, incappai in un telefilm su Artù e la Tavola Rotonda.

Esitai, incerta se guardarlo o meno. Un po' mi interessava, ma di sicuro mi sarebbe sembrato strano, dopo essere stata di persona ad Avalon.

Pensare ad Avalon mi fece desiderare di parlare con qualcuno che avesse vissuto la mia stessa esperienza, e così decisi di scrivere un messaggio privato a Tyra tramite un social network.

Mi tenni sul vago: "Ciao, come va? Com'è andato il ritorno?"

Lei mi rispose solo un paio di minuti dopo: "Ciao, Angy! Grazie di avermi scritto. Va così così, sono ancora un po' scossa. Senti, ti va di telefonarmi? Ho bisogno di parlare con qualcuno di quello che è successo. Ti do il mio numero".

Effettivamente, fare due chiacchiere con lei avrebbe fatto bene anche a me: in quei giorni mi ero tenuta dentro tutto quello che avevo vissuto, ed era stato molto faticoso. Avevo proprio bisogno di sfogarmi.

La chiamai subito e lei rispose al primo squillo. «Ehi, Angy, che bello sentirti. Per prima cosa scusa se non ti ho più detto niente di quello che è successo con Viviana, ma ho dovuto prometterle di non parlarne con nessuno. Tu come stai? Per me sono stati giorni difficili: non ero sicura di essermi immaginata tutto o meno.»

«Non preoccuparti. Mi racconterai se e quando potrai. Anch'io mi sento un po' disorientata... e i miei amici hanno già capito che sto nascondendo qualcosa, anche se non sanno cosa.»

«Già, nemmeno per me è stato facile mantenere il segreto» affermò Tyra. «Soprattutto perché ogni volta che sono spaventata o preoccupata, Talos si mette a ballare il charleston nel mio taschino.»

Scoppiai a ridere e Tyra si unì a me.

In quel momento trillò il campanello. «Scusa un attimo, Tyra, è arrivata la mia cena.» Andai ad aprire, pagai e mi sedetti sul divano con il cartone della pizza in equilibrio sulle ginocchia.

«Eccomi qua!» dissi, rimettendo il cellulare all'orecchio. «Mi sono presa una pizza gigantesca. Devo ricaricarmi di cibo spazzatura in previsione della prossima settimana di pesce e mele.»

Tyra sospirò. «Ti capisco… oggi a pranzo le mie amiche mi hanno proposto di andare a mangiare sushi, e a momenti scappavo dalla finestra.»

Sghignazzai. «Be', la cosa positiva è che adesso apprezzo di più tutte le comodità che prima davo per scontate. Tipo avere una doccia calda sempre a disposizione.»

«Infatti, ieri ho passato la giornata alla spa» disse Tyra, e mi sembrava di sentire il sorriso nella sua voce. «Tu che hai fatto questo weekend per festeggiare il ritorno al mondo reale?»

«Mah, in realtà non ho festeggiato molto. Ho passato tutto il tempo ad aiutare i miei amici a salvare il lago di Central Park.»

«A salvarlo... da cosa?» domandò Tyra, stupita.

E così le raccontai tutto: della conversazione che avevo origliato, del lago, delle alghe assassine e della Lefay.

Le parlai delle mie teorie sulla presidente, Morgaine Lefay, e di come iniziassi a sospettare che fosse una discendente della fata Morgana. L'erede di una Leggendaria, quindi. Quando finii di parlare, Tyra sembrava preoccupata: «Hai ragione, sembra tutto molto strano… pensi che dovremmo parlarne con Merlino?»

«Direi proprio di sì, appena torniamo ad Avalon glielo

diciamo… però intanto vorrei continuare a indagare, per essere sicura che non sia tutto solo una coincidenza.»

«Buona idea! Anzi, sai una cosa? Forse posso aiutarti… hai detto che il tuo amico ha avviato una petizione per salvare il lago? Mandami il link, così lo condivido sulla mia pagina. Ho tanti followers, e sicuramente qualcuno di loro la metterebbe una firma.»

«Sarebbe fantastico, Tyra, grazie! Te lo mando subito.»

«Figurati, è un piacere. Lo faccio volentieri. E mi raccomando, se hai bisogno di qualcosa, chiamami, ok?»

«Certo! Grazie mille, Tyra.» Chiusi la chiamata e le mandai subito il link della petizione.

Mentre ero lì sulla mia pagina social, mi arrivarono, come dal nulla, un centinaio di richieste di amicizia, tutte da parte di gente che non conoscevo.

«Oh, cavolo, sono i followers di Tyra!» esclamai.

Mi sembrava davvero strano, perché fino al giorno prima i miei unici contatti sui social erano stati Maggie e Nate, e una decina di vecchi compagni delle elementari con cui non parlavo mai.

Comunque non mi andava l'idea di aggiungere degli sconosciuti, quindi ignorai tutte le richieste e tornai a guardarmi il mio telefilm sulla Tavola Rotonda. Ma non mi godetti lo spettacolo, perché continuavo a pensare a Morgana, al lago e ai Leggendari scomparsi...

Avevo detto a Maggie che il lunedì avrei dovuto aspettarmi dei guai a scuola. E in effetti non si fecero attendere...

Con precisione da orologiaio, appena ebbi varcato la soglia, la voce del dirigente tuonò dall'altoparlante: «Angelica Pendrake è pregata di presentarsi in presidenza. Ripeto, Angelica Pendrake è pregata di recarsi in presidenza».

«Buon lunedì anche a lei» borbottai tra me e me e, sbattendo i piedi, attraversai il corridoio diretta all'ufficio del preside.

Aperta la porta, trovai ad aspettarmi Chad Adams e sua madre, seduti impettiti su due sedie di fronte alla scrivania.

Chad Adams aveva il naso gonfio e violaceo, coperto da un grosso cerotto. Sul volto, un'espressione che riusciva a essere allo stesso tempo patetica e compiaciuta.

La signora Adams, il viso talmente tirato che rendeva impossibile definire che età avesse o che sentimenti provasse, si tamponava gli occhi per asciugare una lacrima fantasma.

«Signorina Pendrake, la situazione è grave» iniziò a dire

il dirigente scolastico accarezzandosi i baffoni. «Ci ha già dato molti grattacapi con il suo temperamento, ma devo dire che la sua aggressione ingiustificata al signor Adams lo scorso venerdì è la goccia che ha fatto traboccare il vaso.»

«Ehi!» esclamai io. «Non si è trattata di un'aggressione ingiustificata! Ha cominciato lui. Lui e i suoi amici mi hanno stretta nel corridoio e mi hanno provocata. Mi sono pure beccata un pugno in un occhio, cavolo!»

«Linguaggio, signorina» mi riprese il preside.

«Ma quale pugno! Non ha neanche un segno in faccia!» protestò Chad.

Spalancai la bocca per ribattere, ma mi ricordai che, in effetti, il mio occhio nero era quasi sparito.

Per fortuna, colta da un'illuminazione, presi il cellulare e mostrai al preside il selfie che avevo mandato a Maggie appena uscita da scuola. «Sono solo guarita in fretta. Ecco, questa l'ho scattata dopo l'incidente. Guardi che livido! E se osserva con attenzione, potrà notare che la mia felpa è tutta piena di granita, che Chad mi ha tirato in testa!»

«Non puoi provarlo!» protestò Chad.

«Cosa!? E questa foto non è una prova!?»

«Be', potresti benissimo esserti rovesciata addosso la granita da sola per incastrarmi!» si oppose lui, incrociando le braccia con un sorriso tronfio e soddisfatto. «E potresti anche essertelo tirata da sola, il pugno in faccia.»

Alzai le braccia, esasperata. «Ma perché dovrei fare una cosa del genere?»

«Si calmi, signorina» disse il preside.

«Vede, signor preside? È fuori controllo!» sbuffò la signora Adams con un teatrale singhiozzo. «Il mio povero bambino non può stare nella stessa scuola con una tale minaccia. Deve espellerla!»

«Come, *espellere*?» dissi io, sentendo la voce uscirmi sottile come quella di un topino.

«Signora Adams, la prego, eviti di scaricare la colpa sulla signorina Pendrake: suo figlio è indifendibile. Questa volta non posso più chiudere un occhio sul suo comportamento, nonostante la scuola porti il nome della vostra famiglia e voi siate i nostri maggiori finanziatori. Il provvedimento disciplinare nei suoi confronti è stato già deciso dal consiglio dei professori. La signorina Pendrake non solo è stata accerchiata dagli amici di Chad, ma secondo molti testimoni, tra cui gli stessi insegnanti, è da mesi vittima di bullismo da parte di Chad e dei suoi amici. È inutile che insista: suo figlio sarà sospeso per tre settimane.»

«Ma il mio bambino non farebbe mai una cosa del

genere!» protestò imperterrita la signora Adams. «E comunque, questa piccola selvaggia l'ha aggredito e ora merita di essere punita!»

«Anche lei avrà la sua punizione» confermò il preside in tono conciliatorio, mostrando i palmi delle mani. «La signorina Pendrake verrà sospesa per una settimana.»

«Una settimana?» dissi io, sconfortata.

«Una settimana!?» strillò Chad, indignato.

«Il consiglio ha deciso così. Signorina Pendrake, può tornarsene a casa» disse il dirigente, ma non avevo mosso che un passo verso la porta, che aggiunse: «Ah, dimenticavo, abbiamo chiamato i suoi genitori, che purtroppo non sono potuti venire. Mi hanno chiesto però di consegnarle questo messaggio, che mi hanno mandato per mail».

Il preside mi passò un foglio su cui c'era scritto:

Ciao, tesoro!
Ma cos'hai combinato?
Papà e io siamo molto delusi dal tuo comportamento.
Non siamo potuti venire
perché c'era bisogno di noi all'ospedale,
ma stai sicura che stasera faremo un discorsetto!
Bacioni,

mamma e papà

P.S. Sei in castigo, niente fiere medievali per un anno.

Appallottolai il biglietto e me lo cacciai in tasca. «Che me ne faccio delle fiere medievali... ho un passaggio diretto per Avalon» borbottai tra me e me, dirigendomi verso l'uscita della scuola.

Scesi i gradini dell'ingresso, di pessimo umore, pensando alla quantità immane di lezioni che avrei dovuto recuperare ora che ero stata sospesa.

Ma appena misi piede in strada, mi fermai.

Accanto al marciapiede era parcheggiata un'auto nera con i vetri neri. E, vicino alla portiera aperta, un uomo con occhiali neri e abito nero mi disse, in tono perentorio: «Salga in macchina, signorina Pendrake».

Stage con sorpresa

Io rimasi per un attimo a bocca aperta, poi mi riscossi ed esclamai: «Salire in macchina!? Non ci penso nemmeno! Non sono abbastanza carina perché la mia foto segnaletica venga stampata su tutti i cartoni del latte finché non trovano il mio cadavere in un fosso!»

«Non sia drammatica, signorina Pendrake» replicò l'uomo cercando qualcosa nella tasca interna della giacca.

Alzai subito le braccia in aria.

«Non sia drammatica, ho detto» sospirò lui e, invece di una pistola, dalla giacca estrasse un foglio, che mi porse. «Abbiamo il permesso dei suoi genitori.»

Solo allora mi accorsi che sulla portiera della macchina

era stampato il marchio della Lefay Enterprises. Per niente rassicurata, presi il pezzo di carta e lo esaminai.

In effetti, conteneva una banalissima richiesta di autorizzazione per uno stage di una giornata alla Lefay Enterprises, con vaghe promesse di future opportunità di lavoro. E in un angolo, in basso a destra, c'erano le firme dei miei genitori, illeggibili e svolazzanti, da veri dottori.

«Mi scusi, secondo lei ci casco? Chi mi assicura che non abbiate falsificato le firme e che i miei siano stati informati?» protestai io.

L'uomo con la giacca tirò un gran sospiro, prese il telefono e avviò una chiamata. «Pronto, dottor Pendrake? Sono qui con sua figlia, che vorrebbe parlarle. Gliela passo.»

Sbalordita, accettai il cellulare e, appena lo portai all'orecchio, sentii la voce di mio padre: «Ciao, piccola! Sei già allo stage? Come sta andando?» Poi, come se si fosse ricordato tutto d'un tratto, la sua voce da allegra si fece reprensiva e mi disse: «Sono molto deluso dal tuo comportamento a scuola, signorina. Poi a casa con la mamma ne parliamo per bene».

«Ma papà, senti, avete veramente firmato l'autorizzazione per lo stage alla Lefay Enterprises?»

«Certo! Sei contenta? Volevamo farti una sorpresa!

È un'opportunità sensazionale, non credi? Siamo fieri di te perché sei stata selezionata» disse lui, emozionato. Ma poi, in tono di rimprovero, aggiunse: «Siamo orgogliosi, ma anche molto arrabbiati per la tua sospensione. Sei comunque in castigo».

«Sì, papà» sospirai io, e vedendo l'autista guardare l'orologio con aria spazientita, aggiunsi: «Ok, io allora vado a questo... "stage". Se faccio tardi, chiama la polizia».

«Oh, non esagerare, Angy» disse mio padre, e chiuse la chiamata.

Il tizio vestito di nero mi aprì la portiera posteriore. Senza smettere di guardarlo con sospetto, entrai in macchina. L'abitacolo era molto lussuoso, con i rivestimenti in pelle e gli schermi sui sedili, ma io ero così rigida per la tensione che non mi ci trovai per niente comoda.

L'autista si sedette al posto di guida senza dire una parola e accese il motore.

«Bene» dissi io. «Ora che è riuscito a farmi entrare in auto, può essere onesto con me: perché mi ha rapita e dove mi sta portando?»

Lui tirò un sospiro esasperato, e anche se non lo vedevo a causa degli occhiali neri ebbi la netta impressione che stesse girando gli occhi.

Premette un tasto, e tra me e lui si alzò uno schermo di vetro oscurato.

«Ehi!» protestai io, ma non ricevetti risposta.

La macchina iniziò a muoversi per le vie di New York. Con il naso incollato al finestrino, guardai il grattacielo della Lefay Enterprises, la cui cima torreggiava tra i palazzi, farsi sempre più vicino.

Era un edificio snello e luminoso, rivestito di finestre che scintillavano al sole come la pelle di un serpente.

L'autista si fermò davanti all'ingresso: due ampie porte a vetri sormontate dalla scritta "Lefay" in semplici lettere d'acciaio. Dopo un attimo, scese dall'auto e venne ad aprirmi.

Esitai. «E ora, che faccio?»

«Scenda, no? La stanno aspettando.»

«Va bene, va bene...» sbuffai io. Allora ero stata davvero chiamata dalla Lefay Enterprises! Ma la cosa non mi rassicurava per niente.

Anzi, mentre avanzavo a passi incerti verso quel gelido ingresso, mi sentivo un po' come un uccellino che va a posarsi sulla bocca spalancata di un coccodrillo.

Oltrepassata la soglia, mi trovai davanti a una giovane donna in giacca e cravatta, con occhiali dalla montatura spessa e capelli biondi raccolti in uno chignon spettinato. «Angy Pendrake? Vieni pure con me» mi disse con voce sorprendentemente gentile.

Quasi senza accorgermene, mi ritrovai a seguirla, i nostri passi che echeggiavano sul marmo candido del pavimento.

Nell'ampio atrio, di fronte al bancone di metallo lucido della reception, c'era una grande scultura astratta, formata da fasce di bronzo fuse assieme. Guardandola nel passare, pensai che mi ricordava una mano che spuntava dal suolo e afferrava una spada.

«Ti faccio strada» disse la giovane, richiamando la mia attenzione.

Mi affrettai a raggiungerla, e assieme entrammo in un ampio ascensore dalle pareti di vetro. Man mano che saliva, come da un'enorme finestra vedevo sotto di noi la città che rimpiccioliva. La donna non disse più una parola, limitandosi a digitare su un tablet.

Io ondeggiai sui talloni, un po' in imbarazzo.

Dopo un paio di minuti l'ascensore si fermò, e oltre le porte scorsi uno stanzone d'ufficio con file di scrivanie dall'aria moderna disposte attorno all'imponente scultura di marmo di un cavaliere che teneva alta una spada.

La mia accompagnatrice non accennò a uscire. Stavo per chiedere spiegazioni quando, un attimo prima che le porte si chiudessero davanti a noi, un giovane uomo si infilò nell'ascensore.

Anche lui era in giacca e cravatta, e portava occhiali dalla montatura spessa. I capelli scuri erano raccolti in un codino. Mi affiancò, dal lato opposto rispetto alla sua collega, e prese a digitare pure lui su un tablet.

Trascorsi il resto della salita in completo silenzio, in mezzo a quei due silenziosi sconosciuti che sembravano usciti dal servizio fotografico di una rivista di moda, vagamente imbarazzata dalla mia felpona e dalle scarpe da tennis mezze distrutte.

Quando l'ascensore si arrestò, riuscii a vedere sotto di noi le cime degli altri palazzi. Dovevamo essere all'ultimo piano.

Usciti, ci trovammo in quella che sembrava un'elegante sala d'aspetto: contro due pareti di vetro, che esibivano il panorama sotto di noi, c'erano due file di poltroncine di pelle davanti a bassi tavolini da caffè. Sul pavimento, due tappeti di pelliccia bianca e, di fronte a noi, una porta d'acciaio affiancata da due arazzi antichissimi, che dal soffitto arrivavano quasi a sfiorare il pavimento.

«Accomodati, Angy» disse il giovane uomo. «La signora Lefay ti riceverà tra qualche minuto.»

«Ah, uhm... ok» balbettai io.

I due, dopo avere appoggiato il palmo della mano su un lettore di impronte digitali, sparirono oltre la porta d'acciaio.

Mi sedetti su una poltroncina di pelle, che scricchiolò sotto di me. Mi agitai sul sedile per un po', divertita dal rumore, ma mi stufai presto e spostai la mia attenzione sugli arazzi alle pareti. Erano molto colorati e divisi in sezioni che rappresentavano scene di battaglie e di vita quotidiana a corte. Alcune figure erano ricorrenti, in particolare quella di un uomo incoronato, dai capelli scuri, che portava sempre con sé due spade, una in mano e una al fianco. Notai, in un angolo, una targhetta in ottone su cui era inciso, in caratteri eleganti: "*Vita di Artù*, ciclo di arazzi – Inghilterra, secolo XII".

Non riuscii a capire perché, ma quelle immagini mi misero a disagio: come se andassero a sfiorare dei ricordi che non sapevo di avere.

Dopo qualche minuto, la porta di acciaio si aprì e la ragazza bionda mi fece cenno di entrare.

Mi alzai e varcai timidamente la soglia.

C'era una donna, in piedi davanti alla parete di vetro, che guardava la città sotto di sé. Aveva i capelli neri e ondulati come un torrente d'inchiostro, lunghi fino a metà schiena. Indossava un tailleur scarlatto e scarpe in tinta con il tacco altissimo, e ai polsi erano arrotolati due bracciali d'oro zecchino.

In una mano reggeva un prezioso bicchiere da cocktail. Il giovanotto con il codino, dopo avere agitato brevemente uno shaker, si affrettò a riempirlo con un liquido dal colore dell'ambra, che sembrava risplendere come se ci avessero sciolto dentro una manciata di cristalli. Poi ci tuffò dentro anche un'olivetta.

La donna sorseggiò il suo cocktail e si girò verso di me.

Aveva gli occhi verde giada e ciglia lunghissime. Al suo viso latteo, senza un filo di trucco, non riuscii ad attribuire un'età precisa.

Morgaine Lefay parlò con voce suadente come un coro di arpe: «Ciao, Angy. Era da tanto che ti aspettavo».

Io mi grattai il naso. «Uhm, salve.»

Con un ticchettio di tacchi sul pavimento di marmo, Morgaine andò a sedersi all'ampia scrivania di mogano al centro della stanza e mi fece cenno di accomodarmi.

Io inciampai verso la poltrona di pelle che fronteggiava la scrivania. Una volta seduta, lanciai uno sguardo all'ufficio.

Era luminoso e minimalista come il resto dell'edificio. L'unico arredamento, oltre alla scrivania e al tappeto nero sotto i nostri piedi, erano quattro librerie a colonna agli angoli della stanza, ricolme di libri antichi, e una statua di pietra su un piedistallo alle spalle di Morgaine. Aveva l'aria antichissima, era poco più che un sasso scolpito. Rappresentava una donna con due bambini per mano, e sul suo mantello erano incise delle rune.

«Allora, Angy» iniziò a dire Morgaine, ruotando piano il bicchiere. «Sei proprio una ragazza curiosa, eh?»

«Ah, si?»

«Pensavi che non mi sarei accorta delle tue… "ricerche scolastiche" sulla mia azienda?» Sfoderò un sorriso splendente e minaccioso al tempo stesso. «Io so sempre quando si parla di me, Angy.»

Mi agitai sulla sedia. Mi sentivo un po' intimidita, come un coniglio davanti a un cobra.

«Gli archivi erano pubblici, non ho fatto niente di male» replicai, cercando di fare la spavalda, ma la voce mi uscì sottile e anche vagamente stridula.

Lei cambiò subito argomento: «Stamattina mi è arrivata una comunicazione dal sindaco. I lavori per il drenaggio del lago saranno rimandati di una settimana. A quanto pare, ha ricevuto una petizione con un centinaio di migliaia di firme che chiede più tempo per cercare una soluzione alternativa all'infestazione di alghe assassine». Morgaine sorseggiò il suo drink. «A scatenare un tale interesse per la faccenda è stato il fatto che una giovane e promettente stilista, Tyra Hope, ha condiviso la petizione con i suoi fan. E pare che sia stata tu a chiederle di farlo.»

«E lei come lo sa?»

Morgaine mi inchiodò con il suo sguardo color veleno. «Te l'ho detto, Angy. Io so sempre quando si parla di me.»

Un brivido di paura mi passò dalla nuca lungo tutta la schiena, congelandomi sul posto.

Per la prima volta ebbi la netta impressione che colei che mi trovavo davanti non fosse solo una giovane donna a capo di un'azienda di successo, ma qualcuno di molto più potente, di molto più pericoloso.

«Chi è lei?» sussurrai.

Lei scoppiò a ridere. «Mia cara, io sono e sono sempre stata semplicemente Morgaine.»

«E che cosa vuole da me?»

Morgaine si alzò, appoggiò il drink sulla scrivania, a

passi lenti la aggirò e venne a sedersi sul bordo, accorciando la distanza che ci separava. «Sei una ragazza sveglia, Angelica Pendrake. Mi sono domandata perché, fra tutti, fossi stata scelta proprio tu. Ma ora che sei qui davanti a me, capisco il motivo. Mi basta guardarti per vedere il tuo potere. E i tuoi occhi... ardono proprio come i suoi.»

«I suoi? Di chi?» chiesi con un filo di voce.

Morgaine si sporse leggermente in avanti. «Ti ho invitata qui oggi per uno "stage" giornaliero. Hai visto l'azienda? Ti è piaciuta? Ti sembra un bel posto in cui lavorare?»

«Sì, signora» dissi.

«Grazie, in effetti ne vado fiera. I miei tirocinanti si trovano molto bene qui da me, non è vero, ragazzi?»

«Sì, signora» confermarono i due in giacca e cravatta.

Morgaine teneva lo sguardo fisso sul mio. «Questo stage non deve per forza finire oggi. Posso seguirti per tutta la tua carriera scolastica e universitaria. Un apprendistato qui da me ti aprirebbe molte porte, Angy. La Lefay Enterprises ha bisogno di giovani di talento come te. Pensa a cosa potresti ottenere... ai desideri che potresti realizzare...»

Nella mia mente vidi tutto: l'invidia dei miei compagni di liceo, l'ammissione a un'università prestigiosa, le attenzioni da parte dei miei genitori, una splendente macchina nuova, le feste magnifiche e affollatissime dal tramonto fino all'alba, un appartamento all'ultimo piano con la città ai miei piedi, il mio nome nella prima pagina di importanti riviste accademiche…

E, stranamente, man mano che la visione scorreva, una fredda morsa di solitudine mi stringeva il petto.

Mi riscossi, distolsi gli occhi da quelli di Morgaine e per un breve istante mi parve di scorgere i braccialetti dorati attorcigliarsi come serpenti attorno ai suoi polsi.

Strizzai le palpebre e ci premetti sopra i pugni chiusi, scuotendo la testa per schiarirmi le idee.

Quando li riaprii, vidi Morgaine riprendere il suo cocktail dalla scrivania e trarne un lungo e pensieroso sorso. Sembrava quasi delusa, come se si aspettasse quanto stavo per dire.

«Grazie, signora Lefay, ma non mi interessa. Mi piace la mia vita così com'è.»

«La decisione spetta a te.» Morgaine appoggiò il bicchiere sul tavolo. «Puoi tornare a casa.»

Mi alzai e mi accorsi che le gambe mi tremavano.

Guardai verso la porta, dove i due giovani in giacca e cravatta mi aspettavano, impassibili come statue.

«Un'ultima cosa, Angy…» disse Morgaine, e prima

che potessi reagire mi afferrò il mento e mi girò a forza la faccia verso la sua. I suoi occhi verdi mi inchiodarono, acuti come pugnali, profondi come una foresta. «Non provare mai più a intralciarmi» intimò, la voce che sembrava rimbombare dalle profondità della Terra.

Un brivido di terrore mi percorse da capo a piedi.

Ma non avevo intenzione di farmi intimidire: scacciai la mano con un gesto secco e, senza dire una parola, mi voltai e uscii dalla stanza.

Un altro ragazzo scomparso...

Appena la porta d'acciaio si chiuse dietro di me, come se tutta la tensione mi avesse abbandonato di colpo, mi cedettero le ginocchia e barcollai in avanti. Non caddi, perché da entrambi i lati gli stagisti di Morgaine mi sostennero per le braccia.

In silenzio, mi condussero verso l'ascensore, che si chiuse davanti a noi e iniziò la sua discesa. Guardai i due giovani cercando di capire cosa pensassero, ma dai loro volti, belli e impassibili, non traspariva alcuna emozione.

Arrivati al piano terra, mi scortarono verso la porta d'ingresso senza dire nulla, e io mi ritrovai in strada.

Uscire dal grattacielo della Lefay fu come emergere da una piscina e poter finalmente respirare.

Il contrasto tra l'interno pulito e silenzioso dell'edificio e il caos pieno di vita della città fu quasi scioccante.

Avanzai verso la metropolitana, chiedendomi a chi avrei potuto raccontare quello che mi era appena successo. A Maggie e Nate? A loro sarebbe interessato per quanto riguardava il lago, ma avrei dovuto tralasciare un sacco di particolari. Tyra, invece, avrebbe capito meglio, soprattutto quei momenti che mi erano sembrati pervasi di magia.

Appena ebbi girato l'angolo e mi fui lasciata il grattacielo alle spalle, la borsa che portavo a tracolla divenne pesante di colpo, come se ci avessero infilato dentro una palla di cannone. La cinghia di tela mi premette dolorosamente sulla spalla, poi si spezzò di colpo e la borsa finì sul marciapiede assieme a tutto il suo contenuto.

Mi affrettai a chinarmi per raccogliere le mie cose e vidi che la pergamena di Merlino si era aperta davanti a me:

Stimatissima Madamigella Angelica Pendrake detta Angy,
l'assemblea degli Eroi Leggendari,
saggiamente guidata dall'illustrissimo
Myrddin detto Merlino,
dopo la Sua improvvisa sparizione dalle nostre mappe,
ha notato con grande sollievo la Sua ricomparsa

e si augura che stia bene.
Si premura inoltre di farle sapere
che il preside dell'Accademia,
l'illustrissimo Myrddin detto Merlino,
sarà disponibile per un colloquio privato
una volta ritornata ad Avalon,
per discutere di ciò che può essere accaduto.

Raccolsi la pergamena, aggrottando le sopracciglia. «Cosa vuol dire che sono sparita? Sono sempre stata qui! A meno che… possibile che Merlino non riesca a vedere dentro il grattacielo della Lefay?» borbottai.

Riportai lo sguardo sulla pergamena e vidi che la scritta era cambiata:

Stimatissima Madamigella Angelica Pendrake detta Angy,
in aggiunta a quanto detto,
e preso atto delle Sue attività degli ultimi giorni,
l'assemblea degli Eroi Leggendari,
saggiamente guidata dall'illustrissimo
Myrddin detto Merlino,
ci tiene a raccomandarle di non cacciarsi nei guai,
perché l'illustrissimo Myrddin detto Merlino

ha abbastanza cose a cui pensare
senza che si aggiunga anche Lei.

«Ehi, non è che i guai me li vada a cercare apposta!» protestai e, arrotolata la pergamena, me la ricacciai in borsa assieme ai miei poveri libri di scuola. «Come se non bastasse essere nei pasticci con la scuola normale, adesso ci si aggiunge anche quella magica!»

Ma comunque, anche in virtù del fatto che ero appena stata sospesa, feci voto con me stessa di starmene tranquilla per il resto della settimana e di non andarmi a cercare più fastidi di quanti già ne avessi.

Fedele al mio proposito, me ne stetti buona per tutti i cinque giorni successivi. Mi tenni al pari con i compiti che Maggie e Nate mi portavano da scuola e usai lo studio come scusa per non dedicarmi in prima persona alla faccenda del lago. Non parlai nemmeno con Tyra di quello che era successo, perché ogni volta che provavo a tirare su il telefono per chiamarla, mi venivano in mente gli occhi gelidi di Morgaine e la sua voce che diceva: "Io so sempre quando si parla di me".

E siccome quando non si fa nulla di speciale il tempo

sembra scorrere più in fretta, prima che me ne accorgessi fu nuovamente sabato, e io mi ritrovai a sgattaiolare fuori di casa alle quattro e trenta del mattino con uno zaino pieno di vestiti e di carta igienica ben sigillati in buste di plastica, diretta a Central Park.

Dovetti fare la strada di corsa per raggiungere il lago prima dell'alba, e arrivai proprio all'ultimo istante: quando spinsi la barchetta nell'acqua, il cielo iniziava già a rischiararsi.

Mi affrettai a salire, e come mi fui seduta, iniziò a ondeggiare lenta verso il centro del lago, come era successo la prima volta. Aguzzai la vista, cercando di scorgere la mano di Viviana che affiorava dall'acqua, ma non la trovai.

Mi guardai attorno nervosa, mentre il cielo e il lago cominciavano a tingersi di rosa.

Ma di Viviana non c'era traccia.

Cosa avrei dovuto fare? Entro pochi minuti l'alba sarebbe finita e io sarei rimasta chiusa fuori dal passaggio.

Sempre più agitata, mi spostavo da un fianco all'altro della barca, che dondolava bruscamente sotto il mio peso.

A un certo punto, mi sembrò di scorgere un movimento sul fondo del lago, così mi sporsi oltre il bordo per guardare...

E la barca si ribaltò, lanciandomi nell'acqua gelida.

Il lago era talmente scuro che dovetti lottare per capire dove fosse il fondo e dove la superficie.

Mi agitai, con le alghe viscide che mi si impigliavano nei vestiti, finché non notai che le bolle d'aria che sfuggivano dalle mie labbra scendevano verso il basso. Allora mi rigirai su me stessa e nuotai con tutte le mie forze in quella direzione. Riemersi con un respiro disperato, e per un attimo venni accecata da una luce grigia e fortissima.

Quando, un istante dopo, recuperai la vista, vidi attorno a me decine di imbarcazioni che avanzavano verso l'isola di Avalon.

Ero riuscita a passare.

Senza sapere cosa fare, rimasi lì ferma a guardarmi attorno. Pensai che forse avrei dovuto raggiungere l'isola a nuoto, ma era troppo lontana.

«Ehi, tu, laggiù!» mi sentii chiamare, e girandomi vidi una barchetta a pochi metri di distanza da me. Dentro c'erano quattro ragazzi che avevo intravisto all'Accademia l'ultima volta, anche se non li avevo conosciuti di persona, che mi stavano facendo cenno di raggiungerli.

Sollevata, nuotai verso di loro, e quando mi fui aggrappata al bordo mi aiutarono a risalire. «Grazie, ragazzi» dissi tossendo e sputacchiando acqua di lago. «Ma cavolo, Viviana non doveva aiutarci a passare?»

«Oh no, è presente solo al primo passaggio, quando ancora non sappiamo come si fa. Poi dobbiamo cavarcela da soli.»

«Ah, buono a sapersi» sbottai io, togliendomi un'alga lunga e viscida dalla manica della felpa.

I miei vestiti ne erano pieni e anche il mio zaino.

Mentre la barchetta galleggiava piano piano verso il molo, cercai di tirarne via più che potevo, gettandole sul fondo della barca.

Un pezzo testardo mi si era appiccicato alla pelle nuda del polso e non riuscivo a toglierlo.

Insistetti, cercando di sollevarne gli angoli con le unghie, e quando ottenni una presa solida, decisi di strapparlo tutto d'un colpo come un cerotto.

Cacciai uno strillo di sorpresa e di dolore: assieme all'alga si era staccato anche un sottile strato di pelle.

Come con un'abrasione, sul mio polso si disegnò un segno rosa rabbioso, che venne subito imperlato da tante minuscole goccioline di sangue.

«Ahi, che male!» mi lamentai tra i denti, soffiandomi sulla ferita per lenire il bruciore.

«Tutto bene?» chiese una ragazza nella barca.

«Sì, tutto a posto... nel lago da cui sono passata c'è una leggera infestazione di alghe assassine, tutto qui» borbottai, reggendomi il polso dolorante.

Adesso capivo perché erano considerate pericolose e il sindaco era così ansioso di liberarsene da accettare addirittura di drenare il lago!

La barchetta toccò riva con un tonfo e gli altri ragazzi e io scendemmo sulla spiaggia di sassi.

Mi stavo avviando con loro verso la scala che si inerpicava su per la scogliera, quando mi sentii chiamare: «Ehi, Angy!» Mi girai e vidi Rob trotterellare verso di me, uno zaino da escursionista sulle spalle. «Ciao, Rob, come va?»

Sfoderò il suo sorriso sdentato. «Bene, cavolo, sono contento di vederti! Ti ho cercata sui social, sai, tutta la settimana, ma non ho trovato nessuna Angy Pendragon.»

«Perché di cognome faccio Pendrake, Rob.»

«Ah, ecco perché!» Ridacchiò, grattandosi il naso con imbarazzo. «Be'... allora ti aggiungo appena tornati a casa!»

Ci avviammo per la scogliera, con Rob che mi raccontava emozionato di tutti i nuovi videogiochi che aveva provato quella settimana. Io lo ascoltavo solo con un orecchio, perché ero intenta a guardarmi attorno e a cercare gli altri amici. Intravidi Tyra aggirarsi tra la folla e la chiamai agitando le braccia: «Tyra! Siamo qui!»

Lei mi sentì e ci raggiunse, sorridendo. Portava con sé una grossa valigia, ancora umida di lago, e notai divertita che stavolta, invece delle scarpe con il tacco, indossava un paio di sneaker.

«Ciao, non pensavo che saresti tornata!» esclamò Rob, ma il suo tono di voce tradì una certa mancanza di entusiasmo al riguardo.

Se Tyra lo notò, non lo diede a vedere. «Ho deciso che, dopotutto, Avalon ha la sua attrattiva.»

«Vuol dire che smetterai di saltare gli allenamenti?» disse una voce alle mie spalle, facendomi sobbalzare.

Geira si era avvicinata, silenziosa come un ninja, senza che nessuno se ne accorgesse, e fissava Tyra con le braccia incrociate.

Tyra alzò un sopracciglio. «Ecco, gli allenamenti sono l'unica cosa che non mi interessa proprio.»

Vidi Geira prendere fiato e mi preparai con una certa apprensione alla litigata imminente. Ma prima che potesse parlare, una voce si levò per il cortile, stridula di preoccupazione: «Jean! Jean-Luc! Dove sei? Sei qui?»

Allungando il collo, vidi un ragazzo alto, che dimostrava circa diciotto anni, correre ansioso per tutto lo spiazzo e chiedere, mentre passava da un gruppo di ragazzi all'altro: «Avete visto Jean-Luc? Qualcuno sa dov'è? È biondo, alto così...» E senza aspettare risposta, continuava a chiamare sempre più disperato: «Jean-Luc, Jean!»

Quando si avvicinò a noi, Geira gli chiese: «Andrej, che succede?»

Lui si passò nervosamente una mano tra i capelli. «È Jean-Luc... sono il suo supervisore da un anno, ha detto che sarebbe venuto questa settimana... non lo trovo, però! Il passaggio si è chiuso da un pezzo, ormai, il sole è alto, e di Jean non c'è traccia! Non vorrei che...»

Geira si irrigidì. «Pensi che sia scomparso? Come gli altri?»

Andrej non rispose, ma dal pallore cinereo del suo viso capii che era proprio quella la sua paura.

«Angy Pendrake!»

Mi girai, sentendomi chiamare, e vidi Parsifal avvicinarsi, il volto corrucciato per la preoccupazione. «Vieni con me, Myrddin vuole parlarti.»

«Ma non ho fatto niente!» protestai io.

Andrej si fece avanti. «Sir Parsifal, Jean-Luc è sparito! Mi chiedevo se Merlino...»

«Siamo già a conoscenza della sua scomparsa» disse Parsifal. «E stiamo facendo il possibile per trovarlo.»

«Come state facendo il possibile per trovare gli altri?» sbottò Namid, gli occhi che ardevano. «Quand'è che ci direte cosa sta succedendo?»

Parsifal rimase interdetto, e per un attimo non capii se stesse per rispondergli, o sgridarlo per il suo tono irrispettoso. Alla fine, si limitò a fare un gesto secco con la mano e a dire: «Molto presto i tuoi dubbi avranno risposta, Namid Smith. Spiegheremo a tutti voi cosa succede, non appena qui al castello si terrà l'assemblea dei Leggendari».

Tra i presenti si diffuse un mormorio sorpreso, ma io non potei fermarmi a chiedere spiegazioni, perché Parsifal mi sfiorò la spalla, e con un cenno irrequieto mi indicò di seguirlo.

Trottai per tenere il passo delle sue gambe lunghe. Gettandomi un'ultima occhiata alle spalle, vidi che tutti gli altri studenti stavano indugiando in cortile, parlando tra loro, invece di dirigersi verso i dormitori per sistemare i bagagli.

La notizia della sparizione di Jean-Luc doveva essersi diffusa tra gli studenti, e così la preoccupazione.

Parsifal mi condusse su per tre rampe di scale, poi

attraverso un corridoio immerso nella penombra e infine al di là di una porticina. Era tanto piccola che pure io, che non sono molto alta, dovetti abbassare il capo per oltrepassarla.

Mi trovai all'ingresso di una torre, illuminato a malapena dalla luce che filtrava da una feritoia.

Parsifal mi indicò la scala a chiocciola. «Myrddin ti aspetta in cima» disse.

«Lassù?» gemetti. «Ma ho già fatto tre rampe di scale!»

«Un po' di allenamento in più non fa mai male» ribatté lui in tono serio, ma prima che uscisse vidi un lieve sorriso incurvargli gli angoli della bocca.

Sospirai sconsolata e mi preparai alla scalata.

A colloquio con Merlino

La torre era molto alta e sottile, e il passaggio era talmente stretto che era impossibile allargare le braccia. I gradini della scala a chiocciola, che millenni di passi avevano reso lucidi e scivolosi come cubi di ghiaccio, erano ripidissimi.

Procedevo a fatica, aggrappandomi alle pareti, strizzando gli occhi per vedere dove mettevo i piedi e per non inciampare nella penombra.

Al primo pianerottolo avevo già il fiatone. Al terzo, le gambe avevano cominciato a bruciarmi. Ora del quarto, mancava poco che procedessi a gattoni.

Quando finalmente raggiunsi la cima, e mi trovai davanti a una porta di legno serrata, ero tentata di sdraiarmi sul pavimento di pietra a riprendere fiato. Mi feci forza, limitandomi ad aggrapparmi al muro e a respirare a fondo per alcuni secondi, e quando il cuore smise di martellarmi per la fatica, mi raddrizzai e andai a bussare.

«Avanti!» disse distrattamente la voce di Merlino.

Spinsi con cautela la porta fino ad aprire uno spiraglio e sbirciai nella stanza.

La prima cosa che vidi fu un'enorme mappa del mondo che occupava tutta la parete di fronte all'ingresso. Non era formata da un unico foglio, ma da tante mappe diverse, di regioni più piccole, accostate tra loro come un puzzle. Alcune erano molto antiche, quasi arcaiche, dai confini imprecisi e fantasiosi, altre molto più moderne.

Questo era già abbastanza bizzarro, ma la cosa più sorprendente era la miriade di puntini luminosi che la costellavano: erano tanti da essere impossibili da contare, e alcuni tremolavano, altri si spostavano, altri ancora si accendevano o si spegnevano a intermittenza.

Era come se dietro alla mappa fluttuasse uno sciame di lucciole, le cui luci filtravano attraverso la carta.

Merlino stava passeggiando avanti e indietro, intento a leggere una pergamena srotolata.

Senza alzare lo sguardo, insistette: «Entri e si sieda».

Aprii del tutto la porta, entrai e la richiusi dietro di me.

Notai subito che l'ambiente era molto, molto più grande di quanto sarebbe stato possibile, considerate le dimensioni della torre. Il soffitto era altissimo, ma veniva quasi sfiorato da colonne su colonne di libri impilati. Decine di piccole candele fluttuavano pigramente a mezz'aria, illuminando la stanza come festoni natalizi.

Mi girai e, con mia enorme sorpresa, vidi che la porta da cui ero passata non era accostata a un muro, ma se ne stava in piedi da sola in mezzo alla stanza.

E dove avrebbe dovuto esserci una parete, lo spazio continuava, occupato da tavoli e scrittoi colmi di carte, libri, boccette e alambicchi. E ancora librerie straripanti accostate alle pareti, tanto alte che ciascuna era dotata di una scala per raggiungere gli scaffali superiori. E poi mazzetti di erbe profumate che pendevano dal soffitto come lampadari, casse e bauli accatastati gli uni sugli altri, alcuni che sembravano illuminati dall'interno, altri che si agitavano come se fossero abitati, e un ampio braciere di bronzo dai piedi di leone su cui sobbolliva un gran calderone che emanava un gradevole profumo di stufato.

E sotto i tavoli, sugli scaffali, sopra le poltrone e gli sgabelli, tanti altri oggetti strambi, scintillanti e tremolanti e tintinnanti, che non riuscii a distinguere chiaramente con un solo sguardo.

Rendendomi conto di essere rimasta impalata a guardarmi attorno a bocca aperta, mi affrettai a prendere posto sulla poltrona davanti alla scrivania di Merlino, ma mi accorsi subito di essermi seduta su qualcosa di solido. Mi spostai per prenderlo: era una sfera, grande più o meno come un'arancia, nera come la notte e puntellata di una miriade di stelle che ruotavano pigre, come un cielo in miniatura.

Cauta, la appoggiai sulla scrivania davanti a me.

Merlino tirò un gran sospiro e arrotolò la pergamena, poi si girò a guardare la mappa, le mani dietro la schiena. «Il povero Jean-Luc è apparso per l'ultima volta qui, vicino a Nantes» disse puntando il dito sulla mappa dell'Europa, che era tutta colorata ma sbiadita dal tempo, e dai disegni e dagli errori nella topografia sembrava risalire al XII secolo. «Vorrei poter dare ai ragazzi delle buone notizie sulla sua sorte ma... è ormai quasi un giorno che è svanito.»

«Magari una mappa un po' più moderna sarebbe d'aiuto...» mi azzardai a suggerire.

«Non posso usarne una qualsiasi: dev'essere una mappa disegnata da un mago. Questa, la prima, l'ho fatta io stesso. E quanto alle altre… ho impiegato secoli a trovarle tutte e a ottenere un'immagine magica completa del mondo intero.»

«E questo Jean-Luc non è da nessuna parte?»

«Purtroppo no, la sua luce è scomparsa...» disse Merlino con un gran sospiro, e poi si girò verso di me. «Così come alcuni giorni fa è successo con la sua.»

Mi agitai nervosa sulla sedia. «Cosa vuol dire?»

«Come forse avrà già capito, ognuna di queste luci corrisponde a uno di voi, gli eredi dei Leggendari. Alcuni non sono ancora passati ad Avalon, altri sono già usciti dall'Accademia, altri ancora hanno rifiutato l'invito… in ogni caso, appena lo spirito dell'eroe si accende in lui, appare su questa mappa. E appena si spegne, sparisce.»

«Ma io non mi sono spenta, cioè, non penso… eppure lei dice che sono scomparsa?»

«Come posso spiegarmi in parole semplici… vede, signorina Pendrake, è normale che lo spirito dell'eroe si illumini o si affievolisca, fino anche a diventare difficile da scorgere sulla mappa. Questo perché le persone cambiano di continuo, a volte anche in maniera repentina… ma non succede mai che, una volta acceso, lo spirito dell'eroe svanisca del tutto. Esiste sempre, anche se flebile e nascosto.

Ed è grazie a questo che troviamo gli eredi dei Leggendari e li invitiamo ad Avalon.»

«Quindi, se non c'è più, vuol dire che è successo qualcosa di grave?»

«Sì, ma non solo.» Merlino mi guardò con intensità da sotto le sopracciglia grigie e cespugliose. «Siccome la mappa rappresenta il mondo reale, la luce di un Leggendario scompare anche quando questi si trova nel mondo magico. In ogni caso, sono giorni che mi chiedo che cosa le sia successo...»

«Cosa? Ma io non sono stata da nessuna parte, sono rimasta…» A quel punto mi interruppi, ricordandomi. «La Lefay Tower!» mormorai. «Sono stata alla Lefay Tower.»

«E che luogo sarebbe?»

«Ma come, non lo sa?» mi sorpresi io. «È la sede principale della Lefay Enterprises, che è un'enorme azienda di operazioni finanziarie…»

Sembrò scocciato. «Non mi interessano le quisquilie del mondo moderno. Perché questa torre dovrebbe essere tanto speciale?»

«Be' non dovrebbe esserlo, in teoria, è solo un normale grattacielo, ma…» mi bloccai, chiedendomi se fosse il caso di confidarmi riguardo a quello che mi era successo.

Dopotutto, non avevo prove dei miei sospetti, che erano basati solo su congetture e sulle sensazioni che avevo provato trovandomi al cospetto di Morgaine.

«Ebbene, signorina Pendrake, perché esita?»

Decisi di dirgli la verità. Gli raccontai tutto, dall'infestazione di alghe assassine al mio invito alla Lefay Enterprises, all'incontro con Morgaine, alle ricerche che avevo fatto sulla sua famiglia. «E questo è quanto. Se devo essere sincera, per tutto il tempo in cui mi sono trovata nell'ufficio di Morgaine, ho avuto la sensazione che non fosse "semplicemente" una donna» conclusi.

Merlino teneva i gomiti sulla scrivania e le dita incrociate davanti alla bocca. Per alcuni secondi si limitò a scrutarmi senza dire niente, anche se avevo l'impressione che non mi vedesse davvero.

Mi agitai sulla sedia. «Ehm, sì, e come le dicevo, ho pensato che anche Morgaine potrebbe essere l'erede di un Leggendario, magari della fata Morgana in persona...»

«No, è impossibile» replicò lui. «Morgana non ha mai avuto figli. E se avesse degli eredi, li vedrei nella mappa.»

«E allora, forse...» esitai un attimo, dubitando delle mie stesse parole «...potrebbe trattarsi di Morgana stessa?»

«Ancora più impossibile, assurdo, inconcepibile!»

sbottò Merlino, alzandosi in piedi e iniziando a girellare per la stanza. «Se Morgana se ne andasse a spasso per il mondo reale, me ne accorgerei... tutti noi dell'assemblea dei Leggendari ce ne accorgeremmo! È troppo potente, la sua traccia magica è inconfondibile e brillante come un falò nella notte. E soprattutto...» Merlino si fermò di colpo e tacque, girandosi a guardarmi da sotto le sopracciglia cespugliose. «Se si fosse veramente trattato di Morgana, signorina Pendrake, lei non sarebbe viva.»

«Che... che cosa?» balbettai io.

«Morgana è crudele e spietata, non si ferma davanti a niente per raggiungere i propri scopi. Pur di ottenere il potere che bramava, si è alleata con Mordred e ha causato la distruzione di Camelot!» esclamò Merlino. «È impensabile, signorina Pendrake, che lei si sia trovata al cospetto di Morgana e sia in grado di raccontarlo. Uscendone incolume, per di più! Non può essersi trattato della vera Morgana. A meno che...» Tacque di colpo, e il suo volto sembrò illuminarsi.

«A meno che cosa?» lo incalzai.

Merlino non mi rispose subito, ma attraversò la stanza a grandi falcate, aprì le ante di un grosso armadio e vi cacciò dentro la testa, iniziando a cercare freneticamente qualcosa. «C'è un'unica spiegazione possibile» disse, la sua voce lontana come se provenisse dal fondo di un burrone. «Morgana deve averle lanciato addosso un incantesimo.»

Rimasi a bocca aperta. «Cosa? No, me ne sarei accorta! Le dico che non mi è successo niente!»

Merlino riemerse dall'armadio. «Mi spiace darle questa notizia, signorina Pendrake, ma dubito che lei, inesperta com'è, sarebbe in grado di accorgersi se un'incantatrice potente come Morgana le stesse facendo un sortilegio.»

«Ma io non...» iniziai, poi però tacqui, perché Merlino si stava avvicinando a me tenendo in mano uno strumento che sembrava una bacchetta da majorette con due lenti di ingrandimento alle estremità. «Cos'è quello?» chiesi, tirandomi lievemente indietro sulla sedia.

«Non si preoccupi, signorina Pendrake, si tratta solo di un S.I.S.M.A., cioè Strumento Incantato Svela Magie Aggressive, ultimo modello, prodotto nelle officine magiche di Atlantide.» Merlino tese il braccio mentre le due lenti alle estremità del bastone sembrarono illuminarsi e iniziarono a produrre un ronzio sostenuto, simile a quello di uno stormo di cicale in agosto.

«Uhm...» lo guardai confusa, mentre si aggirava attorno alla mia sedia alzando e abbassando lo strumento.

All'improvviso si fermò, con un grugnito di stizza: «Deve essersi rotto! Non capta niente!»

«Oppure, semplicemente, non sono sotto un sortilegio!» esclamai esasperata. «E poi, soprattutto, per quale motivo Morgana avrebbe deciso di incantarmi per poi lasciarmi andare?»

«Potrebbero esserci molteplici ragioni! Potrebbe averle fatto un Incantesimo Spia, per vedere attraverso di lei quello che succede ad Avalon. Potrebbe averle appiccicato addosso una magia aggressiva, pronta a scatenarsi una volta raggiunto il suo obiettivo, per esempio me o Viviana. Oppure, il sortilegio più terribile di tutti: quello che piano piano ti corrompe la mente spingendoti a passare dalla sua parte...»

«Be', se ci tiene a saperlo, Morgaine mi ha solo chiesto di lavorare per lei» dissi, incrociando le braccia. «Io ho rifiutato e lei mi ha lasciato andare. Senza farmi un incantesimo, se quel suo strumento ha ragione.»

«E allora non si trattava di Morgana, ma di qualcun altro, perché la vera Morgana non avrebbe mai dimostrato tanta clemenza» sbottò Merlino. Pensavo che avesse terminato il suo discorso, ma dopo alcuni secondi carichi di tensione riprese a parlare: «E comunque, chiunque sia quella donna, lei, signorina Pendrake, si è comportata in modo irresponsabile».

«Come, irresponsabile! Cos'ho fatto di male?»

«Vuole sapere cos'ha fatto di male? Si è cacciata in una situazione pericolosissima! E ne era perfettamente consapevole. Mi ha detto di avere iniziato a sospettare di questa Morgaine durante i suoi studi in biblioteca eppure, solo due giorni dopo, di sua spontanea volontà ha accettato di incontrarla. Lei si è esposta a un grave rischio!»

«Ma volevo solo sapere la verità!»

«Non c'era bisogno di mettersi in pericolo per questo! Sei proprio come Artù, impulsiva e cocciuta!» borbottò Merlino, e io mi stupii che per la prima volta mi avesse dato del "tu". Cambiò subito tono, però: «Come il suo antenato, è sempre pronta a correre rischi inutili per fare "la cosa giusta". Ma sbaglia! Lei ha sedici anni, signorina Pendrake, la sua priorità non è salvare il mondo, ma rimanere al sicuro, crescere e imparare, e lasciare che siano gli adulti a occuparsi di queste cose».

«Ma gli adulti non fanno niente!» esclamai, e mi accorsi che stavo quasi gridando, e che il cuore mi martellava come un tamburo. Allora tacqui, tirai le gambe sulla sedia e mi strinsi le ginocchia al petto.

Mi aspettavo che Merlino si infuriasse, invece quando parlò di nuovo era sorprendentemente calmo: «Capisco che lei possa avere questa impressione, signorina Pendrake. Ai giovani piacciono le soluzioni rapide e spettacolari, come una battaglia o un incantesimo, che risolvono tutto per magia. Purtroppo non è così, e più una questione è grave, più è lenta e complicata da risolvere. Può sembrare che non ce ne occupiamo, ma queste cose richiedono tempo, e i cambiamenti a volte sono quasi impercettibili».

Io non ero per nulla convinta, anzi, mi sembrava che Merlino stesse accampando delle scuse. Però non avevo voglia di discutere ancora con lui: tanto, pensavo, aveva già dimostrato di non credermi...

«Comunque, signorina Pendrake, sia ben chiaro: sono contento che lei stia bene, nonostante il grave pericolo corso» disse senza guardarmi. «Può andare, adesso, torni pure dai suoi compagni. Ah, un'ultima cosa. Per adesso è libera, ma se proverà ancora a indagare su questa faccenda, o se si caccerà in qualunque genere di pericolo senza chiedere aiuto a un adulto, la prossima volta che verrà ad Avalon sarà messa in punizione per tutta la settimana».

Io non risposi, ma uscii dalla stanza sbattendomi la porta alle spalle.

La guerriera e l'incantatrice

La conversazione con Merlino mi aveva messo così di cattivo umore che per tutta la sera non ebbi voglia di parlare con nessuno.

Il giorno successivo, al malumore si sostituì un'ondata di rabbia che mi ribolliva nel petto, spingendomi a desiderare di sfogarmi con qualcuno, pur di non esplodere.

Per fortuna, dopo pranzo trovai la mia occasione: Tyra quel pomeriggio scese con noi in cortile per gli allenamenti perché, come mi spiegò a bassa voce, Viviana quel pomeriggio sarebbe stata impegnata con Merlino nella ricerca del ragazzo scomparso.

Con la scusa di sistemare i bersagli per il tiro con l'arco, la trascinai in un angolo e le rovesciai addosso il racconto di tutto quello che era successo, dal mio incontro con Morgaine alla discussione con Merlino della sera prima.

Man mano che parlavo, vedevo il volto di Tyra farsi sempre più allarmato. Aprì la bocca per intervenire, ma da lontano la voce di Galahad la interruppe: «Signorine Hope e Pendrake, se avete finito di chiacchierare, qui dobbiamo iniziare la lezione di tiro con l'arco, e non penso sia il caso di utilizzare voi come bersagli».

«Arriviamo!» esclamai io, e assieme a Tyra mi affrettai ad attraversare il campo e a raggiungere la linea di tiro, dove aspettavano gli altri ragazzi del primo anno.

Mi sistemai nella postazione più esterna e imbracciai l'arco appoggiato ai miei piedi. Tyra non accennò nemmeno a fare lo stesso, tuttavia si posizionò vicino a me sulla linea di tiro, sul viso un'espressione determinata che mi fece capire che aveva tutta l'intenzione di continuare il nostro discorso.

Galahad ci fece esercitare sulla corretta postura: piedi paralleli, aperti alla larghezza delle spalle, peso ben centrato, portamento fiero, mento parallelo al terreno e spalle basse. Passeggiava avanti e indietro lungo la linea di tiro correggendo ora uno ora l'altro...

Poi passò a spiegarci nel dettaglio la giusta impugnatura: mano con nocche a quarantacinque gradi, punto di contatto sotto il pollice, appena oltre la "linea della vita"...

Infine ci mostrò come prendere la corda, all'interno della prima falange dell'altra mano, e come tenderla con un gesto continuo e senza strattoni fino a raggiungere il punto di ancoraggio, con il dito indice al lato della bocca.

Dopo averci fatto provare cento volte questi gesti (e averli corretti cento volte), finalmente ci consentì di tirare ai bersagli, posti a poco più di una decina di metri da noi.

Tra tutti, quello che sembrava avere più difficoltà era Rob. Galahad gli mise una mano sulla spalla e gli disse: «Non scoraggiarti. A volte, per centrare il bersaglio, occorre che l'arciere sia più "centrato". Forse qualcosa ti preoccupa? Ne parlerò a Myrddin: ho l'impressione che tu abbia qualche problema rispetto alla tua eredità...»

Poi, rivolto a tutti, aggiunse: «Continuate a provare da soli. Più tardi, quando i vostri supervisori avranno terminato il loro addestramento, verranno a guardarvi uno per uno e a correggere i vostri errori. Ora Parsifal e io dobbiamo assentarci: Myrddin e Nyneve richiedono la nostra presenza nella torre».

Appena si fu allontanato, Tyra mi disse a bassa voce:

«Non capisco perché Merlino abbia messo la testa sotto la sabbia e si rifiuti di credere che Morgaine Lefay sia l'erede, se non addirittura la vera fata Morgana, quando è innegabile che sia così».

Io scagliai la mia freccia, che volò bassa sotto il bersaglio e si conficcò nel prato. Presi tempo a incoccarne una nuova per rispondere a Tyra: «Non lo so, era come se si rifiutasse di accettare di non essere stato capace di individuarla lui stesso. O almeno, quella era la mia impressione. Continuava a ripetere che se fosse stata davvero Morgana, lui se ne sarebbe sicuramente accorto».

Dalla postazione di fianco alla mia, Rob lanciò un'esclamazione esasperata: «Non ci credo, Namid, hai fatto ancora centro? Ma come fai?»

Allungai il collo e vidi Namid poco lontano scrollare le spalle e rispondere: «Non so che dirti, Rob, faccio solo quello che mi ha detto Galahad».

«Lo faccio anch'io! Eppure guarda!» Robert incoccò, scoccò... e la freccia centrò il bersaglio. Non il suo, però, quello del vicino. «Visto?! Perché tu ci riesci e io no?»

Namid si grattò la testa. «Non lo so, immagino che mi venga naturale! Comunque mi pare che tu abbia mosso il braccio dell'arco...»

«Non è giusto! Dovrebbe venire naturale a me che sono il cavolo di erede di Robin Hood!»

«Dai, non prendertela!» tentò di placarlo Namid. «Prova di nuovo! Neanche gli altri ci stanno riuscendo...»

«A parte te! Di' la verità, hai già tirato prima?»

«Ma se ti dico di no... ho preso in mano l'arco qui ad Avalon per la prima volta, proprio come te.»

Ero così incantata ad ascoltare il loro battibecco, che sobbalzai quando Tyra mi toccò il braccio per attirare la mia attenzione.

«Senti, andiamo un po' più in là, che con il chiasso che fanno quei due non riusciamo a parlare» mi propose.

«Sì, mi sembra una buona idea» risposi e, abbandonato l'arco vicino alla mia postazione, mi allontanai con lei verso le mura. Ci sedemmo sull'erba appoggiando la schiena alla pietra.

«Stavo pensando a una cosa» disse Tyra a bassa voce. «Merlino ha detto che quando sei entrata nel palazzo della Lefay, sei svanita dalla mappa magica. E che è la stessa cosa che succede quando uno studente sparisce...»

Mi sentii gelare. «Non vorrai dire che...»

«Esatto» mi anticipò lei. «Potrebbe essere Morgana a prenderli.»

«Ma non ha senso!» protestai. «Perché allora non avrebbe preso anche me? Ero lì!»

Tyra aprì la bocca per rispondere, ma poi si bloccò, corrugando la fronte. Per qualche secondo rimase, interdetta, a giocherellare con un filo ribelle che le sfuggiva dalla manica del golf. «Non lo so» ammise infine. «Ma c'è un'altra cosa che è un po' strana, e di cui forse non ti sei accorta. Angy, è da quando abbiamo iniziato a parlare che non fai che difendere Morgaine. Insisti che non ti ha fatto nulla di male, nessun incantesimo, e che ti ha lasciata libera...»»

Feci per ribattere, ma mi accorsi che così avrei solo confermato le sue parole. «Forse hai ragione» mormorai.

«Sei sicura che non ti abbia veramente lanciato un incantesimo? Magari è per questo che ti comporti così.»

«Sì, sono sicura, e poi Merlino se ne sarebbe accorto, ha usato quello strano strumento di Atlantide. Eppure...» Mi interruppi, perché poco lontano, nel campo di tiro, Rob aveva lanciato un grido di stizza: «Basta, mi sono rotto!» E con un gesto brusco buttò l'arco per terra.

«Oh, no!» mormorò Tyra, alzando le sopracciglia, perché Rob si stava dirigendo verso di noi a grandi passi furibondi.

Come ci raggiunse, si buttò a sedere di fianco a me con un gran sospiro. «Che vadano a quel paese, Robin Hood, il suo arco e la sua eredità.»

«Ti spiace? Angy e io stavamo parlando» obiettò Tyra. E dopo un attimo aggiunse: «Di cose serie».

«Ehi! Perché, credi che io non possa parlare di cose serie?»

«Hai su una maglietta di un cartone animato per bambini, Robert.»

«La indosso ironicamente!»

Alzai le mani. «Ok, ragazzi.» Mi girai verso Tyra e le dissi: «Secondo me dovremmo parlare anche con lui di quello che è successo. È un erede come noi, queste cose lo riguardano. E poi è un tipo a posto, davvero!»

Tyra alzò un sopracciglio, guardandomi incredula, ma poi disse: «Be', lo conosci meglio di me. Se pensi che di lui ci si possa fidare...»

«Certo che lo penso!»

«Grande Angy!» esclamò Robert, venendo a sedersi di fronte a noi in modo da guardarci entrambe. «Allora, cos'è questo "discorso serio"?»

Nonostante la riluttanza di Tyra, gli raccontammo tutto, e man mano che andavamo avanti a parlare, il sorriso sul volto di Rob si affievolì fino a sparire del tutto, e tra le sue sopracciglia si disegnò un solco di preoccupazione. «Wow!» sussurrò. «Tutto questo è… pazzesco.»

Tyra si sporse in avanti. «Comunque, ora che sento la storia per la seconda volta, mi rendo conto che c'è una cosa che ci è sfuggita» mormorò. «Se quello che sospettiamo è vero, e Morgaine Lefay è Morgana in persona… allora di sicuro c'è un motivo ulteriore per cui insiste nel voler drenare a tutti i costi il lago di Central Park.»

«Non lo faceva per beneficenza?» chiese Rob, strofinandosi il naso.

«Questo è quanto dice al pubblico, Robert…»

Un pensiero mi colse, talmente fulminante da farmi trasalire. «Il passaggio ad Avalon! È nel lago di Central Park... Morgana sta puntando al passaggio!»

«Che cosa?» sibilò Robert.

Tyra si passò una mano sulla fronte e annuì, per niente sorpresa, come se avesse pensato la stessa cosa.

«Ehi!» ci chiamò una voce dalla distanza. «Cosa succede lì, si batte la fiacca?»

Era Halil, che si avvicinava a grandi passi imbracciando la spada spuntata e lo scudo che i ragazzi grandi usavano per allenarsi.

Nonostante le sue parole severe, vidi che riusciva a stento a nascondere un sorriso divertito.

«No, no, stavamo solo facendo una pausa...» iniziai a spiegare. Ma tacqui subito, perché alle spalle di Hal si stava avvicinando Geira.

Solo che lei non sorrideva.

Guardarla avvicinarsi con le armi in pugno, finte che fossero, a passo di marcia e con l'espressione tempestosa, mi fece capire tutte le battute che Hal faceva sul suo conto. Era proprio minacciosa e carica di energia.

Si fermò davanti a noi che sembrava fumare per la rabbia e parlò rivolgendosi direttamente a Tyra: «Adesso è così che fai? Non solo ti rifiuti di allenarti, ma trascini con te anche gli altri? Hai due anni più di loro e dovresti dare il buon esempio. E invece...»

«Ehi!» protestò Tyra. «Stavamo solo parlando. E di cose importanti, molto più importanti dei tuoi allenamenti.»

«Pensi davvero che ci sia qualcosa di più importante che allenarsi?» esclamò Geira, e la sua voce crebbe di volume. «Adesso che gli studenti continuano a sparire? Non c'è niente, niente di più importante che sapersi difendere. Questo tuo atteggiamento sta mettendo in pericolo non solo te, ma anche i tuoi amici!»

Tyra si alzò in piedi di scatto, con il fuoco negli occhi.

«Uh, oh» mormorò Robert.

«Hai qualche problema con me?» la interrogò Tyra, avvicinandosi a Geira. «Se sì, dimmelo.»

«Sono stata chiara fin dall'inizio, non ho alcun problema con te, ce l'ho solo con il tuo comportamento» sbottò Geira con un gesto secco della mano che reggeva la spada.

Io feci per scattare in piedi e intervenire ancora una volta a sedare la litigata, ma prima che potessi alzarmi, Rob mi trattenne per un braccio e, guardandomi allarmato, scosse piano la testa.

Geira continuò in tono asciutto: «Mi spieghi perché ti rifiuti di imparare a combattere?»

«Lo vuoi sapere perché?» esclamò Tyra. «Perché odio la violenza, la detesto. E mi rifiuto di perpetrarla!»

Geira allargò le braccia. «E allora? Anche io vorrei non dover combattere e anche io odio la violenza. Ma ti do una notizia, Hope: il mondo è pieno di persone che non si fanno scrupoli a usarla, e soprattutto contro di noi che siamo eredi dei Leggendari. Cosa credi, che se qualcuno ti attaccherà, ti basterà dirgli: "No, scusa, non voglio la violenza, non mi piace..." Pensi che quelli ti lasceranno in pace? Devi saperti proteggere!»

Ormai stava gridando, le guance rosse di rabbia.

Il suo tono di voce aveva attirato l'attenzione di molti dei ragazzi del cortile, che avevano interrotto il loro allenamento.

Tyra, invece, era calmissima. «Sono perfettamente in grado di proteggermi senza dovere alzare le mani.»

«Ah, sì?» Facendo un passo verso di lei e abbassando la voce, ribatté: «Dimostramelo».

Halil intervenne, afferrando Geira per un polso: «Ehi, no, calmati, G, non è il caso di...»

Ma lei lo spinse via e arretrò nuovamente verso il centro del cortile, allargando le braccia in segno di sfida.

Gli studenti si spostarono al suo passaggio, creando un anfiteatro attorno a lei.

«Avanti!» esclamò Geira, puntando la spada verso Tyra. «Fammi vedere! Fammi vedere come sai proteggerti senza sporcarti le mani. Combatti! Sconfiggimi!»

Dopo un attimo di silenzio assoluto, tale da riuscire a sentire in lontananza le onde infrangersi contro gli scogli dell'isola, Tyra raddrizzò la schiena, sollevò il mento, dignitosa come una regina, e dichiarò: «Come vuoi».

Gocce di sangue scuro sulla polvere

Alle sue parole, scattai finalmente in piedi, scrollando via la mano di Robert. «Ehi, dai, ok, combattere mi sembra un po' esagerato, non c'è bisogno di...»

Tyra mi lanciò un'occhiata di traverso. «Angy, no.»

Io alzai le mani e tacqui.

Nonostante il suo tono calmo, mi ero accorta dal suo sguardo di quanto fosse furibonda, e mi passò immediatamente la voglia di intromettermi.

Fu Hal, invece, a intervenire. «Tyra, non farlo» disse a bassa voce. «Le voci che girano sul conto di Geira sono vere, da quando è qui nessuno l'ha mai sconfitta. E non l'ho mai vista così arrabbiata...»

Anche Rob si alzò. «E poi, queste saranno pure spade spuntate da allenamento, ma sono comunque pezzi di metallo, cavolo. Voglio dire, lo so che non andiamo d'accordo io e te, ma non voglio che tu ti faccia male, dammi retta, quella ti manda all'ospedale con tutte le ossa rotte...»

Ma ignorandoci tutti, Tyra si fece avanti, entrando nel cerchio che i ragazzi avevano formato nel centro del cortile.

Mentre avanzava, notai che prendeva qualcosa dalla tasca dei jeans e lo teneva nascosto nel pugno chiuso.

Non accennò a fare nient'altro, semplicemente rimase ferma al centro dell'arena improvvisata, a fare respiri profondi, come se stesse cercando di tranquillizzarsi o di concentrarsi.

«Avanti!» esclamò Geira, roteando la spada. «Allora? Combatti o arrenditi, e ammetti di avere torto!»

Dopo ancora qualche istante in cui Tyra rimase in piedi di fronte a lei senza muoversi o parlare, Geira sembrò spazientirsi e, abbassate le armi, cominciò ad avanzare.

Non mi diede l'impressione di voler attaccare, ma solo di volersi avvicinare per continuare a discutere.

Tuttavia, dalla folla si alzò un mormorio allarmato, come se si aspettassero l'inizio della battaglia.

Non saprò mai cosa sarebbe successo se l'avesse raggiunta, perché appena Geira mosse qualche passo nella sua direzione, Tyra sollevò il braccio e tirò qualcosa verso di lei.

Per un attimo vidi solo uno scintillio di bronzo al sole, poi ci fu un terribile stridio metallico, e l'oggetto che Tyra aveva lanciato si ingrandì a dismisura mentre era ancora in volo.

Un gigante di bronzo atterrò su un ginocchio, con un tonfo polveroso, in mezzo al cortile.

Lo riconobbi subito: era Talos.

Geira fece un balzo indietro per evitarlo, lo scudo alzato, lo stupore sul volto.

Dai ragazzi si levò un simultaneo grido di sorpresa.

«Oh, no!» esclamò Halil di fianco a me, e guardandolo vidi che era impallidito di colpo. «È un'incantatrice.»

Talos si rizzò in piedi con uno spaventoso protestare di giunture. La sua ombra imponente si stese sulla terra del cortile, arrivando a sommergere Geira. Era alto quasi tre metri, il suo scudo e la sua lancia scintillavano al sole, e l'elmo greco gli oscurava il volto.

Dal centro dell'arena, Tyra esclamò: «Vuoi ancora combattere?»

In tutta risposta, Geira caricò.

Sembrava voler colpire Talos in pieno petto, e Tyra

alzò un braccio: al suo gesto, Talos sollevò lo scudo. Ma appena prima di raggiungerlo, Geira si abbassò, scivolando nella polvere del cortile, e con la spada tirò un colpo al ginocchio del gigante, che echeggiò come il rintocco di una campana.

Talos cadde carponi, e Geira si rialzò alle sue spalle.

«Oh, cavolo!» esclamò Robert, il volto luminoso come quello di un bambino il giorno di Natale. «Dieci dollari che vince Geira.»

«Piantala, Rob!» lo rintuzzai, senza riuscire a staccare gli occhi dal combattimento.

Tyra sollevò le braccia e Talos si rimise in piedi, provocando una nuvola di polvere.

Non si girò abbastanza in fretta, però, perché la spada di Geira si abbatté sul suo fianco, rimbombando come un gong, ma venne spinta indietro per il contraccolpo senza avere minimamente scalfito il corpo di bronzo.

A un gesto di Tyra, Talos lasciò cadere la lancia, e con la mano libera cercò di afferrare la spada di Geira.

Lei, molto più veloce, scivolò via, raccogliendosi dietro lo scudo.

Talos avanzò verso di lei a grandi passi che facevano tremare il suolo. Riprovò a disarmare Geira, ma lei schivò la sua presa, ancora e ancora, sgusciando via, agile come una pantera.

Talos allora lasciò cadere anche lo scudo e cercò di ghermire la spada di Geira con la mano sinistra.

Lei non se ne accorse subito e non riuscì a rotolare via in tempo: fu costretta a ripararsi, sollevando lo scudo, e fu allora che Talos lo agguantò con una sola mano e lo accartocciò come un bicchiere di plastica.

Un grido allarmato si alzò dalla folla.

Feci un passo avanti, ma la mano forte di Hal mi trattenne, posandosi sulla mia spalla. «Non fare pazzie, Angy!» mi disse, l'apprensione ben visibile negli occhi verdi.

Intanto, Geira arretrava incespicando, scrollandosi via dal braccio i resti dello scudo frantumato. Le schegge l'avevano graffiata e alcune gocce di sangue scuro caddero a impastare la polvere.

Tyra sembrava averlo notato. «Geira, basta così!» esclamò, senza curarsi di nascondere la preoccupazione nella sua voce.

Geira, però, non badò alle sue parole, né si preoccupò delle proprie ferite. Piantò i piedi al suolo, sistemò la presa sulla spada e caricò come una furia.

Talos tese la mano, pronto ad afferrare l'arma di Geira,

ma non ci riuscì: ci fu un breve lampo di luce e un rumore di legno contro metallo.

Un nuovo scudo era apparso al braccio di Geira, parando il colpo di Talos all'ultimo secondo.

A differenza di quello da addestramento, questo era molto più grande e aveva un bordo di metallo affilato. Il legno era dipinto d'azzurro, con disegnate due lance nere che si incrociavano attorno all'umbone di ferro opaco, graffiato dai colpi.

Nel cortile era calato un silenzio tombale.

«Ora sì che è nei guai...» mormorò Hal.

«Perché? Cos'è successo?» balbettai io.

«Quello è lo scudo di Lagertha, la famosa guerriera vichinga» rispose lui tra i denti. «Ha evocato l'arma della sua antenata!»

«Ed è grave?» chiese Robert.

La risposta che cercava era dipinta negli sguardi sconcertati di tutti i presenti.

Gridando per lo sforzo, Geira spazzò via con lo scudo il braccio metallico del gigante, e approfittando dell'apertura nella sua difesa gli colpì nuovamente il ginocchio con la spada.

Talos incespicò ma non cadde e, girandosi, tirò una

manata verso Geira, che lei parò con un rintocco profondo dello scudo.

Per qualche minuto continuarono a danzarsi attorno, Geira che colpiva ripetutamente le ginocchia del gigante nel tentativo di atterrarlo, lui che si rialzava e cercava di disarmarla. I colpi e le parate che si scambiavano facevano risuonare il cortile di tonfi e rimbombi metallici.

Tyra lanciò un grido di frustrazione e tese un braccio in avanti. Talos scattò veloce come un serpente e afferrò Geira per il torso, sollevandola da terra come una bambola.

La folla emise un'esclamazione di allarme, e io mi coprii la bocca con le mani.

Talos spinse via Geira, non troppo forte, ma abbastanza perché strisciasse nella polvere per un paio di metri.

Lei faticò per rimettersi seduta. Lo scudo e la spada erano caduti lontani.

Il gigante avanzò a passi tonanti, facendo tremare il suolo. Fu sopra di lei in un istante e alzò un enorme piede di bronzo…

In quello stesso istante, con un rumore di metallo accartocciato, si rivoltò su se stesso e rimpicciolì di colpo.

Un soldatino di metallo, grande come un pollice, cadde inerme sulla pancia di Geira.

Lei rimase ferma immobile, a boccheggiare per riprendere fiato, il volto lucido e arrossato dalla fatica.

Nel silenzio generale, Tyra si avvicinò a lei, e quando l'ebbe raggiunta si chinò, raccolse la statuina di bronzo e se la infilò in tasca. Poi, dopo un istante, tese la mano a Geira. Lei l'accettò e Tyra l'aiutò a rialzarsi.

Sembrava quasi assurdo vederle lì, in piedi, in mezzo all'arena, a stringersi la mano solo qualche secondo dopo il feroce combattimento a cui avevamo appena assistito.

Tyra era ordinata e impeccabile, senza un capello fuori posto, mentre Geira era distrutta, la maglietta nera sbiancata dalla polvere, spettinata e graffiata come se avesse nuotato tra i rovi.

Stavano scambiando alcune parole tra loro, ma non riuscii a cogliere quello che si dicevano finché non mi avvicinai assieme a Hal e Robert.

«...ho sbagliato, mi dispiace, ho finito per usare anche io la violenza» mormorava Tyra a occhi bassi.

«No, mi hai sconfitta, ma senza farmi del male...» diceva Geira, ancora senza fiato. «E poi... è stato il più bel combattimento della mia vita!»

Quando le raggiungemmo, Hal afferrò Geira per le spalle, esaminandola da capo a piedi. «Per la miseria, G, stai bene? Amica, tu sei fuori... che ti è saltato in testa? Solo tu puoi pensare di sfidare un'incantatrice! E poi, evocare lo scudo di Lagertha...»

Lei lo scrollò via. «Non puoi biasimarmi per avere lottato, ora che finalmente mi sono trovata davanti un avversario degno di me...» disse lanciando un'occhiata divertita a Tyra, che le rispose con un sorriso smagliante.

Rob incrociò il mio sguardo, e vidi che gli brillavano gli occhi. «Non ho idea di cosa sia successo, ma è stato davvero figo.»

Intanto, attorno a noi, alcuni studenti avevano iniziato ad applaudire e ad acclamare, e presto dalla folla si alzò un chiasso emozionato e festoso.

Qualche attimo dopo, però, la celebrazione venne zittita dal tonfo secco del portone del castello che si spalancava.

Merlino e Viviana, con Parsifal e Galahad al seguito, stavano avanzando verso di noi con la furia di una tempesta estiva.

«Signorina Hope, signorina Dahlstrom!» tuonò Merlino. «Spero che abbiate una valida spiegazione...»

«È stata colpa mia!» esclamarono entrambe contemporaneamente, e accorgendosene si scambiarono un sorriso.

«Signorina Dahlstrom, da lei proprio non mi sarei mai

aspettato un simile comportamento» commentò Merlino, con un tono di voce che trasudava disappunto.

«Tyra, mi hai delusa» aggiunse Viviana.

Il sorriso di entrambe le ragazze si spense di colpo.

«Seguiteci» intimò Merlino. «Dobbiamo discutere dei provvedimenti per le vostre azioni sconsiderate.»

A testa bassa, Tyra e Geira seguirono gli insegnanti all'interno del castello.

«E voi, tornate ad allenarvi!» ordinò Parsifal. «Nessuno ha fatto nulla per fermarle, quindi per punizione gli allenamenti stasera dureranno fino all'ora di cena, senza pausa.»

Gli studenti che si erano attardati ad assistere allo scontro iniziarono a disperdersi.

Hal si passò una mano sui capelli, con un gran sospiro. «Non ci posso credere, quelle due pazze si sono veramente cacciate nei guai, questa volta. E hanno coinvolto nella loro follia anche tutti gli altri.»

Aveva ragione, ma non riuscivo a dispiacermene: avevo l'impressione che il duello a cui avevamo assistito avesse avuto il risultato di creare un'alleanza che ci avrebbe resi tutti più forti. E contro Morgana, credevo allora, essere forti era tutto ciò di cui avevamo bisogno.

Come in un hotel a cinque stelle

Per il resto della settimana quasi non vedemmo Tyra e Geira: per punizione, furono costrette ad aiutare i thrall a lavare tutte le pentole della scuola, e ogni loro attimo libero era speso in quel compito. Nei rari momenti in cui le incrociavo, erano sempre intente a chiacchierare, ed era chiaro che tra loro stesse nascendo un'amicizia.

Io in realtà mi sentivo un po' sola: per quanto mi stessero simpatici gli altri ragazzi, era con Tyra che avevo legato di più fino a quel momento.

L'unica nota positiva era che passavo più tempo con Hal e Rob, e imparai a conoscerli meglio. Notai per esempio che anche se Rob faceva sempre lo scemo, ogni tanto, quando nessuno lo guardava, assumeva un'aria cupa e preoccupata. Avrei voluto chiedergli che cosa non andasse, ma non ci riuscii, perché ogni volta che tentavo di parlargli, lui tornava a fare il buffone.

Scoprii anche che Halil, nonostante amasse ridere tanto e spesso, preferiva ascoltare le battute più che farle lui stesso. E nonostante la prima impressione che avevo avuto fosse stata quella di un ragazzo un po' superficiale, il cui unico interesse era avere degli addominali scolpiti, dovetti ricredermi sul suo conto: non solo andava molto bene a scuola e l'anno successivo sarebbe andato a studiare letteratura all'università ma, a suo modo, era un tipo sensibile e attento agli altri.

Quella settimana passò molto in fretta, e al settimo giorno uscii dal passaggio di Avalon portando in testa con me una tonnellata di nozioni, una notevole collezione di lividi a causa degli allenamenti e i numeri di telefono di Hal, Rob e Geira, con la promessa di tenerci in contatto anche nel mondo reale.

La mattina dopo mi svegliai con un trillare insistente. Completamente disorientata, impiegai un po' a rendermi conto che mi trovavo nel mio letto, a casa mia, a New York.

Confusa e assonnata, cercai la sveglia a tentoni, ma quando schiacciai il bottone, non si spense. Allora mi accorsi che a suonare era il mio cellulare, che giaceva nella tasca dei jeans, ammucchiati sul pavimento poco lontano. Provai a raggiungerli, tendendo la mano senza alzarmi dal letto, ma non ci riuscii: persi l'equilibrio e rotolai a terra.

Rimasi per un attimo rintronata a fissare il soffitto, con il cellulare che squillava ostinato.

«Buona domenica, Angy» borbottai tra me. Mi tirai su a sedere e, con un grugnito, afferrai il telefono: era Rob che mi stava chiamando.

Stordita e un po' irritata, accettai la chiamata.

«Ehi, Angy, ciao!» disse lui.

«Rob, che c'è?» mugugnai.

«Uh, che voce. Non ti ho svegliata, vero?»

Buttai uno sguardo alla sveglia: erano le cinque e mezzo del mattino.

«Certo che mi hai svegliata. Hai visto che ore sono?!» protestai, esasperata.

«Ok, hai ragione, scusa, ma...» farfugliò Rob, e dal suo tono di voce capii che era sincero «...sono nei guai. E intendo guai grossi, grossi grossi. Ho… cavolo, temo che mi serva il tuo aiuto.»

Improvvisamente mi sentii sveglia. «Cosa succede? Non stai bene? Qualcuno ti sta inseguendo? Se sono dei tipi eleganti, in giacca e cravatta potrebbero essere degli scagnozzi di Morgaine...»

«No, no, nulla del genere, non ti preoccupare» si affrettò a dire Rob. «Però, ehm, avrei bisogno che tu mi venissi a prendere.»

«In Canada?»

«No, alla stazione dei bus. Sono a New York.»

Scattai in piedi. «Cosa vuol dire che sei a New York? Cosa ci fai qui?»

«Be', vedi, è un po' complicato da spiegare...»

«E i tuoi genitori?»

«Loro sono a Toronto! Anzi, non sono neanche lì, sono via per lavoro tutta la settimana.»

Affondai una mano tra i capelli, sconcertata. «Ma lo sanno che sei qui?»

«Uhm...» iniziò Robert, e non aggiunse altro, ma il lungo silenzio mi bastò come risposta.

«Non ci posso credere. Cos'hai combinato?»

«Senti, va bene se te lo spiego faccia a faccia? È una storia lunga. Vienimi a prendere, per piacere, non so dove andare! Sono al Port Authority Bus Terminal.»

«Va bene, arrivo. Non ti muovere di lì!»

«Ricevuto, capo» scherzò lui, ma io gli chiusi il telefono.

Ero veramente scocciata, e non solo per essere stata buttata giù dal letto così presto. Avevo la netta sensazione che l'arrivo di Rob avrebbe portato con sé una vagonata di problemi di cui, in quel momento, proprio non avevo bisogno. Ero così arrabbiata che, mentre viaggiavo in metro per andare a recuperare il mio amico, la gente faceva spazio attorno a me come se avessi una grossa nuvola minacciosa sopra la testa.

Raggiunsi la stazione dei pullman che il sole si era già alzato e cominciava a scaldare l'asfalto.

Non feci fatica a individuare Robert, alto e dinoccolato com'era.

Si stava divertendo a saltare su e giù da un muretto con lo skateboard, bravo, ma aggraziato come una giraffa con i pattini.

Appena mi vide, il suo volto venne illuminato da un sorriso. Scivolò verso di me sulla tavola esclamando: «Ehi, Angy! Beccati sto kickflip». E saltò, facendo roteare lo skateboard sotto i piedi. Il numero gli riuscì bene, ma scoordinato com'era, mi sembrò di vederlo fare da Pinocchio.

«Molto bravo, Rob» dissi io, sbrigativa. «Mi spieghi cosa ci fai qui?»

Rob scese dallo skateboard e con una pedata se lo fece saltare in mano. «Uhm... da dove posso cominciare...»

Ora che era più vicino, notai che aveva le occhiaie, la camicia a scacchi spiegazzata e un accenno di ispidi baffetti rossi. Il viaggio doveva essere stato piuttosto lungo.

Incrociai le braccia. «Sei scappato di casa?»

Lui si grattò una guancia, guardando ovunque tranne che me. «Be', allora, non la metterei giù così dura. Insomma, bisogna considerare le circostanze, non sempre tutto è bianco o nero...»

«Sei scappato di casa.»

«Sono scappato di casa» ammise lui.

«Ma perché!?» esclamai alzando le braccia al cielo. «E perché sei venuto fin qui?»

«Non sapevo dove altro andare» ammise Rob, la vocina sottile. «Siamo amici, vero, Angy?»

Io tirai un sospiro profondo, ormai più esausta che arrabbiata. «Sì, lo siamo.»

«Quindi posso restare? Solo per qualche giorno...»

«Iniziamo ad andare a casa mia, così ne parliamo con calma. Prima di tutto, voglio capire che cosa succede...»

Durante il breve viaggio in metro, parlò solo Robert: di tutto, tranne che del motivo della sua visita. Io non ascoltavo più di tanto, pensavo solo a come giustificare ai miei genitori quell'ospite improvviso e a loro sconosciuto.

Una volta arrivati a casa, nella mia mente aveva già iniziato a formarsi un piano, ma prima di parlarne con Robert volevo sentire che cosa aveva da dire.

«Eccoci qua» dissi io, aprendo la porta con la chiave e facendogli strada. «Hai fame?»

«Oh, cavolo, sì» rispose lui, guardandosi attorno. «Carina la tua casa!»

«Grazie. È un po' piccola, ma sai com'è a New York...» Andai a prendere dalla cucina latte, cereali e una ciotola, che misi sul tavolo dove Rob si affrettò a sedersi.

«Grazie mille, sul serio, non mangio da prima di partire...» esclamò, servendosi un'abbondante porzione.

Mi sedetti davanti a lui. «Allora, hai intenzione di dirmi perché sei scappato?»

«Ecco, diciamo che ho una situazione difficile a casa. Davvero insostenibile» rispose lui fra una cucchiaiata di cereali e l'altra.

«Ma mi avevi detto che i tuoi genitori sono avvocati e che ti trattano benissimo...»

«Ah sì? È questo che ti ho detto?» balbettò lui, arrossendo. «Uhm, devo essermene dimenticato. Comunque la vita in una casa avvocatesca è dura, spartana... tutte le sere a leggere resoconti di processi, a impararsi il codice penale a memoria...»

Gli lanciai un'occhiata di traverso e lui sospirò: «Va bene, mi sono cacciato in un guaio, ok?»

«Che genere di guaio?»

«Il genere per cui ho bisogno di starmene lontano da casa per un paio di settimane. Dai, Angy, per favore, fammi restare da te, guarda che sono un coinquilino perfetto, non do fastidio, non faccio rumore, sono discreto come un topolino...» disse, e con un gesto urtò la scatola di cereali, che si sparsero sul tavolo. Rob si affrettò a raccoglierli e a riempirsi la ciotola.

Sospirai. «Senti, Rob, non è che non ti voglia aiutare, ma devi ammettere che presentarti qui senza spiegazioni e chiedere di essere ospitato per quindici giorni senza dirmi il perché non è...»

In quel momento suonò il campanello.

Saltai in piedi chiedendomi chi fosse. Non potevano essere i miei genitori, perché sarebbero stati via tutto il fine settimana per una conferenza di medicina.

Aprii la porta e mi trovai davanti Maggie e Nate.

«Cosa ci fate voi qui?» domandai stupita.

«Angy, non puoi continuare a invitarci a casa tua e dimenticartene ogni volta, trattandoci come se fossimo sbucati dal nulla!» sbottò Maggie, facendosi strada nell'ingresso. «Non è gentile, sai?»

Dopo qualche passo si fermò, vedendo Rob seduto al tavolo. «Oh! Ciao.»

Rob salutò con la mano, masticando i suoi cereali.

«Angy, non sapevo che avessi degli ospiti» mi disse Maggie lanciandomi un'occhiata appuntita.

«Non lo sapevo neanche io» borbottai.

Feci rapidamente le presentazioni: «Rob, loro sono Maggie e Nate. Maggie e Nate, lui è Rob».

«Da quando vi conoscete?» chiese Nate, sospettoso.

Rob aprì la bocca per rispondere, ma io lo anticipai: «Fiera medievale. L'ultima a cui sono andata».

«Conosci proprio un sacco di persone a queste fiere...»

«Cosa vi devo dire, si vede che va di moda.»

Maggie si avvicinò al tavolo e vi appoggiò sopra la borsa. «Be', non ha importanza. Angy, è ovvio che te ne sei dimenticata, ma ci avevi invitati da te perché hai detto di avere delle notizie urgentissime sulla faccenda del lago...»

A quelle parole, Rob si raddrizzò sulla sedia. «Sanno del lago?»

«Sì... sanno... sanno che sta per essere drenato dalla Lefay Enterprises» sparai, sperando di riuscire a fargli capire solo con un'occhiataccia che non avrebbe dovuto raccontare loro nient'altro.

«Perché, c'è altro da sapere?» chiese Nate, diffidente, sedendosi al tavolo e aprendo il suo computer portatile.

«Oh, giusto quello che volevo dirvi oggi» mi affrettai a rispondere. «Cioè che... ho ragione di sospettare che Morgaine Lefay abbia dei motivi loschi per voler drenare il lago. Non lo fa affatto per beneficenza ma...» mi interruppi, senza sapere quanto potessi rivelare senza tradire il segreto di Avalon.

«Ma per profitto!» intervenne Robert.

«Era un po' quello che sospettavamo fin dall'inizio, no?» disse Maggie, squadrando Rob con sospetto. «Come mai ti importa così tanto del lago di Central Park? Si capisce che sei canadese, hai un accento fortissimo.»

«Mi importa perché...» tentennò Rob. «Perché è importante per Angy...»

«Comunque, Maggie» mi affrettai a intromettermi per evitare che Rob si scavasse la tomba da solo «pensavo che riuscire a scoprire e a provare le vere ragioni per cui la Lefay voglia drenare il lago, potrebbe essere quello che ci permetterà di fermare i lavori una volta per tutte.»

Nate si tolse gli occhiali e se li pulì sulla maglietta. «Cioè, se avesse dei motivi loschi, e se noi riuscissimo a esporli al pubblico...»

«Esatto! È proprio quello che intendo» dissi io. «E Rob... è venuto qui per aiutarci. Gliel'ho chiesto io, ho pensato che una persona in più potrebbe farci comodo. Si fermerà da me per un paio di settimane.»

Rob annuì con un sorriso smagliante.

«Ma... non ha scuola?» volle sapere Maggie.

Rob finse di essere offeso. «Guarda che io ormai vado al college, posso fare quello che voglio! Non si vede che ho diciotto anni?» mentì spudoratamente.

«No, non si vede.»

«Comunque, riguardo alla questione della Lefay Enterprises, ho un'idea» disse Nate. «Le telecamere di sicurezza della città trasmettono i filmati in remoto allo storage dei dati... mi ci vorrà qualche giorno, ma penso di riuscire a intercettare quelli che riguardano la Lefay Tower.»

«E noi, poi, potremo vederli!» esclamai, entusiasta. «Geniale!»

«Esatto. Voi però continuate a fare le solite ricerche, perché non sono sicuro di riuscirci.»

Maggie restò un istante in silenzio, grattandosi un angolo del naso, come faceva sempre quando era persa nei suoi pensieri, poi sbottò: «Intanto noi potremmo preparare il piano B. Cioè, voglio dire, se Nate non trovasse niente per incastrare la Lefay Enterprises, potremmo incatenarci ai macchinari. Di certo non risolverebbe le cose, ma ci farebbe sicuramente guadagnare tempo».

«Giusto, le macchine!» esclamai io dandomi una pacca sulla fronte. «Come ho fatto a non pensarci prima?»

«Sono contenta che ti piaccia la mia idea, Angy» disse Maggie, sbalordita.

«Volevo dire che dovremmo scoprire dove la Lefay li tiene, questi macchinari! Potrebbe avere dei magazzini, o qualcosa di simile! Se scopro dove sono... Nate, tu credi di poter intercettare anche quelle telecamere?»

«Nessun problema» ribatté Nate. «Ma sarà meglio che mi metta subito al lavoro. E, soprattutto, dovrei sapere dove si trovano di preciso i magazzini, se no i dati da esaminare sarebbero troppi. Vi chiamo appena ho qualcosa da farvi vedere, ok? Maggie, tu vieni con me? Ho bisogno che qualcuno mi aiuti a vedere le registrazioni.»

Io volevo a tutti i costi fare quattro chiacchiere con Rob a tu per tu, per cui proposi: «Ho un'idea! Rob e io potremmo andare nei dintorni della Lefay Tower e fare qualche indagine, tipo parlare con i fattorini e cose così... magari riusciamo a scoprire dove si trovano i magazzini. Teniamoci in contatto. Chi trova qualcosa per primo, avvisa gli altri».

Nate raccolse il suo zaino consunto e la felpa e se ne andò con Maggie, che prima di uscire mi lanciò uno sguardo interrogativo e molto eloquente che voleva dire: "Chi è per te questo Rob? Mi stai forse nascondendo qualcosa?"

Con un dialogo muto di sguardi, gesti vaghi e alzate di spalle, le risposi: "Ma che ti sei messa in testa? È solo un amico, tutto qua!"

Lei alzò le sopracciglia con un sorriso ironico che interpretai senza possibilità di sbagliare. Voleva dire: "Non me la racconti giusta, sorella!"

Prima che mi facesse fare brutte figure con Rob, la spinsi gentilmente fuori dalla porta.

Chiusi con un sospiro di sollievo e mi appoggiai per un attimo all'uscio per raccogliere le forze, poi dissi a Rob, in tono duro: «Tu però adesso mi racconti tutto, oppure quella è la porta e te ne torni a casa. Chiaro?»

Rob sembrò afflosciarsi sulla sedia e, senza guardarmi negli occhi, iniziò a vomitare parole: «Come vuoi. Ho rubato un tablet e mi sono fatto beccare. Quando sono passato ad Avalon la prima volta mi stavano inseguendo. Mi sono buttato nel lago e sono sparito... Pensavo di averla scampata, e che non mi avessero individuato, ma ieri, al mio ritorno a casa, ho trovato una lettera: mi hanno denunciato. Ci sarà un'udienza tra quindici giorni. Non posso dirlo ai miei! Semplicemente non posso... sono avvocati, capisci? Il loro figlio che infrange la legge e finisce davanti al giudice... Insomma, non è che ci facciano proprio una bella figura! Stavolta sono davvero nei guai. Come minimo mi mandano in un centro di correzione...»

«Non ci posso credere. Tu sei fuori! Perché hai fatto una cosa simile? Non capisco. Che problema hai? Se non volevi mettere in difficoltà i tuoi, potevi pensarci prima, no? E cosa pensi che dirà Merlino quando lo scoprirà?»

Rob sbottò: «Senti, non so perché l'abbia fatto. Non ho mai preso niente di prezioso prima... sì, ok, qualche merendina, una bibita ogni tanto, cose così. È una stupidata che mi faceva sentire figo. O forse lo so, invece, forse volevo proprio mettere in difficoltà i miei. In realtà sono incavolato nero con loro. Chi li vede mai quei due?

Non sanno niente di me, di quello che mi succede. Mi chiedono solo come va a scuola e non ascoltano neanche la risposta...»

«Be', nemmeno i miei sono mai a casa, ma non per questo ho cominciato a fare cavolate per attirare la loro attenzione! E i tuoi, in fondo, non ci sono perché sono in giro a lavorare anche per te, no? Il college e tutto il resto...»

Restammo in silenzio a braccia incrociate per un po', senza parlare e senza guardarci in faccia. Mi aveva veramente fatto infuriare. Ogni tanto percepivo un'occhiata di Rob, che mi scrutava per cercare di capire cosa stessi pensando. In realtà non pensavo affatto: stavo solo cercando di sbollire la rabbia.

Appena i battiti del mio cuore si furono un po' calmati, mi resi conto che non avevo proprio alcun diritto di giudicarlo: pure io combinavo casini a vagonate, per esempio attaccare briga per un nonnulla e farmi sospendere da scuola. Non ero poi così diversa, né migliore di lui.

«Questi sono i patti» dichiarai allora. «Puoi restare qui fino al nostro rientro ad Avalon. Settimana prossima, quando i tuoi tornano, ti fai trovare a casa e spieghi tutto, ti presenti all'udienza e affronti le conseguenze di quello che hai fatto. Non è che perché hai combinato una grossa sciocchezza, devi farne per forza delle altre, tipo scappare di casa e cose così... Abbiamo un accordo?»

«Va bene, ok. Ci sto. Insomma, hai ragione. Parlerò con i miei» bofonchiò Rob.

In quel momento, la pergamena che Rob aveva lasciato infilata nella tasca esterna dello zainetto scivolò fuori e si srotolò davanti ai nostri occhi stupefatti.

Stimato Messer Robert Lockwood detto Rob,
in aggiunta a quanto già comunicato in precedenza,
e preso atto delle Sue attività (illegali)
delle ultime settimane, l'assemblea degli Eroi Leggendari,
saggiamente guidata dall'illustrissimo
Myrddin detto Merlino, La convoca per un colloquio
urgente al Suo rientro ad Avalon.
Ci tiene a raccomandarle inoltre di seguire i consigli
della signorina Angelica Pendrake, che questa volta,
stranamente, sembra essersi dimostrata saggia,
ed esorta vivamente entrambi a tenersi fuori dai guai.

Ci fissammo negli occhi e scoppiammo a ridere.

«Non mi abituerò mai a questa pergamena rompiscatole!» sbuffai. «A questo punto, visto che abbiamo la benedizione dell'illustrissimo Myrddin, vieni di là che ti cerco un posto dove dormire. Non so che spiegazioni dare ai miei, per cui dovrai rimanere nascosto, ok?»

«Non preoccuparti, sarò discreto e silenzioso come un topolino, te l'ho detto!»

«Sì sì, ho appena visto come sei discreto...»

Feci una rapida perlustrazione del mio appartamento.

In bagno? No, impossibile: c'era la doccia a vetri.

Nello sgabuzzino?

No, troppo piccolo per quello spilungone di Rob.

Entrai in camera mia e finalmente ebbi un'illuminazione!

«Che ne dici di quello?» domandai, indicandogli il mio armadio ad ante scorrevoli. «Dormirai lì dentro. Dovrai restare nascosto quando i miei sono in casa. Per tua fortuna ci stanno pochissimo... Quando invece io sarò a scuola e i miei andranno al lavoro, potrai uscire, ma mi raccomando, non lasciare niente in giro di tuo: zaini, felpe, scarpe... i miei sono medici e sono un po' maniaci dell'ordine e della pulizia. E ricordati di abbassare sempre la tavoletta del water, per favore.»

Rob si infilò nell'armadio tentando diverse posizioni: provò a sdraiarsi e non ci stava. Stese le gambe contro la parete di fronte. Si rannicchiò di lato. Poi si mise seduto con la schiena contro una parete. Infine mi strizzò l'occhio e sorrise, soddisfatto. «È perfetto. Starò meglio che in un hotel a cinque stelle.»

Una morsa gelida di paura

Tutto sommato, quella settimana di forzata convivenza filò liscia come l'olio... a parte la volta che Rob dimenticò le sue scarpe da skate numero 45 sotto il divano della sala e mia madre le trovò. Fui costretta a indossarle e a girare per tutta la sera conciata in quel modo, tentando di convincere i miei che la moda del momento era portare scarpe enormi sopra le proprie.

«È l'ultima frontiera dell'overdressing, mamma!»

Lei alzò le spalle, perplessa. «Contenta tu! Se te l'avessi detto io di metterti due paia di scarpe una sopra l'altra, saresti scappata urlando... Cerca di non inciamparci, però, non mi sembrano affatto sicure.»

Al pomeriggio, all'uscita da scuola, recuperavo Rob e

andavamo in giro a fare indagini, lui in skate e io che gli arrancavo dietro.

Le nostre perlustrazioni finivano immancabilmente nei dintorni della Lefay, ma al di là del normale avanti e indietro di impiegati in eleganti abiti scuri, non notammo niente di strano.

Finalmente, il venerdì pomeriggio, dopo l'ennesimo giro a vuoto, ci fermammo sconsolati in un vicolo ingombro di rifiuti, a pochi isolati dalla Lefay Tower.

Rob, fissando quei cumuli di cartoni e immondizia, esclamò: «Ho trovato! Ci fingeremo fattorini!»

Un attimo dopo aveva montato un enorme scatolone che mi costrinse a riempire con tutto quello che trovavo: sacchi di rifiuti dal contenuto misterioso e puzzolente, faldoni da ufficio pieni di scartoffie, pacchi di riviste...

«Forza, Angy!» mi incitò, indicando gli scarti del vicino negozio di macelleria. «Mettiamoci anche quelli. Deve sembrare pesante!»

Mi tappai il naso e, trattenendo un conato, obbedii.

Il risultato fu uno grosso involucro, pesantissimo e dall'odore disgustoso.

Un'ora dopo eravamo davanti alla reception della Lefay Tower, con due cappellini a visiera da pochi dollari sulla testa e l'enorme, disgustoso cartone sulle spalle. «Consegna per i magazzini Lefay!» strillò Rob, scaricando la cassa con un tonfo.

L'addetta alla reception, una ragazza bellissima e sofisticata che sembrava appena uscita da una sfilata di moda, ci guardò sollevando un sopracciglio e arricciando il naso.

Con un tono carico di disprezzo, e scandendo le sillabe, disse: «Questi sono gli Uf-fi-ci Di-re-zio-na-li! Portate via quel pacco. Im-me-dia-ta-men-te!»

Rob finse di controllare qualcosa sullo smartphone, poi sollevò le spalle e sbuffò. «Spiacente, a noi hanno dato questo indirizzo. Io la consegna l'ho fatta. Arrivederci.» E poi, senza aggiungere altro, si voltò e fece per andarsene.

Io lo imitai, sbalordita. Che attore!

La ragazza ci corse dietro ticchettando sul tacco dodici e strillò, con voce acuta e stridula per la rabbia, mettendoci in mano un foglietto stampato: «Razza di idioti. Riprendetevi quella cassa e portatela ai magazzini Lefay, a questo indirizzo. E su-bi-to: la signorina Morgaine non tollera il disordine».

Borbottando e imprecando, Rob e io afferrammo lo scatolone e lo trascinammo fuori dall'atrio lustro e impeccabile della Lefay, lasciando dietro di noi una scia di liquame puzzolente di pattumiera in decomposizione. Lo riportammo fino al vicolo dove lo avevamo preso, in preda alle convulsioni per le risate.

Ce l'avevamo fatta!

Avevamo l'indirizzo!

Lo mandai subito a Nate e Meg, che fino ad allora non avevano avuto molto successo con le ricerche.

«Grandissimi! Ora potrò isolare i dati e recuperare le registrazioni delle telecamere attorno ai magazzini. Se c'è qualcosa di losco, lo scopriremo» esultò Nate.

E in effetti, poco dopo mi chiamò dicendomi che aveva individuato un viavai sospetto di furgoncini scuri che andavano e venivano da lì.

Restammo d'accordo che ci saremmo incontrati tutti quanti la domenica mattina a casa mia per esaminare i risultati e fare il punto della situazione.

In realtà, avrei voluto andare subito a indagare ai magazzini Lefay insieme a Rob, ma ormai era tardi.

Il giorno dopo era sabato, i miei erano stranamente a casa, io dovevo fare un bel po' di compiti per il lunedì e, soprattutto, prepararmi per il ritorno ad Avalon.

E, a quanto pare, proprio quel venerdì sera i miei avevano deciso di dedicarmi un po' di tempo.

Penso si sentissero in colpa per essere stati così tanto fuori per lavoro nelle ultime settimane.

In effetti, erano talmente contenti di poter passare una sera tutti insieme, che non andavano più a dormire. Vollero persino fare una partita a Trivial Pursuit, come quando ero bambina.

Fu molto bello, ma facemmo le ore piccole, e quando finalmente riuscii a sgattaiolare fuori con Rob per raggiungere il lago di Central Park, era davvero tardi.

«Corri, Rob! Manca pochissimo!» gridai, mentre mi scapicollavo attraverso i sentieri di Central Park, gettandomi occhiate nervose alle spalle in cerca del mio amico.

Lui arrancava a qualche metro di distanza da me. «Sto... correndo! È... da un quarto d'ora... che sto correndo!» farfugliò, tra un respiro e l'altro.

Il parco attorno a noi era ancora immerso nella penombra della notte, ma il cielo cominciava a schiarirsi. Mancavano pochi minuti all'alba e rischiavamo di non arrivare al lago in tempo per il passaggio ad Avalon.

Raggiungemmo la barchetta arenata sulla rive del lago quando ormai l'acqua iniziava a colorarsi di rosa.

«Avanti, avanti, avanti!» lo incitai, facendogli cenno di aiutarmi a trascinarla in acqua.

Spingemmo assieme, finché l'acqua arrivò a lambirci i polpacci, poi saltammo a bordo. La barchetta iniziò a ondeggiare piano piano verso il centro del lago.

«Non può andare un po' più veloce?» gemetti io, morsicandomi l'unghia del pollice.

«Pensi che siamo ancora in tempo?» chiese Robert guardandosi attorno apprensivo.

Man mano che avanzavamo, la foschia mattutina si faceva sempre più densa.

«Forse sì... di solito succede così prima del passaggio!»

Quando la barca finalmente si fermò, non persi tempo. «Dai, andiamo!» esclamai tirandolo per la manica, e assieme ci tuffammo nelle acque scure sotto di noi.

Proprio come era accaduto nei precedenti passaggi, dopo essere scesa verso il fondo, notai che, a un tratto, le bolle d'aria che uscivano dalla mia bocca iniziavano a scendere verso il basso.

A quel punto, come sempre, mi rivoltai su me stessa e nuotai con tutte le mie forze in quella direzione, ma appena un attimo prima di raggiungere la superficie... qualcosa mi strattonò.

Per la sorpresa, buttai fuori tutta l'aria che tenevo nei polmoni. Guardai sotto di me e, nell'acqua opaca e scura, intravidi un movimento verdastro, come di tentacoli. Mi accorsi che lunghi fasci di alghe mi si erano attorcigliati attorno alle gambe.

Scalciai come una disperata, i polmoni che mi imploravano di respirare, finché riuscii finalmente a liberarmi e a nuotare con forza verso l'alto.

La mia testa infranse la superficie del lago e feci appena in tempo a inspirare una boccata d'aria, che le alghe mi afferrarono di nuovo per le braccia e per le gambe, tirandomi giù.

Tentai di divincolarmi, tirai, mi contorsi, ma fu tutto inutile. Avevo gli occhi spalancati, ma l'acqua attorno a me era così scura che riuscivo a malapena a distinguere le sagome di ciò che mi circondava. In lontananza, mi parve di intravedere una massa scura: una figura umana che si dimenava. Capii che si trattava di Robert.

Si agitò ancora per qualche secondo, poi rimase immobile, a fluttuare nell'acqua come una bambola, mentre le alghe che lo avvinghiavano gli impedivano di risalire.

Una morsa gelida di paura mi avvolse il petto.

Iniziai a dibattermi in modo ancora più scomposto e disperato. Sapevo che se non avessi raggiunto Rob in tempo, sarebbe annegato.

Strattonando e strappando, riuscii liberarmi abbastanza da muovere qualche bracciata verso di lui, ma subito le alghe mi catturarono ancora.

Non riuscii più a trattenere l'aria nei polmoni e fui costretta a buttarla fuori... Disperata, guardai le bolle d'aria alzarsi, mentre le alghe mi trascinavano inesorabilmente verso il fondale.

Fu allora che una luce accecante mi avvolse, costringendomi a strizzare gli occhi, mentre l'acqua attorno a me diventava all'improvviso più calda.

Con un fremito e un acuto stridio, le alghe iniziarono a ritirarsi verso il fondo del lago, che sembrò farsi all'improvviso più limpido.

Una figura si tuffò in acqua, afferrò Rob sotto le ascelle e lo tirò su.

Anche io, scalciando con tutte le energie disperate che mi rimanevano, nuotai verso l'alto e, finalmente, riemersi.

L'aria che mi riempì i polmoni sembrava bruciare, ma non potevo fare a meno di respirarla a grandi, dolorose boccate. I miei occhi erano irritati per essere rimasti aperti sott'acqua così a lungo, e impiegai qualche attimo per mettere a fuoco ciò che mi circondava.

Quando ci riuscii, vidi un'imbarcazione, e Viviana in

piedi a prua, con le braccia allargate e le mani che emanavano fasci di luce bianchissima. Halil nuotava verso di lei, sostenendo Robert sotto il mento e trascinandolo con sé, privo di sensi.

Li fissai finché non li vidi al sicuro dentro la barca.

Cercai di raggiungerli, ma mi mancavano le forze e riuscii a muovere giusto un paio di bracciate.

Halil si accorse che ero in difficoltà e nuotò subito verso di me, rapido e sicuro. Mi passò un braccio attorno alle spalle, poi mi aiutò a raggiungere la barca e a salirci.

Quando fummo tutti a bordo, Viviana abbassò le braccia, si girò verso Robert e fece un rapido gesto con la mano.

Robert aprì gli occhi di colpo, si girò su un fianco e iniziò a tossire, sputacchiando una gran quantità d'acqua.

«Cosa... cos'è successo?» balbettai, e solo allora mi accorsi che tremavo come una foglia per la fatica e lo shock.

«Eravate molto in ritardo. Ormai tutti gli altri ragazzi erano sbarcati» commentò Hal, sedendosi contro il fianco della barca con un sospiro. «La dama Nyneve si è accorta che eravate in pericolo e mi ha detto di accompagnarla a cercarvi...»

«Mi serviva l'aiuto di qualcuno abbastanza forte e coraggioso da buttarsi in queste acque infestate e tirarvi fuori, mentre io ero impegnata a scacciare l'invasore» spiegò Viviana, con una voce che pareva arrivare da molto lontano.

«Invasore?» chiesi.

Viviana fece un leggero cenno con il capo. «Qualcuno sta usando le alghe che vi hanno aggredito come mezzo per forzare le Porte di Avalon. Ma non c'è motivo di preoccuparsi: le ho cacciate, rimandandole nel mondo reale. Siamo al sicuro, adesso.»

La barca scivolava leggera verso la riva, dove notai che aspettavano ancora alcuni gruppetti di studenti. Altri, invece, si stavano già arrampicando verso il castello lungo il sentiero che costeggiava la scogliera.

Rob, intanto, sembrava essersi ripreso: si era messo seduto e respirava normalmente. Però non sembrava in gran forma: era bagnato, così pallido da sembrare grigiastro, i capelli rossi impastati di fanghiglia e acqua di lago. E, appiccicati addosso, soprattutto attorno alle braccia e alle gambe, c'erano parecchi viscidi resti di alghe, alcuni dei quali si agitavano ancora, come code di lucertola appena mozzate. «Wow, Angy, non hai un bell'aspetto» mormorò con voce flebile, i denti che gli battevano.

Mi guardai e mi resi conto che in effetti non ero messa

meglio di lui. Anch'io ero fradicia e infangata, con pezzi di alghe arrotolati addosso per tutto il corpo. Tastandomi il viso, sentii di averne uno appiccicato al collo. Strinsi i denti per prepararmi al dolore, lo strappai con un colpo secco e per un attimo vidi le stelle. Il pezzo di alga che avevo staccato rimase per qualche secondo a fremere sul fondo della barca. «Che schifo!» borbottai, arricciando il naso.

La barchetta toccò riva e, appena sbarcati, venimmo raggiunti da Tyra e Geira, e subito dopo da Hua Lin e dalla sua compagnia.

Tyra mi strinse in un rapido abbraccio. «Oh, Angy, eravamo così preoccupati per voi!» esclamò con voce tremante. «Pensavamo che foste scomparsi anche voi, come Namid.»

Mi sentii gelare. «Cosa vuol dire, come Namid?»

«Oggi non è passato ad Avalon» spiegò Lin. «Ed è ormai qualche giorno che non risponde ai messaggi che gli mando. Pensiamo...» La voce però le si spezzò prima che riuscisse a concludere la frase.

«È probabile che sia sparito come gli altri» continuò Geira, il volto cupo.

Con l'angoscia che mi si faceva sempre più pesante nel petto, guardai Rob.

E dalla strana luce nei suoi occhi, capii che stava pensando quello che pensavo io.

Namid non era scomparso.

L'aveva preso Morgana.

Armature da lucidare e thrall vanitosi

Davanti a me, seduto alla scrivania del suo ufficio nella torre, Merlino mi guardava in silenzio, con due occhi che sembravano scagliare frecce.

«Lei non mi sta ascoltando!» esclamai. «Gli altri eredi dei Leggendari non sono semplicemente scomparsi. Qualcuno li sta prendendo!» ripetei, sbattendo il palmo aperto sul tavolo. «E le dico che quel qualcuno è Morgaine Lefay, cioè Morgana in persona! Fino a quando continuerà a negare l'evidenza? Non solo gira libera per il mondo reale, ma le sta anche portando via tutti gli studenti, uno alla volta!»

«E lei, signorina Pendrake, come fa a essere così sicura che sia proprio Morgana a rapire i ragazzi?»

«Be', perché...»

Tacqui un istante e mi strofinai il naso. «Perché so che possiede dei magazzini nel porto di New York. E che da questi ogni tanto entrano ed escono dei camion neri, senza scritte. È chiaro che vengono usati per rapire gli eredi dei Leggendari!»

«E sarebbero queste le sue prove? Morgaine Lefay possiede dei magazzini, quindi sicuramente è un'incantatrice millenaria che rapisce gli eredi dei Leggendari?»

Esitai per un attimo prima di rispondere: «In effetti, se la mette in questi termini, sembra un po' una forzatura... ma le dico che non può essere altrimenti! Lì sta succedendo qualcosa di losco...»

«E lei come fa a saperlo?»

Mi grattai un orecchio. «Ecco, un mio amico... ha trovato il modo di accedere alle telecamere nella strada di fronte ai magazzini e... ha visto passare...»

Merlino si alzò in piedi, minaccioso come un temporale. «Lei ha coinvolto un mortale in questa faccenda!?»

«No!» esclamai io, agitando le mani. «No, lui non sa niente! Stava indagando su Morgaine Lefay per conto suo, e io ne ho approfittato! Non gli ho detto nulla e non l'ho messo in pericolo!»

«In ogni caso, signorina Pendrake, mi ha disobbedito!

Le avevo esplicitamente vietato di indagare ancora e di esporsi a rischi inutili!»

«Ma non potevo ignorare le sparizioni degli altri eredi! Bisogna fare qualcosa!»

Merlino scosse la testa. «Quanta poca fiducia nei nostri confronti. La informo che è stato convocato qui ad Avalon l'Alto Consiglio dei Leggendari, proprio per far fronte a questa emergenza. Ora di domani saranno qui gli eroi più antichi e potenti della storia, tutti pronti a intervenire per salvare i ragazzi scomparsi. Perché è quello il loro compito! Spetta a loro affrontare il pericolo e proteggere gli eredi, non a lei, signorina Pendrake!»

Sbuffai. «Non ci crederò finché non li vedo.»

«Creda a ciò che vuole. In ogni caso, lei è in punizione: per tutta la settimana, nel suo tempo libero luciderà le armature dei thrall.»

«Cosa?» gemetti. «Ma saranno più di un centinaio!»

«Il lavoro tedioso le darà occasione di riflettere sulle sue azioni. Buona giornata, signorina Pendrake.» E con un gesto svolazzante della mano, mi fece capire che era il momento di andarmene.

Gli voltai le spalle e uscii dall'ufficio senza salutare.

Sulla porta incontrai Rob che, come preannunciato

dalla pergamena, era stato convocato da Merlino. Seppi più tardi che fu messo anche lui in punizione: fu costretto a spolverare i libri in entrambe le biblioteche di Avalon.

Un lavoraccio pazzesco, persino peggiore del mio...

Da quel momento, passai tutto il mio tempo libero a lustrare armature. «Non ne posso più dell'illustrissimo Merlino, di Avalon, dei Leggendari e soprattutto di queste armature del cavolo!» mugugnai alla cinquantesima armatura.

Il thrall davanti a me, a cui stavo strofinando il guanto, si ritrasse con fare indignato.

«Scusi, signor thrall, non ce l'ho con lei. Sto solo passando un momentaccio.»

Dietro di lui, dalla lunga coda di armature che aspettavano il loro turno, si alzò un clangore spazientito.

«Eddai, non mettetemi fretta, che prima o poi tocca a tutti!» esclamai di rimando.

Era vero, stavo passando un momentaccio.

Per prima cosa, non ero ancora riuscita a trovare nemmeno un istante per parlare con i miei amici e decidere come agire. Poi, cosa ancora più grave, durante l'incidente nel lago mi si era sfilato lo zainetto e avevo perso il mio cambio di vestiti e la scorta di carta igienica per la settimana. E, come se non bastasse, per quanto ne avessi già staccati e buttati a tonnellate, continuavo a trovarmi addosso pezzi di alga, non solo sui vestiti, ma anche tra i capelli e appiccicati alla pelle. Ero talmente piena di abrasioni che sembrava avessi giocato a fare i tuffi nel ghiaietto.

Mi trovavo a scontare la punizione in uno sgabuzzino delle scope in cui poteva entrare solo un'armatura alla volta. Lavoravo seduta su uno sgabellino traballante, con ai piedi un secchio pieno d'olio per lucidare che emanava un vago odore di merluzzo. La mia unica gioia era una stretta feritoia che dava sul cortile, da cui filtrava una lama di luce del giorno, che mi permetteva di guardare il panorama. Che, per lo meno, dall'alto del castello era mozzafiato.

Mentre rimuginavo sui miei guai, finii di lucidare il guanto del thrall, che girò sui tacchi e se ne andò tutto impettito, permettendo alla fila di avanzare.

Il thrall che si fece avanti a quel punto era un'armatura a piastre, molto semplice e grezza. Mi feci forza, perché le armature più semplici, trovandosi a competere con quelle decorate, esotiche, o finemente intarsiate, finivano per essere le più pignole ed esigenti: e guai a non strofinare abbastanza a fondo o a non usare abbastanza olio!

Dopo un quarto d'ora passato a sfregare lo stesso punto del paragomito, che per il thrall non era mai sufficientemente splendente, un suono cupo e profondo, simile a quello di un corno, mi fece alzare la testa.

Qualche istante dopo ci fu un nuovo squillo, stavolta più alto e sostenuto, e un altro ancora, simile al lamento di una cornamusa. In poco tempo l'aria fu piena di una strana cacofonia lontana, come se si stesse avvicinando un'orchestra bizzarra e stonata, formata da un'accozzaglia di strumenti diversi e male assortiti.

Ma presto quegli strani suoni vennero coperti dal rintoccare frenetico e festoso delle campane di Avalon.

Lasciai cadere la spazzola nell'olio e allungai il collo per sbirciare dalla feritoia. In lontananza, oltre le mura, come macchie colorate sulla linea pallida e immobile dell'oceano, vidi una grande flotta di navi di dimensioni e forme diverse: giunche dalle vele a fisarmonica come quella di Zhang Guolao, triremi a vela quadra, snelle imbarcazioni di papiro, catamarani velocissimi che sembravano saltare sulle onde, drakkar vichinghi dalle minacciose prue scolpite e molte altre, dalle forme bizzarre e fantasiose.

E ognuna annunciava il suo arrivo con uno strumento diverso.

«Devono essere i membri dell'Alto Consiglio dei Leggendari con il loro seguito!» esclamai.

Feci per alzarmi, ma un suono metallico di protesta si levò dai thrall che ancora aspettavano in fila.

Quello che stavo ancora lucidando, poi, con fare pignolo mi indicò il punto dell'armatura di cui non era ancora soddisfatto. Sospirai e tornai a sedermi sul mio sgabellino traballante.

Sfregai e strigliai ancora per quasi due ore. Ogni tanto lanciavo delle occhiate disperate dalla feritoia, per cercare di capire cosa stava succedendo all'esterno. Riuscii solo a intravedere una solenne processione di personaggi dalle strane vesti variopinte entrare nel cortile e dirigersi all'interno del castello. Qui venivano accolti da Merlino.

Poi, nella grande spianata verde oltre la prima cerchia di mura, ben visibile dall'alto del castello, apparve una miriade di omini che saliva e scendeva dalla scogliera come un esercito di formiche indaffarate, portando su dal porto casse, bagagli e pacchi di ogni tipo.

In breve montarono un enorme accampamento di tende, che riempì il prato di vivaci macchie di colore.

Quando finalmente finii di lucidare anche l'ultima armatura, mancava ormai poco all'ora di cena e mi scapicollai giù dalle scalinate di pietra del castello per poter osservare più da vicino i nuovi arrivati.

Appena arrivai in cortile, venni intercettata da Tyra, che mi afferrò al volo per un braccio. «Angy! Eccoti, finalmente! Dai, vieni» esclamò, emozionata.

«Eh? Venire dove?» balbettai, ma Tyra non rispose. Mi trascinò invece verso l'uscita del cortile. Halil ci stava aspettando vicino al portone spalancato, con un laptop sotto un braccio e un amplificatore portatile sotto l'altro. Come mi vide, mi salutò con un sorriso e un cenno del mento.

«Oh, grande Tyra, l'hai trovata! Dai, sbrighiamoci, gli altri sono quasi tutti scesi.»

«Gli altri chi?» domandai, sempre più confusa.

«Tutti gli altri!» esclamò Tyra, tirandomi per il braccio.

Non ebbi scelta se non seguirli fuori dal portone e giù per il viale alberato che portava fuori dal castello.

Come uscimmo dal corpo di guardia, vidi aprirsi davanti a me una distesa di tende multicolori, di fogge e dimensioni diverse. Era il campo che avevo visto dalla finestra. Dal basso sembrava stendersi a perdita d'occhio. Notai con stupore che tra le tende si aggiravano, indaffarati, stuoli di thrall: alcuni erano uomini di terracotta come quelli di Zhang Guolao, altri erano statue di bronzo, di vetro, di giada, e altri ancora sembravano fatti di corteccia e rami intrecciati.

Feci per muovere un passo verso l'accampamento, incantata, ma Halil si parò davanti a me con un sorriso malandrino. «Dove vai? La festa è di là.»

«Festa? Quale festa? C'è una festa?»

«Ci puoi scommettere!» rispose lui strizzandomi l'occhio. «Gli Alti Consiglieri dei Leggendari si sono rintanati nel castello per la loro assemblea... con ogni probabilità ne avranno per tutta la notte. E noi, intanto, ci divertiamo.»

Tyra rise. «È stata un'idea improvvisa, non so nemmeno chi l'abbia proposta per primo, ma erano tutti d'accordo.»

«Wow, be'... wow» balbettai io, senza sapere cosa dire. Ero combattuta: da una parte mi sembrava assurdo organizzare una festa in un momento così cupo e pericoloso, quando tanti dei nostri compagni erano scomparsi. Dall'altra, sentivo che ne avevamo tutti bisogno. E, mi vergogno un po' ad ammetterlo, non andavo a una festa da quando avevo nove anni, e col cavolo che mi sarei fatta scappare l'occasione. «Oh, che diamine!» mormorai con un sorriso. «Ci sto!»

«Grande, Angy!» esclamò Halil, mentre Tyra, sorridendo, mi guidava per le spalle verso il sentiero che costeggiava la scogliera.

La spiaggia di fianco al molo brulicava di ragazzi: alcuni si affaccendavano attorno a un falò ancora spento, su cui continuavano ad accatastare legna, altri stavano stendendo dei teli sulla sabbia, altri ancora improvvisavano tavoli e panche con assi di legno e casse vuote, o giravano trasportando vassoi carichi di cibo e barilotti che, ero pronta a scommetterci, dovevano essere pieni di sidro frizzante. Altri, infine, avevano conficcato dei pali nella sabbia, avevano tirato dei fili e ci avevano appeso delle lanterne di carta, che brillavano dolcemente nella penombra della sera che avanzava.

Come arrivammo in spiaggia, Hal andò a sistemare il computer e l'amplificatore su uno dei tavoli. Tyra e io gironzolammo finché non trovammo Rob e Geira, ognuno con in mano un bicchiere di legno, intenti a discutere.

«Ma no, te lo giuro, faccio le cose che mi dite: schiena dritta, respiri profondi, fisso il centro del bersaglio... eppure le frecce vanno dove vogliono loro!» stava borbottando Robert.

E Geira, con pazienza: «Tu pensi di essere nella posizione giusta, ma ti ho guardato tirare, l'altro giorno. Sei tutto storto. Devi essere più consapevole del tuo corpo...»

Come ci videro, si interruppero e ci sorrisero.

«Eccovi, finalmente!» esclamò Rob. «Allora, Angy, com'è andata con i thrall?»

«Lascia perdere, sono una manica di vanesi e puntigliosi» borbottai.

Intanto i tavoli si erano riempiti di piatti ricolmi di focaccine e biscotti trafugati dalla dispensa. Due studenti, con un barilotto sottobraccio, si aggiravano a riempire di sidro i bicchieri.

In quel momento, la voce di Hal si alzò cristallina sopra il brusio della folla. «Ragazzi! Il sole sta tramontando, il fuoco è stato acceso e il mio portatile ha solo quattro ore di batteria... sfruttiamole al massimo!» E fece partire la musica, rapida, pulsante ed elettronica, che si alzò dagli amplificatori riverberando contro le pareti di roccia della scogliera.

Sentii un sorriso allargarmisi sul volto, tanto ampio da farmi male alle guance: ne ero convinta, sarebbe stata una festa magnifica.

Mi viene quasi da ridere pensando a quanto mi sbagliassi...

Come le teste di un'idra

La festa era partita alla grande. La musica non era il mio genere, ma per l'occasione era perfetta. E Hal alla console sapeva il fatto suo: passava abilmente da una canzone all'altra con transizioni impeccabili, e incitava la folla al momento giusto.

La maggior parte dei ragazzi stava ballando, ormai, compresi Tyra e Rob. Il mio amico si muoveva come un burattino senza fili, ma sembrava divertirsi tantissimo.

Un pochino, devo dire, lo invidiavo: nonostante il ritmo pulsante mi riverberasse nel petto, portandomi a battere il piede a tempo, mi vergognavo troppo per lanciarmi nella mischia.

Mi trovavo un po' in disparte, vicino al falò, e osservavo la scena, morendo dalla voglia di buttarmi. Geira mi raggiunse reggendo due bicchieri di sidro. «Tieni, ne ho preso uno anche per te.»

«Oh, grazie mille!» risposi, accettandolo un po' impacciata. «Uhm, tu non vai a ballare?»

Lei scoppiò a ridere. «Io? Neanche per idea, non ne sono capace.»

«Allora siamo in due! Non sai come sono felice di non essere l'unica imbranata!»

«Come hai fatto a cacciarti nei guai con Merlino?» mi domandò all'improvviso. «Di solito non mette nessuno in punizione, a meno che non faccia qualcosa di veramente grave...»

«Qualcosa di grave come il tuo scontro con Tyra?» chiesi io, cercando di sviare la domanda.

Geira fece una risatina imbarazzata. «Già... non ne vado fiera, ma avevo proprio perso le staffe. Tyra aveva toccato un argomento un po' delicato per me.»

Le sue parole mi incuriosirono. «Intendi dire il fatto che si rifiutava di combattere?»

«No, il fatto che giustificava il suo rifiuto dicendo di odiare la violenza. Anch'io la odio, eppure...» Si zittì all'improvviso, fissando il suolo, con le sopracciglia aggrottate. Rimasi sulle spine, in silenzio, ad aspettare che riprendesse il discorso, senza osare incalzarla, per paura di metterla a disagio.

Finalmente, Geira alzò di nuovo gli occhi verso di me e aprì la bocca per parlare.

Ma non disse niente: il suo sguardo si era spostato di colpo su un punto alle mie spalle e si era fatto tutto d'un tratto acuto e focalizzato come quello di un'aquila. «Cos'è quello?» mormorò, sottovoce.

Mi girai di scatto verso l'oceano, cercando di guardare nella direzione che lei mi indicava.

All'inizio non notai nulla.

L'acqua era nera come la pece sotto il cielo stellato, le increspature riflettevano la luce dorata del falò, e l'unico rumore oltre al frastuono della festa era l'infrangersi delle onde sugli scogli.

Poi lo vidi: un serpeggiare gorgogliante, come il passaggio di un'enorme biscia scura, affiorò brevemente dall'acqua.

Incuriosita, mi mossi verso la riva, ma Geira mi bloccò, stendendo un braccio davanti a me.

«Halil!» gridò a pieni polmoni. «Spegni la musica!»

Lui obbedì subito, e su tutta la spiaggia cadde per un

istante un silenzio assoluto, interrotto subito dopo dal mormorio di protesta dei ragazzi.

Come un nero fulmine viscido, dall'acqua saettò un tentacolo, si avvolse attorno alla gamba di uno studente e con uno strattone lo trascinò verso il lago.

Il ragazzo lanciò un grido di sorpresa e di dolore, e prima che qualcun altro potesse reagire, Halil scavalcò il tavolo davanti a sé con un balzo, gridando: «Gramr!»

Con un lampo di luce, nella sua mano comparve una spada, splendente alla luce delle fiamme: era la mitica spada di Sigfrido!

Halil si lanciò verso la battigia, sollevò l'arma sopra la testa e menò un colpo feroce che sollevò alti spruzzi d'acqua.

Un istante dopo, stava trascinando in salvo sulla riva il giovane aggredito dal tentacolo: la sua gamba, vidi, era rosso rubino, e vi era ancora avvolto il pezzo mozzato del tentacolo, che si dibatteva nella sabbia. Sembrava formato da un ammasso fremente di cavi elettrici. Ci impiegai qualche secondo a rendermi conto che in realtà erano alghe.

Per un attimo rimasero tutti immobili sulla spiaggia, in un mutismo attonito.

In quello, schizzarono fuori dall'acqua decine e decine

di altri tentacoli, che si sollevarono nell'aria come le teste di un'idra, prima di atterrare sulla spiaggia.

Dalla folla si alzò un urlo simultaneo, e fu il caos.

Gli studenti fuggirono in massa verso la scala della scogliera, ma solo pochi riuscirono a raggiungerla, perché i tentacoli di alghe che si abbattevano sulla sabbia sbarravano loro il cammino, afferrando chi capitava a tiro e trascinandolo verso l'acqua.

Tra lampi di luce, alcuni dei ragazzi più grandi evocarono le armi dei loro antenati e si scagliarono in difesa dei compagni, tranciando i tentacoli che li avevano afferrati.

Geira e io venimmo sballottate e trascinate dalla folla in fuga, ritrovandoci spinte proprio al centro della spiaggia, nel mezzo della mischia.

Con sgomento, vidi che i pezzi di tentacoli che erano stati tagliati via, dopo essersi agitati per qualche istante a terra, si rialzavano, raggrumandosi tra loro, dando vita a creature informi, dall'aspetto vagamente umano, che sembravano composte da grovigli di serpenti.

Nella confusione, cercai con lo sguardo i miei amici.

Per primo vidi Halil.

Con l'aiuto dei ragazzi più esperti, copriva la fuga dei più piccoli su per la scogliera, abbattendo a colpi di spada i tentacoli che cercavano di afferrarli. Si muoveva preciso e veloce, con la ferocia di un leone.

Non trovai Tyra, ma seppi che stava bene quando, con un tonfo e una nuvola di sabbia, Talos cadde, gigantesco, sulla spiaggia e cominciò a spazzare via i mostri d'alga con la spada di bronzo.

Per ultimo vidi Rob, rannicchiato sotto un tavolo, che si guardava attorno in cerca di una via di fuga. Tra lui e la scala che saliva verso il castello c'era una mezza dozzina di orrende creature di alga: si aggiravano come zombie, afferrando chiunque passasse loro vicino.

Decisa a recuperare il mio amico, scattai verso di lui, ma dopo solo qualche passo un mostro mi bloccò la strada. Lo vidi, come al rallentatore, tendere verso il mio volto un braccio viscido e verminoso, di un lucido verde marcio.

Ero paralizzata dalla paura, ma Geira mi si parò davanti colpendolo con lo scudo e gettandolo a terra. In un attimo gli fu sopra e conficcò il bordo affilato dello scudo nell'ammasso di alghe che aveva al posto del collo. Queste, tranciate, scapparono via come lucertoline.

«Angy, stai dietro di me!» ordinò Geira, spingendomi alle sue spalle e coprendoci entrambe con lo scudo di Lagertha.

«Dobbiamo prendere Rob!» gridai, ma lei non rispose. Iniziò invece ad arretrare verso la scogliera, costringendomi a indietreggiare a mia volta, finché la mia schiena non urtò la fredda parete di roccia.

Guardando oltre la sua spalla, capii il motivo della sua esitazione: almeno cinque mostri avanzavano verso di noi, protendendo le braccia viscide.

E Geira, a parte lo scudo, era disarmata.

Ok, Excalibur, questo è il momento buono!, pensai. *Appari!* Mi fissai la mano, in attesa di vedere un lampo di luce e di trovarmi l'elsa della spada tra le mani.

Non successe niente.

«Eddai, Excalibur del cavolo!» esclamai. «Non è il momento di fare la preziosa!»

«Angy, piantala di dire idiozie e ascoltami bene» sbottò Geira tra i denti. «Io adesso mi butto tra i mostri e cerco di trattenerli. Mentre loro sono impegnati, tu scappi verso la scala, più rapida che puoi. Capito?»

«Cosa? Non ci penso nemmeno! Non ti lascio qui!» protestai. Ma mentre esitavo, i mostri continuavano ad avanzare. Ormai erano a pochi passi da noi.

«Geira!» sentii gridare.

Mi girai e vidi Tyra a poca distanza da noi, in piedi

dietro un tavolo rovesciato, gli occhi spalancati dal terrore. Talos, dall'altra parte della spiaggia, stava lottando contro due enormi tentacoli che gli si erano avvolti attorno al torso e alle gambe, e non sarebbe potuto venire in nostro aiuto.

In quel momento, con un lampo di luce, tra le mani di Tyra apparve un giavellotto dalla punta di bronzo splendente. Vidi i suoi occhi farsi prima sgomenti, poi risoluti.

Tirò il braccio indietro e lanciò l'arma a Geira.

Lei la prese al volo e, in un attimo, fu nella mischia: roteando la lancia sopra la testa, colpiva i mostri attorno a sé con la precisione di un'aquila, facendo volare tutto attorno pezzi d'alga recisi.

Con i mostri dispersi, si era aperta davanti a me una chiara via di fuga, dritta verso la scala che portava in salvo su per la scogliera. Io, però, come una cretina, corsi verso Rob, andando a infilarmi sotto al tavolo assieme a lui.

«Bella festa, eh, Angy?» scherzò Rob, ma dalla sua vocina stridula capii che era terrorizzato.

«Ok, Rob, dobbiamo andarcene da qui. Adesso. Finché i mostri sono impegnati!»

«Credimi, mi piacerebbe scappare, ma...» Rob mi indicò una gamba e vidi che sotto il ginocchio, dietro i brandelli di stoffa dei pantaloni, era tutta rossa di sangue.

«Oh, cavolo...» balbettai. «Ti fa male?»

«Mah, vedi tu...» ironizzò lui, pallido come un cencio.

«Dobbiamo andarcene! Avanti, ti aiuto io, ti porto sulla schiena!»

«Dai, Angy, cosa dici, che sei alta metà di me!»

Aveva ragione, solo che non sapevo che altro fare. Da sotto il tavolo sbirciai la battaglia che ancora si svolgeva sulla spiaggia: una buona metà dei ragazzi era riuscita a scappare, ma i restanti, un po' raggruppati attorno al falò, un po' schiacciati contro la scogliera, il più lontano possibile dall'acqua, avevano la via di fuga sbarrata.

I pochi che erano riusciti a evocare le armi dei loro antenati combattevano valorosamente, ma più tentacoli tranciavano, più quelli si trasformavano in mostri. E più ne abbattevano, più i frammenti di alga che li formavano si ricomponevano in nuove creature.

Vidi Halil correre verso di noi scavalcando con un salto un cumulo tremolante di alghe che giaceva sulla sabbia, la lama della spada imbrattata di bava verdastra.

Si avventò sulle orride creature davanti a noi menando gran colpi di spada e aprendosi un varco come un esploratore nella foresta. «Ragazzi, che ci fate qui!» ansimò, senza fiato, quando ci raggiunse. «Dovete scappare!»

«Rob è ferito, non può camminare!»

Hal annuì. «Lo prendo io» disse, chinandosi davanti a noi. «Avanti, Rob, sali sulla mia schiena.»

Rob obbedì a fatica, trascinandosi dietro la gamba sanguinante, e quando fu saldo sul dorso di Hal, questi si alzò. Facevano un po' ridere, perché Rob era più alto e i piedi quasi gli strisciavano al suolo. Hal, però, sembrava reggerlo senza fatica. Anzi, riuscì pure a tenerlo con una mano sola, mentre con l'altra mi porgeva la spada.

«Tienila tu, Angy, facci strada.»

«Cos… io cosa?»

«Ce la puoi fare, ricordati quello che ti ha insegnato Parsifal.»

Ecco, il problema era quello: non me lo ricordavo. Avevo ricevuto solo due settimane di lezioni, e in quel momento nella mia mente in preda al panico era come se non fossero mai esistite.

Davanti a noi, uno dei mostri d'alga che Halil aveva affettato si stava rapidamente ricomponendo.

Mi sarebbe toccato improvvisare.

Su una cosa, comunque, non avevo dubbi: la parte con la lama andava addosso ai nemici. Quindi strinsi la mano sull'elsa della spada e mi preparai a colpire…

In quel momento, una luce accecante avvolse la spiaggia, mentre dai mostri si alzava uno stridio acuto e insopportabile.

E per un attimo tutto fu buio.

Poi, quando riuscii a mettere nuovamente a fuoco, vidi quegli esseri cadere nella sabbia e arricciarsi come bacon in padella: in cima alla scogliera c'era Viviana, le braccia alzate che emanavano luce.

E, sotto di lei, lungo la scala scavata nella roccia, le armi sguainate, splendenti e solenni come le figure di un arazzo, stavano correndo in nostro aiuto i Leggendari dell'Alto Consiglio.

Un'influenza malvagia

Vorrei poter continuare il racconto descrivendovi una battaglia epica e senza precedenti. Purtroppo per voi (ma non per noi), appena i Leggendari dell'Alto Consiglio scesero sulla spiaggia, i mostri d'alga furono fritti.

Letteralmente.

L'incantesimo di Viviana li aveva indeboliti e cotti per bene. Con pochi colpi quasi svogliati, i Leggendari li ricacciarono in acqua.

In pochi secondi fu tutto finito.

Ancora sotto shock, distaccata e inerte come se stessi guardando un film, li osservavo aggirarsi sulla spiaggia mentre si complimentavano tra loro con pacche sulle spalle, aiutavano i ragazzi feriti a rialzarsi, raccoglievano mucchi di alghe e li gettavano nel falò.

Geira, seduta accanto a me, altrettanto stralunata e ancora ansimante per la fatica dello scontro, mi indicò una donna dai lunghi capelli neri che indossava un corto chitone bianco.

«Sai chi è quella? È Ippolita, la regina delle Amazzoni. E quel guerriero laggiù, invece, è l'eroe indiano Arjuna, con il suo infallibile arco, Gandhiva. Il guerriero dall'enorme scudo è Ey de Net, dell'antichissimo e perduto regno dei Fanes...»

Curiosa, indicai due dame bellissime, dall'aspetto regale e austero, e domandai: «E quelle, chi sono?»

«Sono Tin Hinan, regina dei Tuareg, e la mitica Antinea, regina di Atlantide... entrambe molto temute e rispettate da tutti per il loro immenso e antico potere.»

Proprio in quel momento Antinea alzò un braccio e ordinò: «I ragazzi vengano condotti al castello, al riparo delle mura. Che siano radunati in cortile, dove attenderanno nuove istruzioni. Tutti i supervisori si presentino invece al cospetto dell'assemblea, dove riferiranno sull'accaduto».

Geira scattò in piedi e si affrettò a raggiungere gli altri supervisori per recarsi a rapporto davanti all'Alto Consiglio.

Mentre gli studenti feriti, tra cui Rob, venivano portati in infermeria, Tyra mi raggiunse e mi si sedette accanto sul sasso. Rimanemmo lì qualche istante, troppo esauste e sconvolte per spiccicare parola.

Poi raccogliemmo le forze e, come ci era stato comandato, seguimmo gli altri in cortile, dove ci accasciammo accanto al muro di cinta, in attesa.

Dopo una mezz'ora circa, fummo raggiunte da Hal e Geira, che sembravano spaventati quanto noi.

«Abbiamo raccontato all'assemblea quello che è successo» disse Hal. «Purtroppo non siamo stati molto d'aiuto, nessuno ha idea di cosa siano quei mostri, né da dove vengano.»

«Io lo so, cosa sono» mormorai, e gli sguardi di tutti si rivolsero verso di me. «Penso che siano le stesse alghe che infestano il lago di Central Park, quelle che hanno attaccato me e Rob durante il nostro ultimo passaggio...»

«Quali alghe di Central Park?» chiese Geira, aggrottando le sopracciglia bionde.

Esitai e lanciai uno sguardo a Tyra. «Che facciamo, glielo diciamo?»

Tyra si passò una mano sulla fronte e disse: «Angy, tra tutti e due ci avranno salvato la vita almeno venti volte questa sera, penso proprio che si siano meritati la nostra fiducia».

«Hai ragione.» Annuii e raccontai loro tutto quanto, dall'infestazione del lago ai miei sospetti su Morgaine Lefay e alle indagini che Rob e io avevamo condotto. Conclusi con la nostra teoria per cui i ragazzi rapiti si trovassero nei magazzini della Lefay Enterprises.

Quando finii di parlare, Hal e Geira rimasero a guardarci a bocca spalancata per qualche secondo.

A un certo punto, Geira domandò: «È per questo che Merlino ti ha messa in punizione? Per le tue indagini?»

«Già… non voleva proprio credermi.»

Hal scrollò le spalle. «O magari, semplicemente, voleva tenerti al sicuro.»

«Be', non c'è riuscito comunque, guarda cos'è successo stasera! E poi, secondo me, l'attacco delle alghe non c'entra direttamente con Morgana» sbuffai io. «Lei si è offerta di ripulirlo, il lago...».

Tyra si alzò in piedi rivolgendosi verso di noi: «…oppure sì? Pensateci bene, ragazzi. Non vi sembra strano che si tratti di una semplice coincidenza? Le alghe di Central Park, la Lefay Enterprises che si offre di drenare il lago, le alghe che attaccano Avalon… è tutto collegato!»

Io mi grattai un sopracciglio. «Ma scusa, allora perché Morgaine dovrebbe volere eliminare l'infestazione?»

«Magari non lo vuole davvero...» suggerì Tyra. «Magari si tratta solo di una copertura per avere facile accesso al lago e operare le sue magie.»

Per un attimo rimanemmo in silenzio a soppesare le sue parole. In quel momento, il portone del castello si spalancò e nel cortile apparve Merlino.

«Eredi dei Leggendari, ascoltatemi tutti!» esclamò, con la voce amplificata dalla magia, tanto che riuscivamo a sentirla chiaramente in ogni angolo. «Oggi siamo stati attaccati nella nostra fortezza. Un'influenza malvagia è riuscita a sfuggire al nostro controllo e a infiltrarsi tra le nostre difese. Fino a quando non avremo scovato e scacciato del tutto questo invasore, Avalon non è più un posto sicuro per voi. Raccogliete i vostri bagagli e tornate a casa.»

Nel cortile si alzò un mormorio sommesso di sorpresa.

Hal, Tyra e Geira si girarono verso di me con un'espressione nel volto che sembrava dire: "E adesso?"

«Io non mi arrendo» sussurrai. «Continuerò a cercare i ragazzi catturati e sono sicura che Rob mi darà una mano.»

«Noi tre potremmo prendere un aereo, venire a New York ad aiutarvi...» propose Hal.

«Non possiamo aspettare che arriviate dall'Europa, penso sia meglio agire subito. Appena arrivati nel mondo reale, Rob e io andremo ai magazzini della Lefay Enterprises per vedere se i ragazzi sono veramente lì.»

«E se li trovaste, cosa fareste?» chiese Geira. «Chiamereste la polizia? Sarebbero spacciati, contro Morgana...»

«Dovremmo avvertire Merlino» ammisi «ma non ho idea di come fare. Le comunicazioni della scuola arrivano sempre a senso unico tramite la pergamena magica...»

«Io posso comunicare con Viviana!» esclamò Tyra. «Mi ha insegnato come farlo, se mi fossi trovata in difficoltà con i miei poteri...»

«Allora è perfetto» disse Hal. «Voi andate a cercare i ragazzi, e se li trovate... chiamate subito Tyra, che lo dirà a Viviana!»

«Così i Leggendari dell'Alto Consiglio sapranno dove si trovano e potranno fare qualcosa per salvarli» conclusi.

«Bene, è deciso, allora» confermò Geira annuendo. «Teneteci aggiornati, però... e se possiamo aiutarvi in qualsiasi modo, lo faremo.»

«Grazie, amici» dissi, un po' commossa: dopo quello che avevano fatto per noi quella sera, sapevo che diceva sul serio.

In meno di un'ora i preparativi per il nostro ritorno furono completati e ci ritrovammo, frastornati dagli eventi, nel mondo reale.

Rob e io uscimmo da Central Park senza quasi parlare, immersi nei nostri pensieri.

Rob era stato guarito dalla magia di Viviana e riusciva di nuovo a camminare, ma zoppicava ancora un po'. Lo guardai negli occhi e gli chiesi, preoccupata: «Te la senti di andare?»

Lui annuì con forza. «Non c'è tempo da perdere! E poi, non ce la farei a rimanere seduto con le mani in mano mentre tu te ne vai nella tana del leone.»

«Va bene, allora facciamo così. Muoviamoci!»

Il viaggio in metropolitana per raggiungere i magazzini della Lefay nella zona portuale di Long Island fu silenzioso e carico di tensione, e non solo per il fatto che i vagoni del treno, a quell'ora, erano quasi deserti.

Eravamo seduti uno di fianco all'altra, senza spiccicare parola. Rob era talmente pallido da sembrare verdastro, e per il nervoso faceva saltellare su e giù la gamba sana.

Io mi sentivo sudare freddo sotto la felpa, e nella mia mente continuavano ad alternarsi immagini terribili di ciò che Morgana e i suoi scagnozzi ci avrebbero fatto se ci avessero scoperto. Tra tutte, quella che mi risultava più accettabile era essere trasformata in qualche animale disgustoso, mentre la peggiore...

L'altoparlante della metropolitana annunciò l'arrivo alla nostra stazione, e io saltai in piedi come se mi fossi scottata.

«Ci siamo. Sei sicuro al cento per cento di volerlo fare, Rob? Siamo ancora in tempo per tornare indietro» dissi, sperando sotto sotto che non se la sentisse e mi desse la scusa per abbandonare la missione.

«Sì, sono convinto...» ribadì Rob, senza però sembrarlo per nulla.

Nonostante la nostra riluttanza, uscimmo dal vagone appena prima che le porte si chiudessero.

Fino al porto c'era solo una breve camminata attraverso viuzze strette e maleodoranti.

Ne approfittai per formulare una specie di piano: «Ok, Rob, cerchiamo un modo per guardare dentro. Che so, vediamo se ci sono finestre, o se c'è una porta aperta da cui sgattaiolare... il nostro scopo non è fare chissà che di eroico, dobbiamo solo sbirciare all'interno per vedere se ci sono davvero i ragazzi rapiti. E se sono lì, corriamo come dei matti ad avvertire Tyra, che lo dirà a Viviana. Va bene?»

Lui annuì. «Va bene. Ma cosa facciamo se ci beccano?»

«Uhm, se ci beccano diciamo che... siamo lì perché...» mi grattai il mento «stiamo facendo whale watching?»

«Davvero, Angy? Balene nel porto di New York?»

«Hai un'idea migliore?»

Se anche l'avesse avuta, non avrebbe fatto in tempo a dirmela: un rumore di motore alle nostre spalle ci spinse a scansarci a bordo strada.

Un camion nero senza insegne passò davanti a noi.

«Dev'essere uno dei furgoni della Lefay che ha visto Nate! Ne sono sicura» bisbigliai.

«Be', seguiamolo, no?» disse Rob, lanciandosi in una corsetta un po' zoppicante.

Gli tenni dietro, e dopo qualche secondo vedemmo l'automezzo girare l'angolo e sparire dietro un enorme capannone di ferro e mattoni che aveva l'aria di essere stato costruito durante la rivoluzione industriale.

Afferrai Rob per un braccio per fermarlo e sussurrai: «Quello è il magazzino della Lefay Enterprises... l'indirizzo corrisponde!»

«Dai, andiamo a vedere!»

Assieme corremmo verso la direzione che aveva preso il camion. Girammo l'angolo, giusto in tempo per vedere i pesanti portoni di metallo dell'ingresso chiudersi davanti a noi con un tonfo.

«Da qui non si entra...» sospirai.

Rob tornò sui suoi passi, costeggiando il fianco dell'edificio. «Vieni a vedere, Angy!» chiamò.

Lo seguii e capii che mi indicava dei robusti cassonetti di metallo ammassati contro il muro di mattoni. Un paio di metri sopra c'era una fila di strette finestrelle.

«Se monto sui cassonetti e tu mi sali sulle spalle, dovresti riuscire a raggiungere le finestre e a guardarci dentro.»

«Rob, sei matto? E se cadiamo?»

«Se cadiamo ci facciamo male» disse lui scrollando le spalle.

Ma non avevamo molte alternative al momento.

«Va bene» dissi d'impulso. «Facciamolo!»

Una figura solitaria nella penombra

In precario equilibrio sulle spalle di Robert, mi aggrappai al davanzale di mattoni della finestra e allungai più possibile il collo per sbirciare all'interno.

«Vedi qualcosa?» chiese Rob.

«Sst, ti sentono!» sibilai io. «Abbassa la voce!»

«Vedi qualcosa?» ripeté in un sussurro.

Io strizzai gli occhi, cercando di mettere a fuoco l'ambiente dietro il vetro sporco. Non riuscivo a distinguere altro che grosse sagome squadrate, a malapena illuminate dalla luce che filtrava dalle finestrelle in cima alle pareti.

«Non vedo nulla, è troppo buio...» bisbigliai.

«Cosa?»

«È troppo buio!» esclamai.

«Parla più piano!» sibilò lui.

Stavo già per strillargli di non fare il cretino, che non era il momento di scherzare quando, con un cigolio metallico e una striscia di luce, il portone d'ingresso cominciò ad aprirsi. Da dentro giunse un rumore di motore in accensione.

«Rob. Rob! Mettimi giù!»

«Cosa? Che succ...» iniziò lui, e incespicò un po' mentre mi calavo dalle sue spalle.

«Spicciati, vieni! Il camion sta uscendo! È la nostra occasione per intrufolarci nel magazzino!»

Saltammo giù dal cassonetto e corremmo verso la porta che si stava lentamente spalancando verso l'esterno. Ci nascondemmo dietro il battente, mentre il camion usciva a passo d'uomo. Appena le porte iniziarono a richiudersi, tirai Rob per la manica e, tenendoci bassi, scivolammo nell'apertura appena un attimo prima che si serrasse alle nostre spalle.

Subito scartai di lato e andai ad accucciarmi dietro dei grossi scaffali pieni di casse nei pressi della parete. Rob si affannò a raggiungermi.

Una volta sicura di essere ben nascosta, osai allungare

la testa per osservare l'interno del locale buio. Mi ci volle un attimo, ma quando i miei occhi si abituarono all'oscurità, riuscii a distinguere, al centro dell'enorme spazio, due massicce escavatrici e altri macchinari.

«Allora è qui che tiene le ruspe...» mormorai.

«Vedi i ragazzi?» chiese Rob in un sussurro.

Scossi la testa e, tirandolo per il braccio, mi addentrai un po' nel deposito, tenendomi radente al muro e al riparo degli scaffali. Man mano che avanzavo, vedevo con maggiore chiarezza: oltre agli escavatori, c'erano pile e pile di casse, e alcuni strumenti che non riuscii a identificare, ma che non sarebbero sembrati fuori posto in un cantiere.

A parte quello, il luogo era deserto.

Be', quasi deserto.

Non me ne accorsi subito, ma nella penombra dietro alle ruspe c'era una figura solitaria. Immediatamente tirai giù Rob perché nascondesse la testa dietro le casse. Lui mi guardò con aria interrogativa e io, muovendo solo le labbra, dissi, senza parlare: «C'è qualcuno...»

Dopo un istante, mi sporsi appena oltre il riparo delle casse. E la vidi.

Era una donna con un impermeabile chiaro e lunghi capelli color inchiostro sciolti sulla schiena.

Morgaine Lefay in persona.

Mi abbassai all'istante, schiacciandomi una mano sul petto per calmare il cuore impazzito dallo spavento.

Rob mi scrutò mezzo curioso mezzo preoccupato, e io gli risposi in labiale: «Morgana».

Lui si girò e si mosse verso l'uscita. Lo afferrai per la manica, impedendogli di scappare. Quando si voltò verso di me, gli lanciai un'occhiataccia come per dire: "Non possiamo tirarci indietro proprio adesso!"

Lui abbassò lo sguardo, annuendo contrito.

Provai di nuovo a sbirciare oltre le casse.

Morgana era immobile, le braccia un po' sollevate e gli occhi chiusi. Le sue labbra, colorate di rosso scarlatto, si muovevano leggermente, come se stesse pronunciando delle parole silenziose.

Strizzando gli occhi, mi parve di vedere l'aria tremolare davanti alle macchine, come se emanassero calore. Il magazzino, però, rimaneva freddo e umido come una cantina.

Mi sporsi ancora di più, cercando di capire cosa stesse facendo e...

E la suoneria di un cellulare trillò all'improvviso. Trasalii per lo spavento.

Mi accucciai di nuovo a terra, al riparo del mio nascondiglio.

La suoneria si interruppe quando Morgaine rispose: «Dimmi».

Tesi le orecchie, ma dal cellulare non sentii provenire altro che una vocetta distorta.

«Tenetevi pronti, agiremo al più presto» disse Morgaine e, dopo una pausa, aggiunse: «No, non possiamo più aspettare: tre emissari di Myrddin sono venuti a "farmi visita". Erano tre studentelli diplomati lo scorso anno: hanno ficcato il naso dappertutto. Mi sono trattenuta a stento dal trasformarli in ramarri, ma per il momento non volevo rivelare la mia vera identità. È evidente che Myrddin li ha mandati alla cieca, e per ora non ha alcuna certezza di chi io sia davvero: il mio palazzo è schermato e quella vecchia cornacchia non riesce a vedermi, ma dobbiamo fare presto, o anche lui capirà, alla fine.».

Dal telefono giunse dell'altro chiacchiericcio indistinto, a cui Morgaine ribatté: «No, non ho idea di chi li abbia presi. Non nego che, come dici tu, potrebbe essere stato Mordred. Sono secoli che sono all'oscuro delle azioni di mio nipote: è fuori controllo».

Un'altra pausa e poi: «Cerca di calmarti. Se tutto andrà

secondo i miei piani, presto riguadagnerò il potere che mi appartiene e il mondo reale e quello magico torneranno a rispettare le incantatrici».

Mi girai verso Rob, che mi lanciò uno sguardo allarmato. Era chiaro che entrambi ci stavamo chiedendo: "Cosa vorrà dire?"

Morgaine continuò: «All'alba, quando il passaggio è più debole. I preparativi sono quasi terminati. Lo sento, l'influenza della mia magia è ormai arrivata a toccare la fortezza di Avalon e mi permetterà di aprirmi la strada attraverso il Velo».

Dopo un attimo, fece una risata cristallina. «Sì, ho usato le alghe: le ho incantate e sono riuscita a farle passare nel mondo magico attraverso il lago di Central Park, sfruttando il passaggio di una giovane erede molto, molto speciale. Ed è andata anche meglio del previsto: le alghe sono diventate aggressive, le ho percepite mentre assalivano la fortezza. Devono avere assaggiato del sangue, perciò sono mutate. Grazie a questo, i Leggendari sono fuori combattimento. La strada è libera! Ora che la mia magia è arrivata a sfiorare Avalon, Nyneve non riuscirà più a tenermi lontana da casa mia.» Morgaine rise ancora.

Una vampata di rabbia mi salì dal petto fino alle guance. Era davvero stata lei. Aveva stregato le alghe nel lago di Central Park e le stava usando per forzare il passaggio verso il mondo magico!

E mi aveva usato per i suoi scopi...

Percepii la rabbia trasformarsi in determinazione.

L'avrei fermata. Non sapevo ancora come, ma ero sicura che non le avrei mai permesso di arrivare ad Avalon, a costo di fare da scudo al passaggio con il mio stesso corpo.

Mentre pensavo queste cose, la risata di Morgaine si spense di colpo. Sentii, quasi più che vederli, i suoi occhi che si piantavano nel punto esatto dove Rob e io ci stavamo nascondendo.

Morgaine chiuse la chiamata senza cerimonie e, dopo un istante, disse: «Speravi di nasconderti da me, Angelica? Percepisco la tua luce, brucia come un fuoco».

Fui percorsa da un brivido gelido.

Morgaine parlò di nuovo, con la voce che pareva risuonare come l'eco di un sospiro dal fondo di una caverna: «Ti avevo avvertita di non intralciarmi. Se dovessi scoprirti ancora a gironzolare nella mia proprietà, o a ficcare il naso nelle mie faccende, potrei essere... molto contrariata. E adesso ti do un consiglio: vattene, prima che cambi idea e decida che non mi conviene lasciarti in vita».

Che potevo fare? Presi Rob per la manica e fuggii.

Quando smettemmo finalmente di correre, più per sfinimento che perché ci sentivamo al sicuro, avevamo percorso quasi tre fermate di metropolitana a piedi.

«Angy... che facciamo?» esalò Rob, cercando di riprendere fiato appoggiandosi a un muro. «Hai sentito cos'ha detto Morgana... si sta preparando ad attaccare Avalon!»

«Succederà domani... proprio il giorno stabilito per il drenaggio del lago!» sbuffai tra un respiro e l'altro, piegata su me stessa e con le mani sulle ginocchia. «Dobbiamo... avvertire gli altri! Tyra deve comunicare con Viviana e chiederle di aprirci il passaggio! Andremo tutti e cinque a parlare con Merlino: sarà costretto a crederci... e se l'assemblea verrà avvisata in tempo, magari Avalon sarà salva!»

Rob raddrizzò la schiena e annuì con determinazione. «Sono con te. Andiamo!»

Solo dei ragazzi...

Era notte fonda quando Rob e io spingemmo la barchetta giù dalla riva del lago di Central Park. Vi saltammo sopra appena toccò l'acqua scura.

Tornati a casa dopo la nostra visita ai magazzini Lefay, in una videochiamata di gruppo con Hal e Geira, Tyra ci aveva raccontato di avere parlato con Viviana. La Dama del Lago le aveva detto che ci avrebbe aperto il passaggio il prima possibile, ma non durante il giorno, per non rivelarne la presenza alla gente comune.

Quindi a me e Rob era toccato aspettare il calare delle tenebre prima di scavalcare il cancello di Central Park e sgattaiolare verso il lago, cercando di evitare le torce dei guardiani notturni.

Mentre la barchetta galleggiava sull'acqua nera come la pece su cui si specchiavano le stelle, scrutavo giù preoccupata. Mi chiedevo se le alghe ci avrebbero aggredito di nuovo, e non avevo alcuna voglia di scoprirlo. Mentre ero presa da questi pensieri, vidi il fondo del lago illuminarsi di una luce candida che avvolse la barchetta come una nuvola di cotone.

Rob si sporse per guardare. «Wow... è la magia di Viviana?»

Io ebbi un'intuizione. «Sta scacciando le alghe come ha fatto le altre volte... ci sta aprendo la strada! Forza, Rob, tuffiamoci!»

«Cosa? Ma non ci penso nemmeno, quei mostri...»

Non rimasi lì ad ascoltarlo. Mi tappai il naso e mi buttai in acqua. Subito mi sentii afferrare per lo scollo del maglione e venni tirata in superficie: appena riemersi, vidi che era stato Halil a prendermi.

Mi alzò di peso sulla barca, dove aspettavano anche Tyra e Viviana, e quando la testa rossa di Rob spuntò dall'acqua, Hal trasse in salvo pure lui.

«Dov'è Geira?» chiesi, strizzando l'acqua dai capelli.

Prima che qualcuno potesse rispondermi, la superficie del lago si infranse nuovamente e ne emerse proprio Geira.

Rimase a galleggiare disorientata per qualche secondo, e quando ci vide nuotò verso di noi a grandi bracciate. E appena si fu issata a sua volta sulla barca, Viviana abbassò le braccia e la luce bianca che ci aveva avvolti si affievolì e si spense. Attorno a noi calò l'oscurità assoluta.

«Ci penso io» disse Tyra aprendo la mano: sul suo palmo comparve una piccola fiamma perlacea che illuminò di luce morbida i volti dei miei amici.

«Wow!» esclamò Rob, avvicinando cauto il dito alla fiamma. «È fredda!»

«Non è una vera fiamma, è solo un'illusione» spiegò Viviana. «Tyra impara in fretta.»

La barchetta aveva iniziato a muoversi piano. Immaginai che si stesse dirigendo verso Avalon, perché nel buio non riuscivo a capire dove si trovava l'isola.

In effetti, pensai, era molto strano che non ci fosse nemmeno una finestra illuminata, ma non me ne preoccupai troppo: tutti gli altri studenti erano ancora nel mondo reale, ed era notte fonda. Era normale che ci fosse poca vita nel castello.

«Rob, Angy, state bene?» domandò Geira. «Mi sono preoccupata quando avete detto che Morgaine vi aveva scoperti...»

«Tutto ok, solo non ho capito come mai ci abbia lasciati andare...» iniziai a dire, ma non proseguii la frase. Guardando Geira, mi ero accorta di quanto fosse diversa dalle altre volte: i suoi capelli biondi erano stretti in una treccia alta, e invece della solita maglietta indossava giacca e cravatta blu scuri. Impiegai un attimo a rendermi conto che si trattava di una divisa da Accademia Militare.

In quel momento, intuii il motivo di tutti i suoi discorsi sul fatto di odiare la violenza, ma di essere costretti a usarla per difendersi. Nella vita reale si preparava a essere un soldato: chissà quanto doveva essersi tormentata su questo problema... Mi chiesi anche se la sua fosse una libera scelta, o se magari fosse stata spinta dalla famiglia.

«Ragazzi, c'è qualcosa che non va» disse Halil, sporgendosi dal fianco della barca. «Il castello mi sembra... strano.»

Strizzai gli occhi nell'oscurità, ma nonostante ci fossimo avvicinati un po' di più, non vidi altro che la sagoma della fortezza sulla sommità dell'isola.

«Che vuoi dire, Hal?» domandò Rob. «Io non vedo proprio niente...»

Viviana fece un gesto con la mano e la barca si fermò, rimanendo a ondeggiare leggermente nella risacca.

«Più di così, non è sicuro avvicinarci.»

«Che vuol dire?» chiese Geira, sporgendosi a sua volta. «Cosa sta succedendo?»

Tyra alzò un po' il braccio e la luce proveniente dalla fiammella che sorreggeva si fece più intensa.

Vidi la spiaggia a pochi metri da noi, la parete di roccia della scogliera e il castello sulla cima. Tutto era ricoperto di alghe. L'isola di Avalon era inglobata in un'unica massa verde e viscida, che alzandosi dall'acqua si era arrampicata ad avvolgere tutto quello che era riuscita a trovare.

«Ma... cosa?» balbettai, sgomenta.

«Durante la notte le alghe hanno invaso la fortezza» spiegò Viviana in un sussurro. «Io mi sono salvata solo perché non ho bisogno di dormire, e mi trovavo nello spazio tra i due mondi a preparare il vostro passaggio. Ma gli altri...»

Mi sentii raggelare. «Cos'è successo agli altri?»

«Tutti i Leggendari presenti nel castello sono rimasti intrappolati nei loro letti, circondati dalle alghe. Percepisco la loro luce, sono ancora vivi, ma è come se fossero... assopiti.»

«Perché non li ha liberati?» chiese Rob. «Perché non scaccia le alghe come ha fatto fino ad adesso?»

«Liberare il castello vorrebbe dire bruciare tutte le alghe, fino alle loro radici, nelle profondità più remote dell'oceano magico. Richiederebbe uno sforzo enorme... Se mi impegnassi in un tale incantesimo, dopo non avrei più energia per proteggere il passaggio. Le Porte di Avalon sarebbero spalancate e, ora che i Leggendari sono addormentati, anche indifese.»

«Ci siamo noi, ora» si fece avanti Geira, sollevando il mento. «Le proteggeremo noi.»

Viviana scosse la testa. «Non siete pronti.»

«Chissenefrega se non siamo pronti!» esclamai, alzandomi in piedi di colpo e tornando subito a sedermi, quando la barca ondeggiò pericolosamente sotto il mio peso. «Chissenefrega se non siamo pronti» ripetei a voce più bassa. «Non abbiamo altra scelta, dama Viviana! Quello che ha detto Tyra è vero, Morgana si sta preparando ad attaccare, e se i Leggendari non saranno pronti a difendere il castello...» A quel punto tacqui, perché non avevo idea di cosa sarebbe successo se i piani di Morgaine fossero riusciti. E non ci tenevo per nulla a scoprirlo.

«Non dobbiamo vincere» intervenne Tyra, il volto corrucciato alla luce della fiammella candida che reggeva nel palmo. «Dama Nyneve, dobbiamo solo prendere tempo.

Una volta che i Leggendari saranno liberi dall'incantesimo, potranno accorrere a difendere le porte. Basta che rimaniamo di guardia per il breve intervallo di tempo che trascorrerà dal momento in cui lei sarà troppo esausta per difendere il passaggio, a quando arriveranno i Leggendari che avrà liberato.»

Viviana rimase in silenzio a lungo a osservare la sagoma della fortezza illuminata a malapena dalla luce della fiamma magica.

«Siete giovani e inesperti... ma coraggiosi. E a volte un po' di coraggio è tutto ciò che serve.» Si girò verso di noi. Il suo volto senza tempo sembrava pervaso da un'immensa tristezza. «Purtroppo, ciò che suggerite è l'unica soluzione, e non abbiamo altra scelta che affidarci a essa. Ma prima dovete riposare. Domani all'alba vi aspetta una battaglia.»

In tutto il castello c'era un unico punto talmente alto che le alghe non erano riuscite a raggiungerlo: la torre di Merlino, ed era verso di essa che ci dirigemmo, con Viviana che bruciava le alghe davanti ai nostri piedi, e queste che si riformavano subito dopo il nostro passaggio.

Il tragitto attraverso i corridoi umidi del castello, ricoperti dal pavimento al soffitto di alghe viscide e illuminati solo dalle vampate di luce degli incantesimi di Viviana, fu tetro e silenzioso. Solo a metà della salita alla torre le alghe iniziarono a diradarsi, fino a sparire del tutto, lasciando spazio alla pietra fredda e alla debole luce delle stelle che filtrava dalle feritoie.

Quando alla fine raggiungemmo la cima e Viviana aprì con una leggera spinta la porta dello studio di Merlino... vidi che la stanza era minuscola e completamente vuota.

L'enorme spazio ricolmo di oggetti meravigliosi e splendenti che avevo visto durante la mia prima visita era scomparso. Al suo posto c'era solo uno sgabuzzino desolato.

«Senza Merlino, il suo studio non esiste» spiegò Viviana. «Potrete riposare qui, le alghe non vi raggiungeranno. Sarete al sicuro.»

Entrammo tutti nella stanzetta fredda, ma Viviana non ci seguì.

«Uhm, lei non viene?» chiese Rob, grattandosi un orecchio.

«No. L'incantesimo richiede molte ore per essere completato. Devo iniziare subito, se vogliamo che i Leggendari si sveglino in tempo per proteggere Avalon dall'assalto di Morgaine.»

Detto questo, fece per uscire dalla stanza.

«Aspetti!» esclamai. «Dama Viviana, posso parlarle?»

Lei annuì e aspettò che la raggiungessi, prima di chiudere la porta dietro di noi.

Rimanemmo per un attimo in silenzio sul pianerottolo, mentre cercavo di riordinare le parole nella mente.

«Dama Viviana, Rob e io non siamo ancora in grado di evocare le armi dei nostri antenati. O per lo meno Rob non è in grado... e io, anche se lo fossi, non potrei, perché Excalibur chissà dov'è finita. Ho provato a chiamarla lo stesso durante la battaglia sulla spiaggia contro le alghe, perché mi ero detta, be', anche se è stata perduta e nessuno sa dov'è, magari se la invoco viene lo stesso… e invece no, proprio non si fa vedere.» Tacqui per un attimo, accorgendomi di stare per iniziare a parlare a vanvera, e mi asciugai con la manica il sudore dalla fronte.

Viviana aspettò con pazienza che riprendessi il discorso.

«Quello che volevo chiederle, insomma, è se Rob e io possiamo avere delle armi per la battaglia. Delle armi magiche, insomma, quelle che custodisce lei, anche se non sono le nostre… giusto per difenderci, ecco. O per non rimanere con le mani in mano.»

«No» disse Viviana. «Non ne avete bisogno.»

«Come non ne abbiamo bisogno! Non sappiamo fare niente! Voglio dire, Hal e Geira combattono che sembrano usciti da un film, Tyra è un'incantatrice che controlla un gigante di bronzo, e Rob e io, invece, siamo… siamo solo dei ragazzi.»

«Ed è esattamente ciò che dovete essere» dichiarò Viviana. «Ti ricordi cosa ti ho detto durante la cerimonia di iniziazione?»

Io scossi la testa e lei mi appoggiò una mano sul petto.

Tirai un gran sospiro. «Ah, già. Il mio cuore, eccetera. Ma dama Viviana, diciamoci la verità… non serve a un cavolo.»

Con mia sorpresa, vidi le sue labbra incurvarsi in un sorriso. «Eppure ti ha portato fin qui. Dormi bene, Angy.» E, senza aggiungere altro, sparì per la scala a chiocciola con un fruscio del mantello color della luna.

Sospirai di nuovo, e per un attimo rimasi in silenzio a riflettere su quello che mi aveva detto.

Non mi sentivo incoraggiata per niente.

Il pensiero della battaglia che ci aspettava mi pesava opprimente sul petto. Rientrai nella stanzetta e vidi i miei amici seduti per terra.

Tyra e Geira parlavano tra loro a bassa voce, Halil guardava le stelle fuori dalla finestra e Rob si rigirava tra le mani il tablet spento che gli aveva creato tanti problemi.

Era chiaro che nessuno di noi, quella notte, sarebbe riuscito a dormire.

Sentivo il bisogno di fare qualcosa, qualsiasi cosa, per assicurarmi che, anche se avessimo perso quella battaglia, anche se Morgana avesse vinto e Avalon fosse stata distrutta, tutto quello che avevamo fatto fino a quel momento non sarebbe stato vano.

Volevo un modo per mantenere viva una fiammella di speranza anche nella sconfitta.

Improvvisamente, mi venne un'idea.

«Ehi, Rob!» esclamai. «Prestami il tablet. C'è qualcosa che voglio scrivere.»

Sulla Soglia tra i mondi...

Ancora non riesco a credere a ciò che è successo. Continuo a ripensarci, a tornare con la memoria a quegli avvenimenti per cercare di dare loro un senso. Ma tutto mi sembra sempre troppo incredibile per essere vero.

Forse raccontarli servirà anche a me, e scrivere ciò che ho vissuto mi aiuterà ad accettarlo.

Come tutto è iniziato, così tutto si è concluso: con il sogno. Ma andiamo con ordine.

Avevo giusto finito da pochi minuti di scrivere una prima, frettolosa versione della mia storia sul tablet di Rob, e stavo rileggendo quegli appunti, quando dalla finestra della torre vidi che il cielo iniziava a rischiararsi.

In quel momento, sentii echeggiare per la stanza la voce di Viviana, allo stesso tempo lontana come un'eco dalla cima di una montagna e vicina come se mi parlasse all'orecchio: «È ora».

Senza dire una parola, io e i miei amici ci alzammo in piedi, e ci bastò uno sguardo per farci forza a vicenda. Insieme, uscimmo dalla stanza e iniziammo la discesa.

Man mano che andavamo giù per le torri e le scalinate del castello, mi accorsi che tutto sembrava permeato di una leggera luce bianca, come quella di una stella.

«L'incantesimo di Viviana è quasi terminato» disse Tyra. «Dobbiamo sbrigarci, fra poco sarà troppo debole per proteggere il passaggio.»

Aumentammo il passo, e in poco tempo ci trovammo fuori dalle mura del castello, sulla cima della scogliera.

L'alba si avvicinava rapida, e sotto il cielo che si schiariva, l'oceano aveva assunto un colore blu scuro, quasi grigio.

«Avanti!» gridò Geira, un piede sull'erba e l'altro sul primo gradino della scalinata, facendoci cenno di sbrigarci.

Scendemmo per la scogliera il più in fretta possibile, aggrappandoci alla parete rocciosa per non scivolare.

Finalmente raggiungemmo la spiaggia e ci accalcammo su una barchetta che Halil spinse dalla riva fino in acqua prima di saltare a bordo a sua volta. Iniziammo a galleggiare verso il largo, mentre sulla linea dell'orizzonte il cielo da blu iniziava a farsi di un azzurro polveroso. Era quel momento fugace tra la notte e l'alba, quando l'oscurità diminuisce ma il sole non è ancora apparso, e nella penombra grigiastra i colori appaiono spenti come quelli di una vecchia foto.

Fu in quel momento preciso che tutto si fermò.

Il vento smise di soffiare, la barca smise di muoversi e l'acqua smise di incresparsi.

«Che succede?» balbettò Robert. «Lo sentite anche voi? C'è qualcosa di strano...»

«Il passaggio tra i mondi è aperto» disse Tyra. «E noi siamo sulla Soglia.»

«Che vuol dire?» chiesi io, ma la mia risposta venne da sola.

Davanti ai miei occhi, indefinita come un'immagine di fumo, si materializzò la sponda del lago di Central Park, con la sagoma grigia dei palazzi dietro le chiome ondeggianti degli alberi.

Sgomenta, mi girai e vidi l'isola di Avalon al centro dell'oceano senza confini, ma anche quell'immagine era confusa e cangiante.

Attorno a me era come se la realtà vibrasse e mutasse, passando a ogni mio respiro dal mondo magico a quello reale. Merlino si offenderebbe al paragone, ma era un po' come trovarsi in una di quelle vecchie cartoline che cambiano immagine quando le muovi.

Mentre eravamo impegnati a fissare a bocca aperta quel fenomeno mai visto, Tyra si alzò in piedi e fece per scavalcare il bordo della barca.

Halil scattò a trattenerla per la manica. «Tyra, che fai?»

«Ho un presentimento… fidatevi di me» disse lei.

Dopo un istante, anche se dall'espressione sembrava poco convinto, Hal la lasciò andare.

Tyra scese in acqua e affondò… solo di qualche centimetro.

«Ma cosa…?» balbettai.

«Viviana me l'ha spiegato. Non ci troviamo né nell'oceano della dimensione magica, né nel lago di Central Park» spiegò Tyra, muovendo qualche cauto passo e alzando con il piede un ventaglio di goccioline d'acqua. «E a quanto pare… nel varco tra i mondi il fondale è molto basso.»

Rob si strofinò una tempia. «Non credo di capire.»

«Non c'è tempo per i chiarimenti!» mormorò Geira. «Guardate là...»

All'inizio, perdendomi in mezzo alle realtà che cambiavano, non capii dove stesse indicando. Poi sentii un rombo sommesso di motori e vidi, nei confini mutevoli del mondo reale, due enormi escavatori avanzare sui vialetti di Central Park. E, davanti agli escavatori, un'elegante macchina nera dai vetri oscurati.

Inspirai con forza. «È Morgaine. Sta arrivando.»

Geira scese dalla barca, e anche lei rimase in piedi, con l'acqua che le lambiva appena le caviglie.

Rob e Hal la imitarono, e dopo un istante li seguii anche io.

I miei piedi toccarono subito il fondale, sorprendentemente liscio e uniforme. Sembrava di camminare su una lastra di vetro con sopra poche dita d'acqua.

Come se il tempo fosse distorto, sembrò che le macchine impiegassero un'eternità ad avvicinarsi alla sponda del lago. Forse era perché ci trovavamo in mezzo al passaggio tra i mondi, o forse solo perché avevo paura.

Con un breve lampo di luce, Halil evocò la spada del suo antenato e la fece roteare, tenendo le gambe ben piantate a terra.

Anche Geira chiamò il suo scudo, e Tyra la lancia. Dopo nemmeno un istante, la passò a Geira. «Servirà a te più che a me» disse, alzando il palmo della mano dove scintillava la figurina di bronzo di Talos. «Io ho questo.»

Io, invece, non ho niente, pensai.

Subito dopo sentii Rob afferrarmi la mano. Lo guardai, sorpresa, e vidi che teneva gli occhi fissi sulle escavatrici, il volto pallido di terrore, ma lo sguardo determinato. E mi stringeva forte le dita, come se volesse infondere coraggio non solo a me, ma anche a se stesso. E allora pensai che forse non era vero che non avevo niente. Tornai a fissare davanti a me, perché con uno stridio di freni le ruspe si arrestarono davanti alla sponda del lago e notai solo allora che gli abitacoli erano vuoti: si muovevano da sole.

Anche la macchina nera si fermò, e ne scesero i due stagisti della Lefay Enterprises, che si affrettarono ad aprire la portiera posteriore. E, preceduta da un paio di eleganti scarpe col tacco, uscì anche Morgaine.

«Spostatevi, ragazzini!» ordinò, la voce amplificata dalla magia che risuonava chiara nelle nostre orecchie. «È l'unica possibilità che vi rimane per salvarvi. Continuate a frapporvi tra me e il mio obiettivo, e vi schiaccerò.»

Per tutta risposta, Geira sollevò lo scudo, Halil fece roteare la spada e Tyra evocò Talos, che emerse gigantesco dall'acqua, sollevando un ventaglio di spruzzi.

Morgaine fece un gesto di noncuranza e ci voltò le spalle. Lo stagista si affrettò a prendere una seggiolina pieghevole dal bagagliaio della macchina e la sistemò sulla sponda. Morgaine ci si sedette, scostandosi dal collo i capelli nerissimi con un gesto svolazzante, indifferente e distaccato, come se si apprestasse ad assistere a uno spettacolo. Le escavatrici cominciarono ad avanzare. E appena toccarono l'acqua del lago, parvero trasformarsi davanti ai nostri occhi. Le braccia meccaniche si riempirono di scaglie, gli artigli di metallo divennero fauci, le ruote divennero zampe.

Davanti a noi c'erano due draghi.

Cacciai un urlo e arretrai, terrorizzata.

«Angy, non avere paura, sono solo illusioni!» esclamò Tyra sollevando le braccia. Al suo comando, Talos partì di corsa, sollevando alti spruzzi d'acqua, e agguantò tra le braccia di bronzo il collo di un drago, torcendolo.

La realtà davanti a me parve ondeggiare e alterarsi, e vidi che Talos stringeva il braccio di un'escavatrice.

«Sono solo macchine, possono essere distrutte» gridò Geira. «Halil, andiamo!»

E, assieme, affrontarono il secondo drago.

Sentii la voce di Morgaine riverberarmi nelle orecchie:

«Pensate veramente che sia così facile? Ho passato mesi a incantare questi mezzi perché fossero in grado di aprirmi un varco per Avalon. Ho fatto anche in modo che potessero difendersi». Alle sue parole, il braccio metallico dell'escavatore *(o era la testa del drago?)* scattò con violenza verso Halil, scaraventandolo in acqua.

Morgaine rise e la vidi tendere la mano verso il suo stagista, che si affrettò a passarle un prezioso bicchiere da cocktail, colmo di liquido ambrato. Lei fece roteare l'olivetta nel bicchiere e sorseggiò il drink con gusto. «Tentate pure di lottare, se volete. Sarà divertente guardarvi mentre vi dibattete come passerotti caduti dal nido, prima di essere sconfitti.»

Il mostro di metallo scattò di nuovo verso Halil, che era ancora a terra rintronato, ma prima che potesse colpirlo di nuovo, Geira fu davanti a lui con lo scudo, e le fauci metalliche rintoccarono contro l'umbone.

Halil si rialzò, scrollandosi l'acqua dai capelli, e Geira gli gridò: «Il quadro comandi!»

Lui annuì, come se avesse compreso perfettamente le sue parole. Scattò di corsa verso il fianco del drago, arrampicandosi sulle scaglie e... entrando nell'abitacolo. Davanti ai miei occhi stupefatti, iniziò ad affondare la spada nel quadro comandi, in cerca dei cavi di accensione. Il drago emise un suono metallico e volse il collo per afferrare Halil tra le fauci, ma un attimo prima che lo prendesse, Geira scagliò la lancia di Tyra, che andò a conficcarsi nel braccio dell'escavatrice, con un lamento di ingranaggi bloccati.

«Angy, andiamo!» esclamò Rob, tirandomi per la mano e indicandomi l'altra escavatrice, quella contro cui stava lottando Talos. Capii subito quello che intendeva: voleva che entrassimo a danneggiare il mostro dall'interno, così come stava facendo Halil. Scattammo di corsa attraverso il lago di Central Park, (*o era l'oceano attorno ad Avalon?*) per raggiungere le macchine.

Il drago si accorse di noi, e con un ruggito rabbioso cercò di liberarsi dalla stretta di Talos per afferrarci con le sue enormi fauci, ma il gigante di bronzo lo teneva ben saldo tra le sue braccia massicce, e il drago riuscì solo a divincolarsi, inutilmente.

Rapidi come lucertole, Rob e io ci arrampicammo nell'abitacolo.

«Che facciamo, adesso?» ansimai.

Senza rispondermi, lui estrasse di tasca un coltellino da boy scout, lo aprì e cacciò la testa sotto la console, alla ricerca dei cavi di accensione.

Il mostro cercò di scrollarci via, ondeggiando con forza da una parte all'altra, ma Talos lo teneva bloccato.

Con orrore, sentii Morgana ridere. «Hai molto da imparare, ragazzina. Lascia che ti mostri il vero potere di un'incantatrice.»

Mi girai a guardarla, e nelle realtà cangianti del passaggio tra i mondi, vidi il suo aspetto mutare.

Non era più sulle sponde del lago di Central Park, ma assieme a noi nelle acque dell'oceano senza tempo, seduta su un trono di rami intrecciati che si alzavano verso il cielo. Indossava una tunica color foresta, i capelli erano lunghi fin quasi a toccare terra, e tra le ciocche nere splendevano perline argentate. Sulla testa era posata una corona di fiori bianchi e, sulle sue braccia, invece dei bracciali d'oro, si attorcigliavano dei serpenti.

Era Morgana. La vera Morgana.

Fece un gesto leggero della mano, quasi noncurante.

Talos lasciò andare il collo del drago. Per un momento si immobilizzò, poi si girò su se stesso e, sollevata la spada, caricò verso Tyra.

Esattamente come nel mio sogno

Accaddero tante di quelle cose in così breve tempo, che quasi non riuscii a seguirle tutte. Tyra alzò le mani per fermare Talos, e per un istante riuscì a bloccarlo, ma lo sforzo era tale che le braccia le tremavano e il naso iniziò a sanguinarle. Alcune gocce scarlatte caddero a macchiare l'acqua sotto i suoi piedi.

Morgana rise ancora e mosse la mano.

Con uno stridio di metallo, Talos riprese ad avanzare e Tyra cadde a terra, stremata, come una marionetta a cui avevano mozzato i fili.

In quel momento, sentii Halil gridare: «Geira, no!»

Con la coda dell'occhio vidi un movimento fulmineo: era Geira, che un istante prima stava cercando di tenere le fauci del mostro lontane da Hal, ma adesso correva come un fulmine attraverso il lago immobile.

Un istante prima che la spada di Talos si abbattesse sul corpo inerte di Tyra, Geira fu tra loro, parando il colpo con lo scudo.

Sentii il corpo del drago scuotersi, prima piano e poi con violenza, e vidi Rob che veniva sbalzato via dall'abitacolo e atterrava di schiena nell'acqua, con un tonfo solido.

Feci appena in tempo ad aggrapparmi al volante per evitare di fare la stessa fine, ma subito dopo mi sentii afferrare il torso da una morsa metallica: il braccio dell'escavatore mi aveva raggiunta, e con un colpo secco mi strappò via dall'abitacolo.

Per un attimo mi tenne sospesa in aria.

Poi, con un rapido scatto, mi scagliò lontano.

Vidi il cielo scorrere sopra di me, e subito dopo la mia schiena colpì con violenza il fondo del lago, mozzandomi il fiato. Il tempo mi sembrò fermarsi, e notai le gocce d'acqua sollevate dall'impatto risplendere rosate alla luce del sole che sorgeva.

Nel mio corpo esplose un dolore tale da scacciare via qualsiasi pensiero. Quando si affievolì, sollevai a fatica la testa e cercai con lo sguardo i miei amici.

Rob era anche lui a terra, molto lontano da me, e si rialzava faticosamente sui gomiti mentre uno dei draghi si avvicinava verso di lui, lento come un leone che si prepara a balzare sulla preda.

Halil gridava per la rabbia e per lo sforzo: il braccio metallico dell'escavatore l'aveva afferrato e lo teneva sollevato per il torso. Lui cercava di colpire con la spada le giunture di metallo del braccio, sperando di fargli allentare la presa, ma non riusciva a scalfirle.

Tra rintocchi orribili di metallo, Talos continuava a colpire senza sosta con la spada lo scudo di Geira che, curva sopra Tyra, cercava disperatamente di tenere il braccio alzato per proteggere entrambe.

Dal dolore sul suo volto e dal tremore delle sue braccia, capii che non avrebbe retto ancora a lungo alla furia del gigante.

E Morgana rideva.

Cercai di rialzarmi, ma il dolore alla schiena mi fece girare la testa, costringendomi a sdraiarmi di nuovo.

Guardai il cielo sopra di me, bello e pacifico, con le nuvole bianche macchiate di rosa dall'alba che avanzava.

Alzati, Angy, pensai, mentre nelle mie orecchie rimbombavano i colpi di Talos sullo scudo di Geira, le grida di

Hal, la risata di Morgana. *Alzati, Angy. Alzati,* continuavo a ripetermi. *Devi aiutarli. Devi fermarla. Alzati!*

Con un grido di fatica e di dolore, mi rizzai in piedi.

E sprofondai nell'acqua.

Nuotai subito verso la superficie e riemersi, inghiottendo una boccata d'aria.

Ero circondata dall'acqua.

Mi guardai attorno, disorientata.

Avalon, Central Park, i mostri di metallo, i miei amici... tutto era scomparso. Mi trovavo in mezzo a una distesa infinita, liscia come uno specchio e che, come uno specchio, rifletteva perfettamente il cielo, rosa di alba, tanto che nell'acqua riuscivo a distinguere ogni forma e ogni dettaglio delle dense nuvole bianche e grigie, bordate di rosso incandescente.

E da lontano, a cavallo dell'orizzonte infinito, si avvicinava una barca senza remi.

Proprio come nel mio sogno.

Per la sorpresa inghiottii una boccata d'acqua, che tossii fuori cercando di rimanere a galla.

Intorno a me tutto era deserto, non vedevo sponde, non avevo idea di dove fossi finita.

Quella barca era la mia unica salvezza.

Nuotai per raggiungerla e le mie bracciate quasi non facevano rumore e quasi non spostavano acqua, come se stessi attraversando un mare di argento fuso.

Come nel mio sogno, mi avvicinai fino a toccare la fiancata di legno umido.

Solo che questa volta non mi svegliai.

Per un attimo rimasi, incredula, a chiedermi se fossi ancora dentro il mio sogno o nella realtà.

Poi mi aggrappai al bordo e, a forza di braccia, mi issai su.

Fu allora che lo vidi.

Sdraiato sul fondo c'era un uomo.

Cacciai un urlo e ricaddi immediatamente in acqua.

Riemersi annaspando, ancora sconvolta per quello che avevo intravisto. Attesi qualche istante che il mio cuore si calmasse e mi sollevai per dare una seconda occhiata.

L'uomo era immobile, come addormentato.

Sui suoi capelli neri era posata una corona di ferro, austera e disadorna, che aveva l'aria di essere un monito, più che un ornamento. Indossava una cotta di maglia, e sopra questa una tunica scarlatta, lacera e sporca di fango.

Il suo volto, sereno e regale, era impolverato, tumefatto e coperto di ferite.

Tra le mani, incrociate sul petto, stringeva l'impugnatura di un'antica spada.

Impiegai un attimo ad accorgermi che era spezzata: la lama era rotta in due, pochi centimetri sotto l'elsa.

Per un istante pensai che il cavaliere fosse morto.

Poi mi accorsi che il suo petto si alzava e si abbassava in modo quasi impercettibile, al ritmo del suo respiro: il cavaliere era vivo, ma sembrava immerso in un sonno profondissimo.

Gli sfiorai una spalla e tentai di scuoterlo. «Signore! Signore! Sta bene?»

Non ricevetti risposta.

Solo allora mi accorsi del sangue: un'ampia macchia scura si spandeva sulla tunica e faceva scintillare come rubini le maglie d'acciaio della cotta.

Il cavaliere era ferito!

Decisa a tentare di soccorrerlo, feci per togliere di torno la spada. Con cautela, afferrai la lama con una mano, e con l'altra cercai di allentare la presa sull'impugnatura. E quando riuscii a liberarla, vidi la scritta incisa nell'elsa: "Excalibur".

Sconvolta, caddi di nuovo dalla barca, con i due tronconi di spada in mano.

Per un attimo lasciai che il lago mi avvolgesse.

Tenendo gli occhi spalancati nonostante il bruciore, guardai, attraverso l'acqua, la sagoma ovattata della spada che tenevo tra le mani, l'impugnatura in una e la lama nell'altra.

Se quella è Excalibur, allora il cavaliere è Artù?

Come mai nessuno l'ha mai ritrovato?

Posso fare qualcosa per salvarlo?

Ormai senza fiato, buttai fuori l'aria che mi bruciava nei polmoni e seguii a nuoto le bolle verso la superficie.

Appena riemersi, il frastuono della battaglia tornò a riempirmi le orecchie.

Attorno a me c'era la realtà, crudele e terribile, esattamente come l'avevo lasciata: la sagoma del castello di Avalon alle mie spalle, le sponde di Central Park davanti a me, i miei amici sconfitti, i mostri che avanzavano, la risata di Morgana che echeggiava nel varco tra i mondi...

L'acqua mi dava la bizzarra sensazione di essere allo stesso tempo liquida e solida.

Riuscii, in un modo che non so spiegare, a emergere e ad aggrapparmici come se fosse la superficie di uno specchio.

Stringevo ancora le due metà di Excalibur tra le mani.

Dietro di me sorgeva il sole, e vidi la mia ombra allungarsi lentamente sull'acqua immobile del lago.

Sentii un rumore di vetri infranti.

Mi voltai in quella direzione. Morgana aveva smesso di ridere. Teneva ancora sospesa a mezz'aria la mano che, un attimo prima, reggeva il bicchiere.

Mi fissava, immobile.

Anzi, no, non fissava me: i suoi occhi vedevano unicamente la spada spezzata tra le mie mani.

Non so descrivere cosa lessi sul suo volto.

Paura, forse. Ma soprattutto confusione, incredulità, dolore.

Le macchine si fermarono di colpo e tacquero.

L'escavatrice che reggeva Halil lo lasciò cadere in acqua. Talos si fermò a mezz'aria, e la sua forma gigantesca si accartocciò in una statuina che cadde inerte tra le mani di Geira.

Per un attimo immobile regnò il silenzio.

Poi Morgaine si alzò, si volse, e senza dire una parola se ne andò.

Stupefatta, guardai la sua chioma nera sparire tra gli alberi. Lei, sempre tanto altera, teneva la schiena curva, come se portasse sulle spalle un peso enorme.

I suoi stagisti, ancora fermi sulla sponda del lago, rimasero per un attimo interdetti, poi salirono a bordo della macchina nera e partirono attraverso i viali del parco.

Perché se n'è andata?

Che cosa l'ha fatta allontanare così all'improvviso e rinunciare ai suoi piani?

I miei amici e io, sconvolti ed esausti, ci guardammo senza capire cosa stesse succedendo, ma prima che potessimo scambiare una sola parola, d'un tratto il terreno cedette sotto i nostri piedi e sprofondammo nell'acqua.

Quando risalii in superficie, tenendo strette le due metà della spada, vidi che il profilo di New York era scomparso, e attorno a me c'erano solo l'oceano magico e la sagoma scura dell'isola di Avalon.

Rob e Hal galleggiavano poco lontano e guardavano in giro, stupefatti quanto me. Dopo un istante riemerse anche Geira, sorreggendo Tyra, ancora svenuta.

«Il passaggio… si è chiuso!» mormorò Halil, boccheggiando per lo sforzo di rimanere a galla. «Ce l'abbiamo fatta!»

Così pareva: i due mondi, quello reale e quello magico, sembravano essere finalmente tornati ciascuno nei propri confini.

«Ragazzi, guardate!» esclamò Robert alzando un braccio sopra il filo dell'acqua.

Scrutai nella direzione da lui indicata e vidi avanzare verso di noi una piccola flotta. E sulle barche c'erano i Leggendari dell'Alto Consiglio.

Armi sguainate, stendardi al vento, sembravano pronti alla battaglia.

Solo che la battaglia per loro non ci sarebbe stata: erano arrivati un istante, o forse un'eternità, troppo tardi.

Il sonno di Artù

Nessuno di noi aveva molta voglia di parlare. Avevano iniziato a tempestarci di domande nel momento stesso in cui eravamo stati tratti in salvo sulle barche dei Leggendari, ma a molte non sapevamo rispondere, o eravamo troppo stanchi per farlo.

Riaccompagnati al castello, ormai libero dalle alghe, eravamo stati medicati e rifocillati.

Nessuno di noi aveva riportato ferite gravi, ma comunque eravamo ben coperti di graffi e lividi.

Tyra, che sembrava messa peggio di tutti, era rinvenuta a metà della traversata verso l'isola, e dopo avere mangiato un abbondante pasto con un appetito da leone si era completamente ripresa.

Però quella che sentivo pesare sulle mie spalle, e che leggevo anche negli occhi dei miei amici, era un'enorme stanchezza.

Non avevo lasciato che nessuno mi togliesse le due metà di Excalibur dalle mani. Sapevo che era irrazionale, ma avevo paura che sarebbero scomparse appena le avessi perse di vista.

Ogni cinque minuti un Leggendario mi si avvicinava chiedendomi come avessi fatto a trovarle. Mi sentivo come un disco rotto che continuava a ripetere: "Non ne ho idea!"

Appena i miei amici e io ci fummo riposati un pochino, Parsifal fece capolino sulla porta dell'infermeria, dicendoci di seguirlo.

Trascinando i piedi per la fatica, attraversammo i corridoi ombrosi del castello, le cui pareti erano ancora leggermente viscide, a testimonianza delle alghe che, fino a poco tempo prima, le avevano avvolte.

Raggiungemmo il cortile interno, pervaso dalla luce brillante del mattino.

I Leggendari dell'Alto Consiglio ci aspettavano, seduti ai tavoli attorno al maestoso melo sulla lastra di pietra.

Merlino e Viviana erano in piedi al centro del cerchio.

«Angelica, Tyra, Halil, Robert, Geira» ci chiamò Merlino. «L'assemblea degli Eroi Leggendari vi dà il benvenuto. Sedetevi, abbiamo molto di cui discutere.»

I miei amici e io ci dirigemmo verso i posti lasciati vuoti e, come ci fummo seduti, la lastra di pietra davanti a noi si accese con i nostri nomi.

«La dama Nyneve ci ha già raccontato tutto ciò che è successo dal momento in cui siamo stati aggrediti nel sonno dalle alghe, a quando il suo incantesimo ci ha liberati» disse Merlino. «Però nessuno di noi sa cosa sia accaduto sulla Soglia, come abbiate fatto a fermare Morgaine da soli, come abbia fatto Angy a trovare Excalibur... vi prego, raccontateci tutto. Siamo ansiosi di sapere.»

Ci guardammo tra noi un po' riluttanti, come per vedere se qualcuno volesse parlare. Nessuno sembrava entusiasta all'idea.

Dopo un lungo attimo di silenzio, fu Halil ad alzarsi e a raccontare all'assemblea quello che era successo.

Lo ascoltai parlare senza prestare troppa attenzione a quello che diceva. Il mio sguardo era concentrato su Excalibur, posata sul tavolo davanti a me, e nella mia mente continuavano a frullare le stesse domande: *Cos'è successo? Dov'è quel posto in cui ho trovato la barca? Il cavaliere ferito che vi era sdraiato, era davvero Artù? Perché l'ho trovato io, e perché proprio in quel momento?* Ero talmente presa dai miei pensieri, che quasi non mi accorsi che tutti mi stavano osservando in silenzio.

Alzai gli occhi verso i membri dell'assemblea, che non la smettevano di fissarmi, come se si aspettassero qualcosa da me.

Mi grattai il naso. «Che c'è?»

Halil si lasciò scappare una risatina. «Ho appena finito di dire che a un certo punto della battaglia i ragazzi e io ti abbiamo vista sparire, inghiottita dall'acqua. E che meno di un istante dopo sei riemersa tenendo in mano una spada spezzata...»

Merlino intervenne: «Non *una* spada, ma *la* spada. Excalibur! Che tutti pensavamo perduta. E nessuno sa cosa sia successo... tranne te!»

«In realtà non lo so neanche io.» Guardai di nuovo la lama spezzata che rifletteva il cielo azzurro sopra il cortile. Dopo quella pausa, aggiunsi: «Ho trovato Artù, credo».

Con un grattare di sedie, i Leggendari si alzarono in piedi di colpo e iniziarono a parlare tutti assieme ad alta voce... «Non è possibile!»; «È scomparso!»; «È morto!»; «Stavi sognando!»; «Hai battuto la testa!»; «Ma allora, come si spiega la spada?» Furono questi alcuni dei frammenti di conversazione che riuscii a cogliere nella confusione generale.

Mi girai verso i miei amici, gli unici che erano rimasti in silenzio, ma mi fissavano con fare interrogativo.

Io scrollai le spalle, come per dire: “Non sono sicura di nulla!”

Loro un po’ annuirono, un po’ mi guardarono con comprensione. “E chi di noi lo è?” parvero rispondermi.

«Basta» disse la voce di Viviana, calma come sempre ma amplificata dalla magia, in modo tale che al solo sentirla tutti tacquero. Calato il silenzio, Merlino si schiarì la voce. «Ecco, sì. Dunque, signorina Pendrake, le saremmo grati se ci spiegasse esattamente cosa intende dire con: “Ho trovato Artù, credo”.»

«Non sono sicura che sia lui» precisai. «Penso che potrebbe esserlo, però, perché è lì che ho trovato Excalibur. Tra le sue mani, dico. Quando sono scomparsa, come ha detto Halil… mi sono vista riemergere in una specie di oceano, ma non ero né ad Avalon né a New York. Non c’era nient’altro attorno a me se non acqua. E una barca. Nella barca c’era un uomo addormentato e ferito, che indossava una cotta di maglia e una tunica scarlatta. Sul capo portava una corona di ferro, e tra le mani teneva questa spada spezzata» conclusi, indicando con il mento le due metà di Excalibur davanti a me.

«Era lui» disse Viviana.

Tutt'attorno, le voci dei Leggendari si alzarono di nuovo chiassose, finché Parsifal gridò: «Insomma, basta!»

Calato il silenzio, Merlino tossicchiò. «Molto bene, Parsifal, grazie. Allora, Nyneve, dicevi?»

Viviana continuò, paziente: «Non poteva essere altri che Artù. Lo so, perché ero lì il giorno in cui scomparve...»

Questo catturò la mia attenzione. Mi raddrizzai sulla sedia e mi sporsi in avanti.

Viviana alzò lo sguardo verso il cielo limpido sopra il cortile. «È successo più di mille anni fa. La guerra per Camelot era nella sua fase più accesa e crudele. Una battaglia in particolare fu la più terribile di tutte: ci furono solo due sopravvissuti, Artù e Mordred.»

«Si dice che si salvarono entrambi, ma Artù non fu più ritrovato» precisò Galahad. «Anzi, alcuni affermano che Artù non sopravvisse affatto, e che la sua salma non venne più ritrovata, perché confusa tra quelle degli altri soldati, o perché il nemico la trafugò, per impedire ai sudditi di Camelot di impartirle gli onori che meritava.»

«Eppure rimase in vita» confermò Merlino accarezzandosi la barba. «Io, Nyneve e tutti gli incantatori di Inghilterra percepimmo la sua luce per molte ore dopo il termine della battaglia. Debole, sì, ma presente.»

«Fu proprio una luce che io seguii quel giorno» disse Viviana. «Una luce, sulle cui tracce mi trovavo da molto tempo. Quella di Morgaine.»

Scambiai uno sguardo sbalordito con i miei amici.

Viviana continuò: «Morgaine era una giovane incantatrice di immenso talento. Quando capii che aveva scelto il male, la cercai ovunque, per riportarla sulla retta via, ma non riuscii a trovarla. Già allora era in grado di mascherare la propria luce, di renderla difficile, quasi impossibile, da percepire. Ma quel giorno non si diede pena di nascondersi: brillava con tutto l'ardore del suo immenso potere. Era come se non le importasse più di nasconderla, come se avesse altre cose, più urgenti, a cui pensare... fino a oggi mi sono spesso domandata il perché di questo. Ma finalmente penso di avere capito». Viviana sospirò e chiuse gli occhi per un attimo. «Quando raggiunsi Morgaine, la trovai sola sulle sponde di un lago. Sembrava sconvolta, il suo volto era segnato dalle lacrime. Fino a ora, forse per arroganza, ho pensato che quella reazione fosse dovuta alla paura che provava nel trovarsi davanti alla mia furia... che fu tale da portarmi a scindere per sempre il suo contatto con il mondo magico, imprigionandola nella dimensione reale.»

Vidi gli occhi di Merlino scintillare. «Non vorrai dire...»

Viviana annuì. «Forse fu proprio Morgaine a mettere suo fratello Artù sulla barca che Angy ha visto oggi. E quando ho separato il mondo reale dalla dimensione magica, Artù è rimasto intrappolato nel Velo...»

«Ma perché?» esclamò Galahad. «Perché nasconderlo, perché risparmiarlo? È stata lei stessa, assieme a Mordred, a scatenare la guerra... era il suo nemico!»

«Forse pensava che le sarebbe tornato utile: Artù era l'unico in grado di brandire Excalibur» ipotizzò Merlino. «Oppure voleva tenerlo in ostaggio e ottenere come riscatto il potere che così tanto desiderava. Forse le sue ragioni erano così malvagie che nemmeno riusciamo a immaginarle...»

Aggrottai le sopracciglia. Non ero convinta dalla spiegazione di Merlino: tra tutte le emozioni che avevo letto sul volto di Morgana quando ero riemersa dal Velo tenendo Excalibur tra le mani, non vi era stata traccia di rabbia, né di odio. C'era un pezzo importante del puzzle che ancora mi mancava per capire veramente che cosa fosse successo.

Parsifal si alzò in piedi. «Cosa stiamo aspettando, allora? Andiamo a prendere Artù, portiamolo ad Avalon! Se era solo ferito e addormentato, vuol dire che possiamo ancora salvarlo!»

«Temo che non sia così semplice, sir Parsifal» disse Merlino. «Non si può accedere al Velo con la semplicità con cui si scende in cortile. Sono convinto che la signorina Pendrake ci sia riuscita soltanto per un'incredibile serie di congiunture magiche: per prima cosa, si trovava nel posto giusto al momento giusto, ovvero sulla Soglia, e nel preciso istante che precede il sorgere del sole. Poi, ritengo che abbia giocato un ruolo fondamentale la magia di Morgaine: lei stava conducendo una serie di incantesimi aggressivi volti proprio a distruggere la barriera tra i mondi per ottenere l'accesso ad Avalon. Oltretutto, non dobbiamo dimenticare che in quel momento la dama Nyneve aveva terminato l'incantesimo che ha liberato Avalon dall'assalto delle alghe, liberando una quantità immensa di energia magica, che di certo ha contribuito ad assottigliare il Velo. Insomma, una tale serie di coincidenze è estremamente difficile da replicare.»

«Ma non impossibile» puntualizzò Galahad. «Se riuscissimo a entrare di nuovo nel Velo, troveremmo Artù!»

«Valoroso Galahad, sono costretto a contraddirti» ribatté Zhang Guolao, aggiustandosi gli occhialetti sul naso. «Il Velo è infinito. Cercare qualcosa di specifico in esso sarebbe come raccogliere un sassolino perduto nell'Universo.»

«E allora, come ha fatto Angy a trovare Artù?» volle sapere Galahad, passandosi una mano tra i capelli.

«Perché non lo stava cercando...» mormorò Viviana. «Perché l'unica cosa che voleva era un aiuto per proteggere i suoi amici. E quell'aiuto le è arrivato. La connessione tra un Leggendario e i suoi eredi è misteriosa, ma forte.»

Rob alzò la mano e tutti lo guardarono. Lui si schiarì la voce, si strofinò il naso e disse: «Uhm, signori, ciao. Voglio dire... salve. C'è una cosa che ancora non capisco...» Si girò a guardarmi. «Morgana stava vincendo. Perché è scappata dopo avere visto Excalibur?»

Nel cortile cadde il silenzio.

Per alcuni, lunghi istanti nessuno rispose.

Poi Viviana parlò con voce pacata: «Temo che la risposta la sappia solo Morgaine».

Aveva ragione.

E in quel momento capii cosa dovevo fare per scoprire la verità.

Bentornati ad Avalon

Dopo quella specie di interrogatorio, fummo subito rimandati a casa. Appena misi piede sulle rive del lago di Central Park, incontrai Maggie e Nate, carichi di catene e lucchetti che stavano per mettere in atto il "piano B": attaccarsi alle ruspe e ai macchinari della Lefay per impedire che il lago venisse prosciugato.

Rimasero senza parole nel trovarmi lì all'alba.

«Angy, anche tu qui? Non pensavamo che saresti venuta!» esclamò Nate.

«Già, dopo averci dato l'indirizzo dei magazzini della Lefay Enterprises sei sparita! Ti pensavamo impegnata con quel tuo amico... Rob...» rincarò la dose Maggie, strizzandomi un occhio.

Mi affrettai a negare: «Avevamo appuntamento qui, no? Quindi eccomi! Ma quanto al nostro piano B, credo che le catene non siano più necessarie: guardate là...»

Indicai loro le ruspe della Lefay dall'altra parte del lago, distrutte e mezze sommerse dall'acqua.

«Qualcuno ha già risolto il problema, a quanto pare!» Maggie ridacchiò.

«Almeno per il momento...» precisai io.

«Che ne dite di andare a farci una bella colazione? Tutto questo umido mi ha messo una fame tremenda!» propose Nate.

Io mi trascinai con loro fino al primo bar aperto, poi tornai finalmente a casa. Ero distrutta.

Passai il resto della giornata a letto, a rimettermi in forze. Non fu necessario mentire. Persino i miei genitori, come mi videro in faccia il lunedì mattina, mi diagnosticarono una brutta influenza e mi ingiunsero di starmene tranquilla tutta la settimana.

Ricevetti più volte la visita dei miei amici, Maggie e Nate, felicissimi perché la Lefay aveva annunciato di avere rinunciato a occuparsi di ripulire il lago. Che, guarda caso, a una nuova ispezione comunale risultò completamente libero dalla tanto temuta infestazione di alghe.

Quando, il sabato successivo, tornammo ad Avalon e il passaggio fu tranquillo e senza sorprese, quasi non potevo crederci.

Era davvero strano essere di nuovo lì, sulle acque tranquille dell'oceano magico che circonda Avalon, in mezzo a decine e decine di barche cariche di ragazzi che ridevano e scherzavano tra loro come se nulla fosse successo.

Molti di loro non si rendevano neanche conto dei rischi che avevamo corso tutti quanti.

Il castello era in festa: sulle dodici torri sventolavano gli stendardi blu e oro di Avalon, alle finestre erano appesi tappeti colorati in cui spiccava il simbolo del Melo d'Oro. Le campane suonavano a distesa.

Una parte di me, però, non riusciva a rallegrarsi: quella storia non era ancora davvero conclusa. I ragazzi scomparsi non erano stati ritrovati: Jean-Luc, Namid e tutti gli altri che non avevo fatto in tempo a conoscere, dove erano finiti? Stavano bene? Erano prigionieri? Chi li aveva rapiti?

Morgana sembrava avere rinunciato per il momento ai suoi piani, ma poteva riprendere ad agire in qualsiasi istante. Io l'avevo guardata negli occhi e sapevo che non avevamo vinto. Non ancora.

Come la barca su cui mi trovavo assieme a Rob, Halil,

Geira e Tyra toccò terra, una voce tonante mi riscosse dai miei pensieri.

«Bentornati ad Avalon, giovani eroi» annunciò Merlino. «Oggi sarà una giornata di festa. Che nulla turbi la nostra gioia. C'è un tempo per combattere e uno per festeggiare. Un tempo per riflettere, fare progetti e prepararsi alla lotta. E quel tempo verrà presto...» Si interruppe e mi fissò per un attimo negli occhi, come se conoscesse i miei pensieri di qualche istante prima, poi riprese: «Ma oggi no. Oggi è tempo di gioire. Sistemate i vostri bagagli e preparatevi: siete attesi nel salone delle cerimonie tra un'ora».

E si allontanò verso il castello a grandi passi, mentre gli studenti, felici di poter ritardare ancora un po' la ripresa delle lezioni e degli allenamenti, sciamavano verso le loro stanze con un frastuono allegro di chiacchiere e risate.

Un'ora dopo eravamo tutti nel salone, tirati a lucido e impettiti, con gli abiti che avevamo trovato pronti per noi ai piedi del letto.

Fui stupita di avere ricevuto una lunga tunica di foggia maschile. Ricordava molto quelle che avevo visto indossare da Parsifal e Galahad, solo che la mia era blu scura, bordata d'oro, e con il Melo d'Oro di Avalon ricamato sul petto.

La indossai, sollevata di non dovermi imprigionare

in un abito da dama né intrecciare i capelli in qualche acconciatura complicata. Non ero dello spirito giusto per agghindarmi.

Come uscii dal mio cubicolo, incontrai Geira e Tyra: anche loro indossavano una tunica identica alla mia.

Ci guardammo negli occhi con un'aria sorpresa e complice.

«Che cavolo significa?» Tyra ridacchiò indicando la nostra tunica. «Comunque non male: blu e oro, un abbinamento che funziona. Un po' troppo sfarzoso, forse... be' per non parlare del taglio, un po', come dire... "geometrico": un rettangolo con una cintura!»

Mentre passavamo per i corridoi insieme a Hal e Rob, che indossavano come noi la tunica blu e oro, non mi sfuggirono gli sguardi degli altri ragazzi: alcuni ammirati, altri stupiti e curiosi, altri ancora che lasciavano trapelare una punta di invidia.

Il salone delle cerimonie era stato addobbato con arazzi, stendardi e ghirlande di foglie verdi e mele rosse.

Su una pedana rialzata era stato collocato il tavolo d'onore dove sedevano i Leggendari dell'Alto Consiglio, con in mezzo Merlino e Viviana.

Nel centro della sala, un lungo tavolo imbandito, come

sempre, con grande abbondanza di cibi a base di pesce e mele. Per fortuna, questa volta c'erano anche specialità esotiche portate in dono dai membri del consiglio venuti da lontano: datteri, frutta candita, selvaggina, dolci al miele, focacce ripiene, torte di ogni tipo...

A Rob brillavano gli occhi. Fece per avventarsi sul banchetto senza tante cerimonie, quando la voce tonante di Merlino lo bloccò. «Giovane Robert, freni per un istante il suo appetito: l'Alto Consiglio ha un annuncio importante da farvi. Prego, dama Nyneve, procedi pure...»

Viviana si alzò in piedi, la veste candida bordata di ricami d'argento e perle, che pareva brillare come una piccola luna. La sua voce parve come sempre vicina e infinitamente lontana.

«Vengano avanti gli allievi Robert Lockwood, Tyra Hope, Angy Pendrake e i loro supervisori, Geira Dahlstrom e Halil Siegfriedson.»

Noi ci guardammo stupiti e avanzammo incerti nel centro della sala, davanti al tavolo dell'Alto Consiglio.

Formavamo una compatta macchia blu sullo sfondo variopinto delle vesti dei consiglieri e dei nostri compagni.

«Come forse tutti voi sapete, è solo grazie a questi vostri compagni che Avalon non è stata distrutta. Hanno mostrato coraggio quando tutto sembrava perduto, hanno avuto fiducia e speranza quando ogni cosa sembrava destinata alla rovina. Hanno messo il bene di tutti davanti al proprio, hanno saputo combattere insieme, come una squadra, ciascuno con le proprie capacità e le proprie forze. Ognuno di loro ha dato il proprio contributo, rischiando la vita per ciascuno di noi, me compresa, quando nessuno era più in grado di farlo. Il loro coraggio, il loro ottimismo, l'amicizia che li lega, hanno salvato tutti noi. Per questa ragione, e per rendere onore al loro valore, dimostrato combattendo sulla Soglia, il sottile e insidioso varco tra i mondi, l'Alto Consiglio ha deciso di nominarli "Guardiani della Soglia" e di fregiarli della tunica con le insegne di Avalon.»

Tutti gli sguardi erano puntati su di noi e io mi sentii avvampare: non desideravo lodi, non pensavo di meritare onori e, soprattutto, non mi sentivo di festeggiare. Sapevo che si trattava solo di una tregua: presto la lotta sarebbe ricominciata.

Viviana mi sorrise e sembrò leggermi nell'anima, come sempre. «Angy Pendrake, questo titolo non è solo un onore, ma un impegno a continuare così. E vuole essere un'esortazione per i vostri compagni a seguire il vostro esempio. Avremo presto bisogno di voi, di tutti voi. Ora è tempo di raccogliere le forze e prepararci a nuove sfide.»

Merlino si alzò, batté le mani e ordinò: «Si dia inizio alla festa! Si aprano le danze!»

A quelle parole la stanza si riempì di una musica di liuti, mandolini e flauti che intonarono delicate melodie medievali. I consiglieri si alzarono e cerimoniosamente invitarono le dame a ballare: le gighe si alternarono ai minuetti e ai saltarelli. Noi ragazzi, dopo mezz'ora di quella lagna, di inchini e riverenze, non ne potevamo più.

All'ennesima giga, Geira, Tyra e io ci guardammo intorno con aria disperata, in cerca di una via di fuga.

«Niente da fare!» esclamò Geira. «I thrall presidiano le uscite...»

«Non possiamo andarcene ora...» sussurrai. «Ci hanno pure premiato! Sarebbe troppo maleducato.»

«Già, Merlino si è impegnato parecchio per farci divertire» aggiunse Tyra ridendo. «Non è colpa sua se non è molto aggiornato sulle ultime tendenze in fatto di musica!»

Eravamo già rassegnate a iniziare un nuovo giro di danze, quando Rob e Hal entrarono in sala.

Uno portava sulle spalle due amplificatori e l'altro reggeva trionfante un computer portatile.

Rob annunciò: «Se l'illustrissimo Myrddyn detto Merlino e l'Alto Consiglio dei Leggendari ce lo consentono, ora inizia la vera festa!»

I musici smisero di suonare, le dame di danzare.

I consiglieri si guardarono tra loro perplessi e un po' scandalizzati.

Tutti si voltarono verso Merlino, in attesa di uno dei suoi proverbiali scoppi d'ira.

Merlino sollevò le sopracciglia cespugliose e borbottò: «Immagino che abbiate intenzione di ferire i nostri poveri timpani con quella musica barbara e assordante che tanto amate. Non crediate che mi sia sfuggita la vostra festa clandestina sulla spiaggia, la scorsa settimana...» Fece una pausa e parve riflettere, accarezzandosi la lunga barba bianca. Ci passò in rassegna con lo sguardo a uno a uno, poi continuò: «Uhm, ebbene, per quanto non approvi i vostri gusti, e ritenga che, più che di musica, si tratti di suoni disarticolati e inquietanti, degni di creature degli inferi, che cosa posso dire... per questa volta ve lo siete meritato! Però non credo di poter resistere. Dama Nyneve, ti fermi tu con i ragazzi? Io vado nella mia torre, non senza aver fatto prima un Incantesimo del Silenzio!»

E così, mentre la musica cominciava a rimbombare

nella sala e Viviana ci osservava muovendo leggermente il capo a ritmo, Merlino se ne andò a grandi passi, con il solito svolazzo del mantello, ma io vidi che sorrideva sotto i folti baffi bianchi.

Forse, un giorno, lo capirò anch'io...

Passarono le settimane e la vita riprese il suo ritmo normale, anche se sembra strano definire "normale" la mia vita. Durante la settimana ero una comune sedicenne alle prese con la scuola, i genitori, i professori e i problemi di tutti i giorni, per esempio quel bullo di Chad Adams, che nel frattempo era tornato a scuola.

Il sabato all'alba, attraverso il passaggio aperto per me da Viviana nel lago di Central Park, partivo per Avalon, dove continuavo il mio addestramento come erede dei Leggendari insieme ai miei amici.

Io, però, sapevo che avevo ancora una cosa molto importante da fare prima di poter considerare chiusa tutta questa vicenda: incontrare Morgana.

Lei era l'unica che poteva darmi le risposte che cercavo.

Finalmente, un lunedì pomeriggio mi presentai davanti alla Lefay Tower, con il cuore in gola ma con la testa alta.

Le porte scorrevoli si aprirono davanti a me ed entrai nell'atrio lussuoso e lucido di cristalli.

La signorina alla reception mi accolse con uno sguardo che era un misto di sospetto e di sorpresa, ma prima che potesse aprire bocca la anticipai: «Sono Angy Pendrake. Voglio vedere Morgaine».

Non so se fu perché mi mostrai particolarmente determinata, o se in realtà ero attesa, ma in ogni caso la signorina si limitò a lanciarmi un'ultima occhiata sospettosa prima di premere un pulsante e annunciare: «Madame Lefay? Angy Pendrake chiede di vederla». Una pausa e aggiunse: «Sì, subito, signora».

Tolse la mano dall'auricolare e mi indicò l'ascensore.

Sollevai il mento, girai sui talloni e mi ci diressi a passi decisi. Le porte di vetro si chiusero davanti a me e io osservai la città diventare sempre più piccola sotto i miei piedi mentre l'ascensore saliva.

Uscita all'ultimo piano, rimasi sorpresa nel trovare le porte d'acciaio dell'ufficio di Morgaine aperte.

Entrai nella sala d'attesa deserta e poi nel suo ufficio.

Mi parve buio rispetto a come lo ricordavo: le luci erano spente, e l'unica illuminazione veniva dal sole che tramontava dietro il profilo dei palazzi.

Morgaine non era seduta alla scrivania, ma aveva spostato l'elegante poltrona di pelle vicino a una delle finestre a parete, rivolta verso il tramonto. Di lei vedevo solo la cima della testa scura oltre lo schienale della sedia.

Mentre cercavo di decidere cosa dire per annunciare la mia presenza, Morgaine mi anticipò: «Sei venuta a prenderti gioco di me?»

La sedia ruotò verso di me. Rimasi sorpresa da ciò che vidi: invece del solito abito d'alta moda, indossava un golf di cashmere color crema e dei pantaloni neri. Era addirittura a piedi nudi, bianchissimi sull'elegante tappeto di pelliccia scura.

Senza ombra di trucco, sembrava giovane eppure antica allo stesso tempo. Era come se avesse abbandonato ogni tipo di maschera, ogni tipo di scudo.

Io mi riscossi dal mio stupore e dissi: «Sono venuta per parlare. Ho alcune domande».

Lei mi guardò a labbra strette, come se si aspettasse quelle parole, ma non avesse voglia di assecondarmi. Tuttavia fece un gesto vago verso la sedia davanti alla scrivania.

Andai a prenderla, la trascinai verso la finestra, a qualche passo da lei, e mi sedetti. La parte razionale di me sapeva che avrei dovuto avere paura… e invece non ne provavo. Dentro di me, stranamente, sentivo di non essere in pericolo. Almeno non in quel momento.

«Allora? Parla!» mi incitò Morgana.

Mi schiarii la voce e tirai su le gambe, incrociandole sulla sedia. «Perché te ne sei andata? Perché hai abbandonato la battaglia?»

Parve irritarsi. «Pensavo che non fossi venuta per prenderti gioco di me.»

«Ed è così! Sono solo curiosa… e confusa. Potevi distruggerci, ma non l'hai fatto.»

«Siete solo dei bambini, e io non sono come Mordred. Non vi avrei ucciso. Volevo solo che vi toglieste di mezzo… magari lasciandovi qualche livido come ricordo.»

«Be', uh… grazie...» Scossi la testa e proseguii: «Comunque, non hai risposto alla mia domanda».

Morgaine tornò a guardare fuori dalla finestra, ma non disse nulla. Provai di nuovo: «Ho visto Artù nel Velo. Ma tu lo sai già, non è così?»

Morgaine mi lanciò un'occhiata verdissima e indecifrabile. «Lo so. E… com'era?»

Stupita, mi strofinai il sopracciglio. «Era ferito, ma... vivo. Addormentato. Non sembrava soffrire.»

Lei si lasciò sfuggire un lungo sospiro, quasi di sollievo: «Bene. Bene...»

Ecco quello che non mi tornava: perché tutta quella preoccupazione, se era stata lei a imprigionare Artù nel Velo?

Tirai giù le gambe dalla sedia e mi sporsi in avanti. «Cos'è successo mille anni fa? Cos'è successo davvero nella battaglia in cui è scomparso Artù?»

Morgaine parlò senza guardarmi, lo sguardo perso nel tramonto: «Mi sono sempre chiesta quando qualcuno mi avrebbe finalmente fatto questa domanda. Quella battaglia... è stata la prova della mia stupidità. Pensavo di sapere tutto, di avere il controllo, che i miei piani fossero perfetti... ma Mordred mi ha tradita. Avevo calcolato tutto, tranne quanto fossero profondi il suo odio e la sua cupidigia».

Morgaine fece una pausa, arrotolandosi una ciocca nera tra le dita. «Il piano era semplice, ma efficace: io avrei creato un'enorme illusione di un esercito pronto ad attaccare per attirare Artù e i suoi cavalieri fuori dalle mura di Camelot. Una volta lontani, Mordred avrebbe guidato le sue truppe contro la città e l'avrebbe conquistata, ottenendo il potere.»

«Ma Mordred non lo fece?» domandai.

«No. Fui io, non Artù, a essere ingannata. Mordred condusse il suo vero esercito a scontrarsi con quello di Artù. Voleva strappargli la corona dal capo di persona. Voleva ucciderlo.»

«E che successe, invece?»

Morgaine sospirò. «La battaglia fu feroce. Gli unici sopravvissuti furono loro due, e il duello continuò fino al tramonto. Artù era un abile cavaliere, ma Mordred, suo nipote, era animato da un odio profondo. Riuscì a disarmare Artù, a buttarlo a terra, a ferirlo. E lui... fu costretto a sguainare Excalibur.»

Mi raddrizzai sulla sedia. «Ma come, Artù non combatteva con Excalibur già da prima?»

«No, usava un'altra spada. Artù teneva Excalibur sempre al suo fianco, ma non l'aveva mai usata, fino a quel momento. È una spada di grande potere: è portatrice di unione e fratellanza tra i popoli, a patto che non venga usata per combattere.»

Morgaine fissava intensamente fuori dalla finestra, ma il suo sguardo sembrava perso nei ricordi del passato.

«Nell'esatto istante in cui Excalibur incrociò la spada di Mordred, si spezzò. Lo vidi accadere. L'onda di potere che si liberò dalla lama fu tale da sbalzare via Mordred e fargli perdere i sensi. Quando raggiunsi Artù...»

Morgaine si interruppe e deglutì. Vidi che aveva gli occhi lucidi. «Quando raggiunsi mio fratello, stava morendo.»

Rimasi in silenzio, non sapevo cosa dire.

Morgaine non sembrava badare più a me, continuò a parlare come se avesse aspettato una vita per farlo: «Non era quello che volevo. Non l'avevo mai voluto. Quando mi ero accordata con Mordred per far cadere Camelot, i piani erano che Artù rimanesse in vita. Non avevo capito che quello che Mordred desiderava più di ogni altra cosa era proprio la morte di suo zio, del suo re. Mi aveva usata. Mi aveva ingannata fin dall'inizio».

Morgaine diede un respiro tremante. «Presi Artù e lo caricai sul mio cavallo. Ero l'unica che potesse ancora salvarlo.»

All'improvviso capii. «Volevi portarlo ad Avalon...»

Lei mi guardò, sorpresa, e poi annuì. «La magia di Merlino l'avrebbe curato. Cavalcai come il vento e raggiunsi il lago appena prima che sorgesse il sole. Riuscii a trascinare mio fratello su una barca, a spingerla nel lago. Aprii per lui il passaggio ma...» A quel punto la sua voce si spezzò.

Finii io per lei: «Ma arrivò Viviana».

Il volto di Morgana si contrasse per l'odio. «Preoccupata com'ero per la vita di Artù, non mi curai di nascondere le mie tracce, e lei mi trovò. Non riesco a credere di averla mai chiamata maestra, amica. Appena mi vide, strappò via la mia connessione con il mondo magico. Il mio potere, la mia casa, la mia identità... perduti. Senza quel legame, non sono altro che una mera incantatrice, capace solo di creare illusioni e manipolare la materia...»

La interruppi, prima che per la rabbia cambiasse discorso: «Ma Artù non arrivò mai ad Avalon».

«No. Questo però lo scoprii solo molto tempo dopo. Viviana mi bandì dal mondo magico nel momento esatto in cui Artù stava passando la Soglia. Il passaggio si chiuse di colpo, con lui in mezzo, lasciandolo intrappolato nel Velo. L'ho cercato per così tanto tempo...»

Morgaine chiuse gli occhi. «All'inizio pensavo che fosse giunto ad Avalon, in salvo. Poi però scoprii che non era lì e iniziai a cercarlo nel mondo reale... pensai che fosse morto, e così costruii questa compagnia per avere i mezzi e il danaro necessari per cercare le sue spoglie, per dare loro almeno una degna sepoltura. Ma non le trovai mai.»

«Lo sapevi che era nel Velo?»

«Era l'unica conclusione possibile. Negli ultimi decenni ho cercato in ogni modo di entrare nel Velo, di chiamarlo... ma non è mai arrivato. Non mi ha mai risposto.»

Fu grazie a quelle parole che finalmente compresi: «È per questo che sei scappata».

Morgaine aprì gli occhi e una lacrima le scivolò lungo la guancia, fino al mento.

Continuai: «Hai visto Excalibur e hai capito che avevo trovato Artù...»

Lei si passò una mano sugli occhi. «Perché, dopo tutti questi anni, questi secoli, è apparso a te? Perché proprio in quel momento? Perché... perché non a me?»

Non disse più nulla, ma rimase per un istante a nascondersi il volto dietro le dita. Poi tirò un respiro profondo e raddrizzò la schiena. Il suo sguardo, tutto d'un tratto freddo come giada, fissò il sole, che finalmente sparì dietro i palazzi, tingendone il profilo di rosso.

Nell'ufficio calò una gelida penombra.

«È stato un momento di debolezza. Mi sono lasciata cogliere dal dubbio. Ma non succederà mai più» affermò, la voce affilata come un rasoio. «Per una sfortunata coincidenza, tu e i tuoi amichetti siete riusciti a tenermi lontana da Avalon. Ma non sarà per sempre: riuscirò a riprendermi il potere che mi spetta.»

Un brivido di apprensione mi percorse la schiena e sentii che era arrivato il momento di andarmene.

Ma c'era un'ultima cosa che volevo fare.

Cacciai la mano nella borsa e cercai per un istante, finché le mie dita si strinsero attorno a un cerchio di metallo freddo.

Era il medaglione di Artù, quello che avevo scelto prima del mio passaggio ad Avalon, quello che aveva permesso a Merlino di riconoscermi come erede di un Leggendario.

Da settimane giaceva sul fondo della mia borsa, dimenticato. Per me non significava nulla, non era nient'altro che un ninnolo a ricordo dell'inizio di un'avventura... ma per Morgana, capii, era molto di più.

Lo tirai fuori e glielo porsi. «Questo appartiene a te, più che a me.»

Lei si girò verso di me e vidi i suoi occhi verdi illuminarsi come quelli di una bambina. Accettò il pendaglio, facendolo dondolare a mezz'aria per qualche secondo.

«Lo ricordo... nostra madre Igraine lo usava per farci

giocare.» Morgaine lo strinse tra le mani come se si trattasse di un uccellino ferito e rimase a guardarlo in silenzio.

Mi allontanai mentre era distratta, prima che decidesse che, dopotutto, non le conveniva lasciarmi andare.

Non avevo mosso che qualche furtivo passo verso l'uscita, che parlò di nuovo, la voce lontana: «Mi ero domandata perché, dopo tanti secoli, fra tutti gli eredi di Artù, Excalibur abbia scelto proprio te... adesso penso di averlo capito».

Dopo quel giorno, mi sono chiesta molte volte che cosa intendesse dire Morgana...

Forse, un giorno, lo capirò anch'io.

Ringraziamenti

Scrivere questo libro è stata una grande avventura, quasi come quella che ho vissuto ad Avalon.

E allo stesso modo, non sarebbe stata possibile senza l'aiuto dei miei amici. Innanzitutto, quindi, voglio ringraziare Rob per tutte le volte che mi ha portato il caffè in piena notte per tenermi sveglia mentre scrivevo. Poi Tyra, Geira, Halil per le lunghe telefonate in cui mi hanno dato una mano a ricostruire bene gli eventi.

E infine un ringraziamento speciale a tutto il team di Storybox per avermi aiutato a trasformare i miei appunti in questo libro.

Angy Pendrake

Glossario

Amazzoni
Mitiche donne guerriere, note per la loro straordinaria abilità nel combattimento a cavallo e nel tiro con l'arco. Erano governate da due regine, la regina della guerra e quella della pace: le più famose furono Mirina, Ippolita e Pentesilea.

Antinea
Sovrana di Atlantide, che sembra si divertisse a fare innamorare, e poi far morire, i giovani uomini che giungevano da paesi lontani. La considerava una sorta di vendetta contro quei conquistatori che seducevano e poi abbandonavano le regine nel suo regno.

Atlantide
Un'isola leggendaria oltre le Colonne d'Ercole. I suoi abitanti, gli Atlanti, si dice fossero figli di Poseidone, dio del mare. L'isola fu poi inghiottita da un maremoto, forse causato proprio da Poseidone. Sparì dalla faccia della Terra, ma diede il nome all'Oceano Atlantico.

Arjuna
Eroe protagonista di un famoso poema epico indiano, il Mahabharata, fu un uomo onesto e corretto, oltre che abilissimo nell'uso delle armi, tanto da essere considerato il migliore arciere del suo tempo. Dopo un aspro combattimento, si meritò la considerazione e il rispetto del dio Siva, che gli consegnò il suo temibile e potentissimo arco, Gandhiva, e gli insegnò pure a usarlo.

Arthur Pendragon
Meglio noto come re Artù, fu un sovrano bretone, che diede vita a molte leggende della Gran Bretagna, dove viene descritto come un monarca leale, difensore della giustizia, sia in guerra sia in tempo di pace. Figlio di Uther Pendragon e

di Igraine (nome gallese Eigyr), fu affidato a Merlino fin da piccolo e fu proprio quest'ultimo a profetizzare che chi avesse estratto la spada dalla roccia sarebbe diventato re. La sua corte si trovava in una fortezza chiamata Camelot.

Avalon
Isola leggendaria situata a occidente delle isole britanniche, fa parte del ciclo letterario del mito di re Artù. Per alcuni significa "isola delle mele", perché era una terra fertile e questi frutti vi crescevano in abbondanza. Le leggende raccontano che qui venne forgiata Excalibur e che sempre qui sia stato sepolto Artù, trasportato su quest'isola da Morgana su una barca.

Ey de Net
Il regno dei Fanes era ricco e si espanse fino a che si trovò a dover combattere Ey de Net, abile guerriero. Ma tutto cambiò quando, sul campo di battaglia, scoppiò l'amore tra lui e Dolasilla, la figlia dei sovrani del regno dei Fanes, che usava frecce che mai mancavano il bersaglio. Il padre, contrario alle nozze, vendette le figlia, gli abitanti del regno furono sbaragliati e Dolasilla morì. I pochi che sopravvissero si chiusero in una caverna con le marmotte, un tempo alleate del regno, e da allora aspettano che una tromba argentata li risvegli.

Europa
Ragazza bellissima, figlia di Agenore, re dei fenici. Zeus rimase così colpito dalla sua bellezza, che la avvicinò su una spiaggia sotto forma di un toro bianco, splendido e pacifico, tanto che Europa andò a sederglisi sul dorso. Fu allora che l'animale la portò, attraversando il mare, fino a Creta. Qui il dio la diede in sposa al re di Creta, Asterio. Il dio greco regalò a Europa, oltre a Talos, anche un cane addestrato e un giavellotto, che centrava sempre il bersaglio.

Excalibur
Artù divenne re estraendo la spada da una roccia. Malgrado sia identificata con la spada nella roccia, in alcune opere antiche venivano menzionate due spade differenti. Excalibur potrebbe essere stata offerta ad Artù da Viviana, la Dama del Lago, dopo che la prima si era rotta. Tradotto dal latino, Excalibur, "ex calibro" rimanderebbe al "perfetto equilibrio". La spada, infatti, doveva essere il simbolo dell'armonia e della pace. Non era stata forgiata, infatti, come spada da combattimento.

Galahad
Sir Galahad è uno dei cavalieri

della Tavola Rotonda. Figlio di Lancillotto, uomo noto per la sua nobiltà d'animo e integrità, fu uno dei tre cavalieri che, si dice, trovò il Santo Graal.

Ginevra
Elegante e bellissima, affascinò letteralmente Arthur Pedragon, che la sposò, mentre invece lei era segretamente innamorata di Lancillotto.

Idra
Mostruoso serpente a più teste, che ricrescevano quando venivano tagliate. Viveva nella palude di Lerna, seminando paura e distruzione. Ercole la uccise e intinse le frecce nel suo sangue, che era velenoso. Così, chi veniva colpito dai suoi dardi, non poteva sopravvivere.

Ippolita
Regina delle Amazzoni a cui Ares, dio della guerra, donò una cintura d'oro che la rese fortissima. Ercole, però, la fece prigioniera, strappandole la cintura. Fu tale la lotta tra i due che fu considerata una delle "fatiche di Ercole".

Lagertha
Quando il re di Svezia Frø invase la Norvegia, non solo uccise il suo re, Siward, ma riservò un pessimo trattamento alle donne del regno. Anni dopo, un discendente di Siward, Ragnar Lodbrok, intenzionato a vendicare il nonno, radunò un esercito composto anche da donne che, travestite da uomini, si fecero avanti per combattere. A capo di queste ribelli c'era la bella Lagertha, fiera e indomabile, e Ragnar se ne innamorò perdutamente. Lei, tuttavia, prima di accettare di sposarlo, volle misurare la sua audacia, costringendolo a superare non poche prove di forza e coraggio.

Merlino o Myrddin
Figura centrale del ciclo bretone di re Artù. Allevò e istruì Artù fino a portarlo al trono.

Mordred
Combatté e tradì re Artù nella battaglia di Camlann. Alcuni dicono che fosse il nipote di re Artù, figlio della sorella Anna e del marito, Lot del Lothian.

Morgana
Fata Morgana, conosciuta anche come Morgaine, fu un'antagonista di re Artù, e soprattutto di mago Merlino. Potente maga lei stessa, sarebbe figlia di Gorlois di Cornovaglia e di sua moglie Igraine, che ebbe anche un figlio da Uther Pendragon. Morgana imparò le arti magiche da Merlino, ma fu sempre gelosa del

fratellastro Artù e di Ginevra, e fece di tutto per rovinarli. Notevole dovette essere il suo appoggio a Mordred nel complotto per sottrarre al fratello la corona di Britannia.

Motzeyouf
Conosciuto anche con il soprannome di "Stregone Dolce". Fu lui a istituire presso gli cheyenne (una popolazione di nativi americani delle Grandi Pianure in America del Nord) la società di guerrieri. E fu sempre lui ad avvertire la tribù dell'arrivo degli uomini bianchi. Gli cheyenne cambiarono radicalmente il loro stile di vita con l'introduzione del cavallo, divenendo nomadi.

Parsifal
Uno dei cavalieri della Tavola Rotonda, colui che, grazie al suo cuore che rimase sempre puro, arrivò a vedere il Santo Graal.

Robin Hood
Infallibile arciere, la cui vicenda, a metà tra storia e leggenda, si svolse a cavallo dei secoli XII e XIII, durante il regno di re Giovanni d'Inghilterra. Nobile decaduto, figlio di un guardaboschi, si dice che rubasse ai ricchi per dare ai poveri. Molte sono le teorie su questo mitico personaggio, ma nulla si sa di preciso sulla sua vera identità.

Sigfrido
Giovane eroe germanico, coinvolto in un'aspra lotta tra due fratelli che volevano impossessarsi del tesoro dei Nibelungi, uccise un drago con la sua potente spada, Gramr.

Tin Hinan
Giovane regina dei Tuareg, il suo nome significa "quella delle tende". Giunse nella regione dell'Ahaggar quando la zona era ancora abitata dagli Isebeten, un popolo molto ingenuo. Tin Hinan divenne la guida della comunità e progenitrice del popolo dei Kel Ahaggar, i tuareg del Nord.

Talos
Statua vivente, venne forgiata nel bronzo per Zeus da Efesto, dio del fuoco e dell'arte di lavorare i metalli, che poi la regalò a Europa. Incaricato da Minosse di sorvegliare Creta, girava l'isola più volte al giorno e uccideva ogni estraneo che passava di lì stritolandolo tra le braccia dopo essersi arroventato sul fuoco. Era invincibile, tranne in un punto sulla caviglia.

Thrall
Significa servo, vassallo, subalterno. Nel nostro universo immaginario, i thrall sono armature o statue dominate da un incantesi-

mo, poste al servizio di qualcuno. Sono involucri vuoti, privi di sentimenti ed emozioni, ma mantengono tracce del carattere di chi le ha incantate e le controlla.

Viviana
Detta anche o Nyneve o Dama del Lago, aveva anche altri soprannomi. È un personaggio del ciclo arturiano, forse colei che allevò Lancillotto. Secondo alcune leggende, fu proprio Viviana a consegnare a re Artù la spada Excalibur, emergendo dal lago con la mano.

Zhang Guolao
Uno degli Otto Immortali cinesi che viveva come eremita e che aveva poteri magici. Riusciva, ad esempio, a rendersi invisibile e poteva bere veleno senza che gli accadesse nulla. Di solito è raffigurato come un anziano con la barba, a volte con un cappello e una piuma in testa. Si muoveva sempre sul dorso di una mula bianca. La sera, alla fine dei suoi lunghi viaggi, appiattiva la mula e la piegava in più parti, come fosse stata un pezzo di carta, riponendola poi nella sua borsa per proteggerla. La mattina, sputava sul foglio e la mula riprendeva le sue vere sembianze.

Finito di stampare
nel mese di Ottobre 2017
Da Valprint S.r.l. - Cernusco sul Naviglio (MI)

Castello di Avalon
Grande Oceano Magico
Prima Cerchia di Mura
Viale dei Meli
Corpo di Guardia
Scalinata d'Accesso